W0304291

Teresa De Sio

LASS DEN TEUFEL TANZEN

Teresa De Sio

LASS DEN TEUFEL TANZEN

Roman

Aus dem Italienischen
von Judith Schwaab

Edition **Elke Heidenreich** bei C. Bertelsmann

Die Originalausgabe erschien 2009 unter dem Titel
»Metti il diavolo a ballare« bei Giulio Einaudi editore s.p.a., Turin.

MIX
Papier aus verantwortungsvollen Quellen
FSC® C014496

Verlagsgruppe Random House FSC-DEU-0100
Das für dieses Buch verwendete FSC®-zertifizierte Papier
Munken Premium liefert Arctic Paper Munkedals AB, Schweden.

Die Bücher der Edition Elke Heidenreich
erscheinen im C. Bertelsmann Verlag,
einem Unternehmen der Verlagsgruppe Random House.

1. Auflage
© der deutschen Erstausgabe 2011 by
Edition Elke Heidenreich bei C. Bertelsmann, München,
in der Verlagsgruppe Random House GmbH
© der Originalausgabe 2009 by
Giulio Einaudi editore s.p.a., Turin
Satz: Uhl + Massopust, Aalen
Druck und Bindung: GGP Media GmbH, Pößneck
Printed in Germany
ISBN 978-3-570-58025-7

www.edition-elke-heidenreich.de

Prolog

Filomena und das Teufelskraut

SEHEN SIE, SCHAUEN Sie hier, Signorina, wenn Sie diese ganz kleinen Blätter der Pflanze gepflückt haben – aber Sie müssen die nehmen, die nahe am Boden wachsen, weil die anderen nicht gut sind –, dann legen Sie die Blätter in eine Schale wie die hier, aus Holz, und dann müssen Sie sie mit einem Mörser ganz, ganz fein zerstoßen. Das dauert eine Weile, bis es ein helles Pulver gibt, sehen Sie, und das tut man in ein Glas, und wenn das jemand trinkt, dann merkt er das nicht, weil es eigentlich nach nichts schmeckt. Man nennt es *stramunella,* Stechapfelpulver. Genau so haben wir das früher immer gemacht, hauptsächlich meine Mutter, Gott hab sie selig, damals, als ich noch klein war. Sie hatte es von meiner Großmutter gelernt. Wenn man die richtige Menge nimmt, dann wird ein Mensch ganz weich und nachgiebig, wie soll ich sagen, und wenn er sich vorher nicht für Sie interessiert hat, ändert sich das. Nimmt man mehr, dann kann es passieren, dass er einschläft oder starke Schmerzen bekommt, und dann muss man den Arzt rufen. Macht man jedoch einen Fehler und nimmt zu viel, tja, niemand weiß genau, was dann passiert, aber es kann so weit gehen, dass die Person stirbt. Ich bin bei solchen Sachen immer ganz vorsichtig gewesen, und deshalb haben sie unserer Familie auch genützt, damals, als wir noch in Procida gewohnt haben, weil die Leute zu uns kamen, damit wir ihnen solche

Mittelchen anrühren. Dafür haben sie uns dann Geld gegeben oder auch andere Sachen, ein bisschen Mehl zum Beispiel, oder Zucker, was kein Geld war, aber trotzdem gegen den Hunger geholfen hat, denn damals besaßen wir kaum mehr als das Hemd auf unserem Leib, so arm waren wir. Es war Krieg, und unsere Mutter hat immer zu mir gesagt: »Filumè, leg die Hände nicht in den Schoß! Sich regen bringt Segen, und Fleiß bringt Brot, Faulheit Not.« Damals arbeitete unser Vater Solimene Nunzio im Kerker von Procida, der Terra Murata, den man deshalb so nannte, weil er uneinnehmbar auf einer hohen Klippe stand und immer noch steht, auch wenn es heute kein Kerker mehr ist. Er passte dort auf die Gefangenen auf.

Jedenfalls müssen Sie sehr vorsichtig sein. Die Leute denken immer nur das Schlimmste, sie haben Angst, wissen nicht Bescheid ... Lassen Sie es sich von mir sagen, die ich so viel älter bin als Sie ... Wenn Sie wüssten, was wir wegen des Pulvers mit meiner Schwester Archina alles durchgemacht haben ... Nein, Archina ist kein seltsamer Name, das können Sie nicht wissen, aber meine Schwester hieß deshalb so, weil die Schutzheilige der Insel Procida die Madonna dell'Arco ist und dort früher und sogar heute noch viele Mädchen zu Ehren der Heiligen Jungfrau auf diesen Namen getauft werden ... Jedenfalls hat meine Schwester einmal einen Fehler mit dem Pulver gemacht und damit meine ganze Familie in den Ruin getrieben. Sie können sich daran nicht mehr erinnern, weil Sie noch zu jung sind und nicht von hier, aber damals haben die Leute aus Mangiamuso, nachdem das mit Narduccio Greco passiert war, gesagt, es sei die Schuld meiner Schwester. Wenn ich mich nicht irre, war das 1955 oder 56, zur Zeit des Karnevals. Es war damals schon etwa zwölf Jahre her, dass wir hierher ins Salento gezogen waren, aber die Leute behandelten uns immer noch wie Fremde. Ich war Dienstmädchen bei den Grecos. Und dann hat mich Donna Mariannina, das war die Frau von Narduccio, aus dem Haus gejagt, denn wenn ich nicht bei ihr gearbeitet hätte, sagte sie, dann wäre auch Archina nie dorthin gekommen und hätte niemals Narduccio kennengelernt.

Jedenfalls waren das ziemlich schlechte Zeiten für unsere Familie. Glauben Sie mir, Signorina, die Leute sind schrecklich, sie hören nicht auf ihr Herz und weiden sich am Unglück der anderen, und dann wird man ganz schnell an den Pranger gestellt … man wird verurteilt, weil man anders ist als sie, und selbst wenn einer überhaupt nichts damit zu tun hat, freuen sie sich, wenn sie ihm ins Gesicht spucken und seiner Familie die Schuld geben können. Und was haben sie mir ins Gesicht gespuckt, Signorina, was haben sie gespuckt! Was für ein Glück, dass die meisten dieser Unglückseligen längst selbst vor ihrem höchsten Richter stehen, und wären sie noch hier, da können Sie sicher sein, würden sie nach wie vor auf uns spucken …

Aber jetzt habe ich Sie abgelenkt mit all diesen Geschichten, und Sie haben nicht mehr aufgepasst, wie ich das Pulver zubereite. Sehen Sie, nun ist es fast fertig, ganz fein und hell … Dann erkläre ich Ihnen noch das mit der Menge, und Gott sei's befohlen, machen Sie dabei keinen Fehler! Auch wenn schon das neue Jahrtausend angebrochen ist und Sie eine moderne Frau aus der Stadt sind, kann auch Ihnen ein Missgeschick passieren, und dann geben Sie mir die Schuld. Ach, Signorina, Sie gehen auf die Universität – wie kommt es dann, dass Sie sich für die Angelegenheiten von uns armen Leuten interessieren? Was sagen Sie, die Tarantel? Die Tarantella? Von wegen Tarantella – es war der Hunger, der uns allen das Hirn weggefressen hat …

Jedenfalls wusste man bei ihr, also bei meiner Schwester, schon von Geburt an, dass sie nicht gesund war. Und was für eine Eile sie hatte, in dieses Tal der Tränen geboren zu werden! Zweieinhalb Monate kam sie zu früh zur Welt, und meine Mutter hatte überhaupt noch nicht mit ihr gerechnet, rein gar nicht, die Ärmste. Dabei hatte ihr schon die Schwangerschaft reichlich zu schaffen gemacht. Es war im November 1945, Allerheiligen, und ich war acht Jahre alt, als bei dieser armen Frau urplötzlich die Wehen einsetzten, an der Friedhofsmauer von Procida, wo wir wie alle Jahre hingegangen waren, um Blumen ans Grab ihrer Eltern zu bringen. Gerade noch rechtzeitig hat man sie aufgefangen und ganz schnell nach Hause gebracht, damit sie in ihrem eigenen Bett gebären konnte. Mein Vater schickte nach Donna Aurelia, der Apulierin, die sich so nannte, weil sie aus Specchia kam. Sie war sogar über drei Ecken verwandt mit meinem Vater. Und diese Donna Aurelia kam auf der Stelle, weil sie als Hebamme arbeitete, und half ihr beim Gebären. Archina war winzig klein, als sie herauskam, und von einer Art Blase umhüllt, die ganz rot vom Blut war. Die Hebamme sagte, die Blase komme aus dem Mutterleib, und das sei eine gute Sache, weil das kleine Mädchen schon im Hemd geboren sei, und dass wir die Blase gleich in den Bach werfen sollten, damit der Mutter nicht die Milch versiegt und die Kleine wächst und gedeiht. Aber ich glaube, das haben wir in der Aufregung vergessen …

Sehen Sie, Signorina, ich bin schon alt, ganze siebzig bin ich schon, und ich kann Ihnen sagen, da kommen wir auf die Welt und wissen unser ganzes Leben lang nicht, was von einem Moment auf den anderen passieren wird. Weder unser Schicksal kennen wir, noch den Tod. Und wie er sein wird, dieser Tod, dabei reden sie schon davon, wenn wir noch klein sind, und machen uns Angst davor, aber wer will es wirklich wissen, was für eine Fratze er hat, dieser Tod … und wann es sein wird und wo … daheim … im Bett … oder an irgendeinem unbekannten Ort. Und wer kann es schon sagen … ganz gleich, was du machst, irgendwann stehst du vor ihm, vor Gevatter Tod. Kein Mensch weiß, was für ein Päckchen er zu tragen hat …

Bei Archina war das anders. Die wurde geboren, und mit ihr, im selben Bett, kam auch ihr Schicksal zur Welt. Ich glaube fest daran, dass alles vorherbestimmt ist!

Jedenfalls gingen während der Geburt seltsame Dinge vor sich. Ich war noch so klein, aber ein bisschen verstand ich schon, wenn auch nur wenig. Ich glaube, sie schrien alle durcheinander … ja, ja, so war es, meine Mutter kreischte, dass sie diese Tochter nicht wolle, dass sie ihr den Leib gesprengt und sich nach draußen gefressen habe, und mein Vater brüllte von hinter der Schlafzimmertür, sie solle still sein, sonst würde die Madonna sie bestrafen, und Donna Aurelia rief, dass sich das kleine Mädchen mit der Nabelschnur erdrossle, und Desinfektionsmittel gebe es auch keines.

Was soll ich Ihnen sagen, so war es. Oder zumindest habe ich es so in Erinnerung.

Meine Mutter hatte nach der Entbindung plötzlich ein ganz weißes Gesicht, sie hörte mit dem Schreien auf und sagte nichts mehr. Das kleine Mädchen brachten die Frauen gleich in das andere Zimmer, weil sie meinten, der armen Frau könne man es nicht anvertrauen, so viel, wie sie gelitten habe, zumal es dem kleinen Neugeborenen auch nicht gut ging, weil es ja so klein war und, wie Donna Aurelia befürchtete, gar nicht überleben würde. Noch hatte das kleine Ding keinen Namen, und so sagte Donna Aurelia zu meinem Vater, er müsse die Madonna dell' Arco um Gnade anflehen, und wenn sein Töchterchen nicht sterbe, müsse er es auf den Namen Archina taufen. Und so machte er es. Doch er vergaß, die Madonna auch für meine Mutter um Gnade anzuflehen, denn am Tag darauf bekam sie ein heftiges Kindbettfieber und verstarb. Und das Schicksal meiner Schwester war vorbestimmt …

Am Nachmittag des Begräbnisses kam Mamas ganze Verwandtschaft aus Procida und auch einige aus der Familie meines Vaters, die allesamt Apulier waren und von hier, aus Mangiamuso, stammten.

Alle weinten und schauten meinen Vater an. Er saß für sich allein, ganz still, mit gesenktem Kopf, und rollte sich während des gesamten Begräbnisses diese stinkenden Zigaretten, die er immer rauchte. Die Verwandten, sie sahen ihn an und dann mich, und dann steckten sie die Köpfe zusammen und sagten mit leiser Stimme: »Und jetzt? Wer wird sich um sie kümmern, um diese armen kleinen Geschöpfe und um diesen armen Mann? Wie soll er das alleine bloß schaffen …« Wie ich Ihnen gesagt habe, ich war damals noch ziemlich klein, gerade mal acht Jahre alt … Verstehen Sie, ich hatte noch gar nicht begriffen, was geschehen war. Donna Aurelia hatte mich nicht ins Schlafzimmer gelassen, wo meine tote Mutter lag, weshalb ich sie nicht gesehen hatte. Stellen Sie sich vor, und so dachte ich am nächsten Tag, als meine Mutter nicht mehr da war, dass sie irgendwohin gegangen sei, bloß um das kleine Mädchen nicht mehr sehen zu müssen, das ihr so viel Schmerzen bereitet hatte. Oder, so dachte ich, vielleicht war sie ja auch nach Neapel zu ihrer Schwester gefahren, die Nonne im Kloster San Giovanni war und die sie in der Tat gelegentlich für zwei oder drei Tage besucht hatte. Nur dass am Morgen danach ebenjene Nonne, meine Tante, zu uns kam, und meine Mutter war immer noch nicht da … Aber was wusste ich damals schon, was es heißt, wenn jemand stirbt.

Diese Tante, die Nonne, hatte als junges Mädchen Gemma geheißen, nannte sich aber, seit sie den Schleier genommen hatte, nur noch Schwester Addolorata, und so nannten wir sie auch. Sie war jung und groß gewachsen, jünger und größer als meine Mutter. Und an jenem Nachmittag, als nach dem Begräbnis alle nach Hause gegangen waren, rückte sie ihren Stuhl neben meinen Vater, der immer noch ganz still und mit ausgestreckten Beinen dasaß, rauchte und zu Boden schaute. Mein Vater hat sein ganzes Leben lang geraucht, diese Zigaretten, von denen seine Finger ganz gelb wurden und die ihn, wenn man mich fragt, auch ins Jenseits befördert haben. Auch die Tante sagte kein Wort, doch man merkte, dass sie weinte, denn sie zog immer wieder die Nase hoch. Ab und zu streckte sie die Hand aus und legte sie meinem Vater aufs Knie, vielleicht um ihn zu trösten. Und alle schauten zuerst sie an und dann mich, die ich mit einem harten Zwieback, den sie mir gegeben hatten, unter dem Esstisch saß und daran knabberte, um mir die Zeit zu vertreiben, denn es dauerte lange, bis man den gegessen hatte. Und ich war zufrieden, denn sicher wissen Sie nicht mehr, wie gut der war, dieser Zwieback, den ich damals noch essen konnte, ohne mir die Zähne daran auszubeißen. Ach ja, Signorina, alles hat sich verändert, die Zeit vergeht, und die Dinge sind nicht mehr das, was sie mal waren … auch der Zwieback … und die Menschen … und die Gedanken, die man sich macht, die einem manchmal durch den Kopf gehen. Da vergehen so viele Jahre, in denen man denkt, was weiß ich, dass zum Beispiel dieser Tisch da … dass er rot ist, und ganz plötzlich, eines Morgens, merkt man, dass er in Wirklichkeit grün ist. Und dann kann man sich vielleicht sagen: »Na und? Wäre rot denn besser als grün?« Aber es geht gar nicht um besser oder schlechter, sondern nur darum, dass man nicht daran gewöhnt ist, und es ist schwer, sich an etwas zu gewöhnen, denn selbst wenn man alle Zeit der Welt dazu hat, gewöhnt man sich nicht mehr daran.

Jedenfalls glaube ich, dass an genau dem Tag unsere apulischen Verwandten und auch Donna Aurelia meinen Vater überredet haben, dass er dort in Procida nicht bleiben könne, denn wie sollte er das schaffen mit diesem kleinen Ding, das gerade erst auf der Welt war, und einem anderen von acht Jahren, und das war ich … Nur Schwester Addolorata, meine Tante, beharrte darauf, dass wir nicht wegziehen müssten, weil sie vielleicht bei uns bleiben wolle, schließlich seien wir die Töchter ihrer verstorbenen Schwester, und es habe ihr sowieso immer leidgetan, uns nicht aufwachsen zu sehen. Ich weiß nicht, wie es kam, jedenfalls ließ sich mein Vater von seiner Verwandtschaft überzeugen, und so zogen wir, kaum war unsere Mutter einen Monat unter der Erde, hierher nach Mangiamuso, und auch Donna Aurelia, der unsere Familie ans Herz gewachsen war, begleitete uns. Und es war ein Segen, dass sie mit uns kam, denn am Ende war sie es, die uns großgezogen hat.

Signorina, bitte entschuldigen Sie, wenn ich mich in Ihre Angelegenheiten einmische, aber wozu brauchen Sie denn das Pulver, das ich Ihnen zubereite? … Nein, wissen Sie … oft … oft meint es jemand nur gut … oder er will sich einen Scherz erlauben, und dann passiert ein Unglück. Also seien Sie auf der Hut, wenn Sie es anwenden! Aber Sie nehmen ja alles auf, was ich Ihnen sage … Und es ist auch gut so, dass Sie all diese alten Geschichten hören …

Jedenfalls, die Moral von der Geschichte ist, dass meine Schwester und ich hier aufgewachsen sind, und am Ende war es fast so, als wären wir hier im Salento geboren. Ich selbst bin jedoch oft nach Procida zurückgekehrt, weil dort einige Vettern von uns wohnten, und außerdem, wie soll ich sagen … dieses Meer, das war das Meer meiner Heimat, und die Farben … und auch die Art zu reden habe ich mir ein wenig beibehalten, ja, mit meiner Schwester habe ich oft in diesem Dialekt gesprochen, und ich sage Ihnen noch etwas: Wenn meine Zeit gekommen ist, wer weiß, ob ich dann nicht dorthin zurückkehre. Außerdem hat auch Archina, nachdem das Unglück mit Narduccio Greco passiert war, nach Procida zurückkehren müssen. Einfach um die Wogen ein bisschen zu glätten und den Klatschweibern das Maul zu stopfen. Wer weiß! Vielleicht hat unser ewiger Vater das ja so vorgesehen, dass wir alle irgendwann wieder dorthin zurückkehren, wo wir herkommen. Auch wenn niemand genau weiß, was eigentlich aus ihr geworden ist, ob sie tot oder noch am

Leben ist, und wo. Das letzte Mal, als ich sie gesehen habe, war, als unser Vater im Sterben lag und sie ihn im Krankenhaus besuchte. Danach habe ich nichts mehr von ihr gehört.

Aber auch hier ist es recht schön, das muss ich Ihnen sagen. Mittlerweile habe ich mich gut eingewöhnt … All diese rote Erde … Und was haben wir davon umgegraben, als wir noch jung waren! Die Grecos, bei denen ich als junges Mädchen arbeitete, hatten so viel Land und zwölftausend Olivenbäume …

Gewiss, wir hatten Glück, denn kaum waren wir hier angekommen, erzählte uns eine Kusine von den Grecos, die mich sogleich, obwohl ich noch so jung war, in Dienst nahmen. Und was waren das für gute Leute, Donna Mariannina und Compare Narduccio! Von ihrer Seite der Familie hatten sie einen Haufen Land geerbt. Sie war bildschön und blond, einige Jährchen älter als er, aber sie waren einander zugetan, obwohl sie keine Kinder hatten, und niemals hat man sie streiten hören. Nie gab es Klatsch über ihr Haus … bis zu jenem verfluchten Tag.

Auch unser Vater hatte Glück, denn er fand eine Arbeit auf dem Gutshof der Familie Santo, und was hatten die erst für Geld! Im Dorf wurde schlecht über sie geredet, vor allem über ihn, über Angelo Santo, der es zwar übel in den Knochen hatte, ganz krumm und bucklig ging und am Schluss sogar mit einem Wägelchen herumgefahren werden musste, doch die Leute herumkommandierte wie ein General. Es hieß, er sei geizig und böse, aber das sagte man nur hinter vorgehaltener Hand … Bei ihm lebten zwei Zwillingsschwestern, die älter waren als er, verbitterte, säuerliche Weiber, die keiner zur Frau haben wollte, nicht einmal die

Hunde hätten sie gewollt. Diese alten Jungfern verließen nie das Haus und versteckten die Lebensmittel unter dem Bett, damit sie von den Angestellten des Gutshofes nicht gefunden werden konnten, zu denen eben auch unser Vater gehörte. Doch unser Vater sagte zu Hause nie etwas über diese Dinge und beklagte sich auch nicht.

Um auf meine Schwester zurückzukommen, so wuchs das kleine Mädchen am Anfang hier in Apulien gut heran. Archina spielte mit den anderen Kindern aus unserer Nachbarschaft, ging bereits zur Schule, und die Lehrerin meinte, sie sei ein kluges Kind. Und so gab es, bis sie acht Jahre alt war, überhaupt keine Probleme. Dann jedoch, ich weiß nicht, wie das kam, begann es mit ihr bergab zu gehen. Es schien, als wäre Archina krank, sie hörte auf zu essen, sprach kein Wort mehr, und wenn man sie etwas fragte, so gab sie keine Antwort. Sie bekam einen bösen Husten, man nennt das wohl Bronchialasthma, der einfach nicht besser wurde. Es hieß, der Husten rühre von einer trockenen Lunge her, und dazu kam auch noch ein Ausschlag am ganzen Körper, der nie ganz abheilte. Ich fragte sie: »Was hast du nur?«, aber sie sagte nichts, blieb immer stumm, und wenn sie doch einmal sprach, dann redete sie immer über den *monaciello.* Sie war nämlich wie besessen von der Idee, dass wir im Haus diesen kleinen Mönch hätten. Wissen Sie denn, Signorina, was es mit diesem Mönchlein auf sich hat? Das ist ein winzig kleines Männchen in einer Kutte, das manchmal bei Leuten im Haus auftaucht, als wäre es, was weiß ich, die Seele eines toten Kindes… Manchmal wacht es über dich und bringt dir Glück. Man muss nur am Abend einen Teller Nudeln auf die Fensterbank stellen, und den isst das Mönchlein dann ganz auf, und am nächsten Tag ist der Teller voller Geld. Andere Menschen jedoch, die quält der kleine Mönch. Meine Schwester zum Beispiel, die quälte er. Sie sagte, er komme immer des Nachts und mache ihr Angst. Und sie behauptete, er wolle sie um jeden Preis vergiften. Damals kam mir auch der Gedanke, ihr beizubringen, wie man aus den Blättern des Stechapfels jenes Pülverchen zubereitet, um sie zu beruhigen. Ich wollte nur, dass sie sich ein bisschen beschäftigt, aber sie steigerte sich immer mehr in die Sache hinein. Jeden Abend stellte sie einen Teller mit Nudeln oder mit Erbsen auf die Fensterbank und streute ein bisschen von dem Pulver darüber, und am Morgen lief sie dann gleich hin, um nachzusehen, ob das Mönchlein Geld dagelassen hatte. Aber nichts geschah. Trotzdem hätte ich nie gedacht, dass es zu einem solchen Unglück kommen könnte… So verging die Zeit, doch die Dinge wendeten sich nicht zum Besten. Sogar in der Schule sagten die Lehrer jetzt, das Mädchen sei sonderbar, immer mit den Gedanken woanders, dabei könnten sie sich nicht vorstellen, wie es dazu gekommen war. Es war auch in dieser Zeit, als die *mappatèlla* bei ihr auftauchte… wie soll ich das erklären, eine *mappàta,* ein kleines Säckchen, das sie sich aus einem alten Kissenbezug genäht hatte. Tagsüber band sie sich den Beutel um die Taille, wie einen Gürtel, und nachts legte sie ihn unters Kopfkissen… Und wehe dem, der versuchte herauszufinden, was sich in dem Beutel befand! Da wurde meine Schwester zum Tier, es konnte sogar vorkommen, dass sie einen kratzte. Jedenfalls ist es weder mir noch Donna Aurelia jemals gelungen, herauszufinden, was es mit dem Beutel auf sich hatte. Archina tat sehr geheimnisvoll damit, doch man merkte sofort, dass ihr diese *mappàta* sehr wichtig war. Aber wissen Sie, in jener Zeit machte meine Schwester um alles ein großes Geheimnis. Immer wieder kam es vor, dass sie verschwand, dass sie einfach das Haus verließ und niemand wusste, wo im Dorf sie unterwegs war oder was sie machte. Der Vater … Was meinen Sie? Nein, dem war sie überhaupt nicht wichtig. Das Einzige, was er für sie tat, war, dass er sie ab und zu auf den Hof von Angelo Santo mitnahm, weil er meinte, die beiden alten Damen hätten sie gern und machten ihr immer Krapfen oder etwas Süßes. Und dann war da dieser Severino, der ein entfernter Neffe der Santos war; mit dem hatte sich Archina angefreundet. Immer wenn sie dorthin gingen, bestand unser Vater darauf, dass sie sich wusch und herausputzte. Er ließ sie ihr weißes Kommunionkleid anziehen, das sie ein bisschen umgenäht hatte, weil er meinte, die Santos seien wichtige Leute und ihretwegen müsse man sich gut anziehen. Er hingegen blieb immer verschlossen und traurig, als wäre ihm alles verleidet. Ich glaube, dass er Archina nie besonders gerngehabt hat, weil er ihr die Schuld daran gab, dass unsere Mutter gestorben war, während sie sie zur Welt brachte. Es ist nicht schön, das zu sagen, aber gerngehabt hat er immer nur mich. Und ich? Was konnte ich machen? Ich habe versucht, sie abzulenken. Auch ich habe sie oft mitgenommen, vor allem, wenn ich zur Arbeit bei den Grecos ging. Donna Mariannina sagte zu mir: »Filumè, lass dieses arme Wesen nicht allein zu Hause, bring sie mit hierher, damit sie mir Gesellschaft leistet«, und dann brachte sie ihr das Zeichnen bei, und Narduccio Greco spielte ihr auf dem Grammofon Schallplatten vor. Er plauderte mit ihr, las ihr jede Menge Geschichten vor, er nahm sie mit aufs Feld und erklärte ihr, wie man den Acker bestellt, wie man sät und erntet, das Wasser, die Sonne… eben alles, was das Feld anging und was dem Mädchen immer gefallen hatte. Hätte ich nur geahnt, was dann passiert ist, wäre ich doch nie damit einverstanden gewesen, dass sie so viel Zeit mit dem Compare Narduccio verbringt! Aber was will man machen, so ist das Leben.

Jedenfalls, je mehr Jahre ins Land gingen, desto mehr wurde meine Schwester zu einer Art Tier, mit dem man nichts mehr anzufangen wusste.

Dabei hatte ich gedacht, an einem bestimmten Punkt… Sie wissen schon, das Alter, in dem es ein bisschen schwierig wird. Zum Beispiel erinnere ich mich noch ganz genau an die Nacht, in der meine Schwester zum Fräulein wurde, Sie wissen schon, was ich meine, jedenfalls, als sie zum ersten Mal ihre Regel bekam, die Blutung, mit der die Zeit der Kindheit aufhört und mit der ein Mädchen erwachsen wird. Jedenfalls weiß ich noch genau, dass sie und der Vater am Abend von draußen heimgekommen waren und die Kleine keinen Appetit hatte und sich gleich hinlegte. Am Morgen danach, als es Zeit war, in die Schule zu gehen, machte sie keinerlei Anstalten aufzustehen, mucksmäuschenstill war es da drinnen im Zimmer. Damals wollte sie sowieso nicht mehr in die Schule gehen, weil sie sagte, die anderen Kinder würden sie verprügeln, und so dachte ich, das sei auch diesmal der Grund, weshalb sie nicht aufstehen wolle, und ich wollte nicht, dass der Vater etwas merkte, weil er sie dann nur geschlagen hätte. Damals war ich schon etwa zwanzig, aber in die Schule war ich nie gegangen, weshalb mir etwas daran gelegen war, dass wenigstens die Kleine ein wenig

Bildung bekam. Jedenfalls ging ich auf Zehenspitzen zu ihr ins Zimmer, in dem nur wenige Möbel standen, und da lag Archina ganz still im Dunkeln auf dem Bett, wie tot. Und es sah nach einem gewaltsamen Tod aus, denn ihre Beine waren beschmutzt, und auch das Laken und ihr Unterkleid, alles war mit etwas Braunem verschmiert, das aussah wie geronnenes Blut, und das war es auch. Ihr erstes Blut. Woran ich mich dann noch erinnere, ist, dass sie schlief, aber im Schlaf redete. Sie sagte, da seien Indianer, mit all ihren Pferden und den bunten Federn und ihren bemalten Gesichtern, die aus dem Gebirge herabgekommen seien, und es sei Maglie und auch wieder nicht Maglie, und dass sie sich unter dem Wagen versteckt habe, und deshalb hätten die Indianer sie nicht gesehen, aber alle anderen hätten sie umgebracht, nur sie hätte sich retten können, aber dann hätte einer der Indianer sie unter dem Wagen entdeckt und wäre gekommen, um sie mit dem Messer abzuschlachten. Und ich, Signorina, ich stand vor ihr und hab mir das alles angehört. Mir kam das alles ein bisschen komisch vor, vor allem das viele Blut, denn obwohl ich so viel älter und schon seit einigen Jahren voll entwickelt war, erinnerte ich mich noch gut an meine erste Blutung und daran, dass es damals viel weniger Blut gewesen war. Und dann zuckte Archina zusammen, und ohne die Stimme zu verändern, sagte sie: »Compare, wenn ich mir wehtue, brauche ich nicht in die Schule zu gehen.« Danach machte sie die Augen auf und sah mich in ihrem Zimmer stehen. Und da musste ich lachen, weil ich einfach nicht wusste, wie sie auf diese Indianer gekommen war, in welchem Film sie sie gesehen hatte, dass sie sie so gut beschreiben konnte, oder vielleicht hatte sie sie auch in einem der Heftchen mit den bunten Bildern entdeckt, die Donna Aurelia kaufte und die ich nicht anschaute, aber Archina schon, ja, die sie sogar versteckte, und wehe, wenn einer sie anfasste! Den sollten die Türken gefangen nehmen! Jedenfalls, was soll ich Ihnen sagen, Signorina, die Wahrheit ist, dass man nie auslernt. Sie könnten mir zu Recht sagen, dass die Dinge, die man wissen muss, in irgendwelchen Büchern stehen, dass man in die Schule gehen und lernen muss und dass man dann am Ende schlauer ist... Ach, Signorina, es ist ein wahres Elend, wenn man nichts begreift und wie hinter dem Mond lebt, denn damals lebten wir so, wie hinterm Mond... Es gab keine Bücher, sondern die Dinge passierten einfach, und niemand sagte einem vorher etwas... und hinterher war niemand da, um einen zu trösten, denn was geschehen ist, ist geschehen.

Es war genau in der Zeit, und jetzt kommen wir zu dem, wofür Sie sich interessieren, Signorina, dass die Geschichte mit dem Biss passierte. Wissen Sie, hierzulande sagt man, wenn man im Sommer aufs Feld geht, dann kann es sein, dass man von dieser Spinne, der Tarantel, gebissen wird. Es heißt, die Taranteln sind in Wirklichkeit die Geister von Verstorbenen, und wenn sie dich beißen, dann geht die Seele des Verstorbenen auf deinen Körper über und macht dich krank. Das war im Jahr 1955 oder 56. Archina war damals zwölf, es war Ende Juni, und ich erinnere mich, dass es wahnsinnig heiß war. Eines Nachmittags war ich gerade dabei, im Hof der Grecos die Wäsche aufzuhängen, als ich Donna Aurelia sah, die ganz aufgeregt war und mir sagte, dass es meiner Schwester schlechter gehe als sonst.

Ich machte mir Sorgen, holte mir rasch auf dem Hof die

Erlaubnis, und wir liefen zu uns nach Hause. Und tatsächlich war Archina schweißgebadet und aufgebracht, als wir sie dort vorfanden. Wie ein Tier im Käfig ging sie auf und ab, setzte sich auf das Feldbett, das bei uns in der Küche aufgeschlagen war, stand wieder auf. An einem bestimmten Punkt legte sie sich wieder hin, die Augen ins Leere gerichtet und ohne ein Wort zu sagen, doch dabei wimmerte sie, als wäre ein Feuer in ihrer Brust, das sie von innen verbrannte. »Sag, mein Kind, ich bin's, die Tante, was ist los mit dir?«, fragte Donna Aurelia, die wir mittlerweile »Tante« nannten. Archina aber sagte nichts, als ginge das Gesagte ihr zum einen Ohr hinein und zum anderen wieder hinaus. Am anderen Tag wurde sie noch sonderbarer. Da sagte Donna Aurelia zu mir: »Filumè, die Kleine ist bestimmt von der Tarantel gebissen worden.« Und sie meinte, wir sollten die Musikanten rufen, damit sie bei uns zu Hause aufspielten und Archina dazu tanzen konnte, und dann würde sie schwitzen und die Tarantel vertreiben. Und so wurde es gemacht.

Es kamen Vincenzino Epifani, der Barbier, der die Geige spielte, Don Luigi, der Makler, mit seiner Ziehharmonika, und Uccio Blasi, kein Geringerer als der Kommandant der Carabinieri, mit seiner Gitarre. Mit dem Tamburin kam niemand, denn das schlug Donna Aurelia persönlich. Und nicht einmal ich könnte mehr so recht sagen, ob es eher wie ein Fest oder wie ein Begräbnis war.

Drei ganze Tage wurde gespielt, Signorina! Drei Tage spielten die Musikanten, und meine Schwester, sie tanzte. Ab und zu wurde eine Pause gemacht, damit alle sich etwas ausruhen und ich für die Leute vom Orchester etwas zu Essen machen konnte. Dann begann das Spielen und Tanzen von Neuem. Am Schluss wurde meine Schwester müde und schlief ein. Donna Aurelia meinte, jetzt sei alles gut, und die Musikanten konnten nach Hause gehen. Was soll ich Ihnen sagen, so war's. Sicher war es eine seltsame Angelegenheit, weil Archina ja nie allein auf den Feldern herumstreifte. Wann also sollte sie gebissen worden sein? Und wo? Aber nun ja, vielleicht an dem Tag, als sie mit dem Vater nach Maglie gefahren war, denn in dieser Stadt machten sie, wie er sagte, besonders gute Taue, Besen und Stoffe, weshalb er gelegentlich dorthin fuhr, um Material zu kaufen, das er für die Arbeit bei Angelo Santo brauchte. Damals waren sie zwei Tage dort gewesen, und vielleicht war ja Archina bei dieser Gelegenheit gebissen worden, denn schließlich sagt man, dass es genau in dieser Gegend die Tarantel wirklich noch gab, auch wenn damals nach der Landung der Alliierten in Salerno die Amerikaner irgendwelche Mittel gegen Ungeziefer gesprüht hatten und man seither angeblich von Taranteln dort nichts mehr gehört hat.

Jedenfalls steht fest, dass meine Schwester schon am Tag nach der Tanzerei langsam wieder so wurde wie vor ihrer Krankheit. Oder wenigstens dachten wir das. Ich beruhigte mich, machte meine Arbeit, und das Leben ging weiter. Bis dann, einige Monate später, das mit Narduccio Greco passierte. Eines schönen Morgens fand man ihn tot in seinem Bett liegend, einfach so, mausetot. Ich kann bis heute nicht sagen, wie es passiert war. Donna Mariannas Schreie hörte man im ganzen Dorf, und sie benahm sich dermaßen von Sinnen, dass man fast glauben mochte, auch sie sei von der Tarantel gebissen worden. Im Haus der Grecos trafen zunächst der Arzt und dann die Carabinieri ein, dann die

Zwillingsschwestern Santo und noch andere Leute. Donna Mariannina schrie und sagte Dinge, die überhaupt keinen Sinn ergaben … Dinge über meine Schwester. Ausgerechnet sie, die meine Schwester immerherngehabt hatte wie ihre eigene Tochter. Sie sagte, Archina habe Narduccio Geld abknöpfen wollen, aber er wollte ihr keines geben, und so habe sie ihm eben das Leben genommen. Lauter wirre Sachen sagte sie, die niemand verstand. Aber gewiss war Donna Mariannina vor lauter Schmerz völlig von Sinnen. Das habe ich jedenfalls gedacht. Und so kam es, wissen Sie, dass im Dorf das Gerede begann … wie gemein die Menschen doch sind … all diese Sachen, dass meine Schwester diese fixen Ideen gehabt hatte, dass sie dieses Mönchlein sah, das sie des Nachts piesacke und ihr die Kehle zudrücke, dass sie gelernt habe, dieses Pulver hier zuzubereiten, und dass sie es jede Nacht in einem Teller aufs Fensterbrett stelle, um das Mönchlein damit zu vergiften … Und der arme Narduccio Greco, sagten sie, das heißt, das sagte der Arzt, sei genau an einer Vergiftung gestorben! Jedenfalls hatten sie doch tatsächlich meine Schwester in Verdacht! Und dass es wirklich so geschehen sein könnte! Eine Hexe schimpften sie sie, eine Hure und eine halb Verrückte. Andererseits, wenn selbst Donna Mariannina ihre Meinung so plötzlich geändert hatte und sie beschuldigte, ihrem Haus Unglück gebracht zu haben … meine Schwester, die doch noch ein Kind war … Glücklicherweise fanden sich jedoch keinerlei Beweise, und so konnte niemand etwas machen. Einige Tage später brachte mein Vater Archina nach Procida zurück, und es wurde nicht mehr darüber geredet. Zum Glück verkaufte auch Donna Mariannina binnen weniger Wochen ihr Haus, das Grundstück und all das, was sie noch in Mangiamuso hielt, und verließ das Dorf. Doch wie und warum und durch wessen Hand dieses Gift in den Körper jenes herzensguten Mannes gelangt war, ist niemals ans Tageslicht gekommen.

Und hier ist das Abenteuer zu Ende … wie ich gesagt habe … Und wie viele andere Dinge hätte ich noch zu erzählen! Sehen Sie, Signorina, und bei all dem Reden habe ich Ihnen die *stramunella* fertig gemacht. Aber hören Sie auf mich, und seien Sie vorsichtig damit! Ach, entschuldigen Sie vielmals, Signorina, über all dem Erzählen bin ich ganz dumm im Kopf geworden und habe Ihnen nicht einmal einen Kaffee angeboten.

Mangiamuso

Karnevalssamstag

Am letzten Tag des Karnevals kochen die Leidenschaften hoch, sie drücken und drängen und kommen ans Tageslicht, und sie zeigen, aus welchem Holz die Menschen wirklich geschnitzt sind. Wie überall auf der Welt ziehen die Leute auch hier in Mangiamuso andere Kleider an, sie tragen fremdartige Kittel und Hemdchen aus schwarzer Spitze, mit glitzernden Steinen und Tand besetzt, Schleier und Perücken oder auch Hosen mit Lumpen und Flicken am Hinterteil. Die Männer verkleiden sich als Frauen und die Christen als Tiere. Die Armen tun so, als wären sie reich, und die Reichen, als wären sie arm. Vielleicht wollen sie endlich zeigen, wie sie wirklich sind, oder sie wollen alle Spuren verwischen.

Wir schreiben das Jahr 1956, und die Menschen glauben noch an alles.

Ganz am oberen Ende der Hauptstraße des Dorfes – jenem Teil der Straße, der auch an gewöhnlichen Tagen besonders belebt ist und den Platz vor der Präfektur mit der Piazzetta della Signuría am Ende des Ortes verbindet – erscheinen jetzt, am späten Nachmittag dieses letzten Tages im Karneval, die Söhne des Bürgermeisters Siani. Der Corso trägt bereits sein festliches Feierabendkleid, ringsum toben und tanzen die Masken, und überall auf den Ständen mit türkischem Honig und Zuckerwatte, die sich wie eine

Schlange aus geschmolzenem Zucker die ganze Straße entlang bis zum Hauptplatz ziehen, wo das Dorf aufhört und das übrige Salento beginnt, liegt Konfetti. Bei den Söhnen des Bürgermeisters handelt es sich um zwei schmächtige und spindeldürre Burschen, die sechs und acht Jahre zählen, doch wie Zwillinge wirken, als wären sie über denselben Leisten geschustert, hässliche Knaben, was man jetzt jedoch nicht sehen kann, weil sie als Hündchen verkleidet sind. Ohne große Begeisterung laufen sie an der Hand ihrer Mutter, der Signora Siani, über den Corso, einem stadtbekannten Vollweib mit gewaltigem Busen, das die Hündchen jedes Mal mit einem Ruck zurückzerrt, wenn sie stehen bleiben, um eines der kleinen Mädchen mit Konfetti zu bewerfen, so wie die Tochter des Notars Marra, die sich im ausladenden Kostüm einer Hofdame aus dem achtzehnten Jahrhundert über den Corso schleppt, einem dieser Kleider, die mit solcher Sorgfalt und so viel Aufwand genäht wurden, dass auch der Letzte im Dorf mit einem Blick und ein für alle Mal begreift, wer sich »etwas leisten kann« und wer nicht, und ihm entsprechenden Respekt zollt. Ohne anzuhalten, geht Signora Siani an der Lottoannahmestelle vorüber, die auch an diesem Festtag geöffnet ist, denn wie man weiß, hat die Hoffnung niemals Ruhetag. Auf einem Hocker, der kaum ihr Gewicht tragen kann, sitzt die Sapúta direkt vor der Annahmestelle. Wie immer ist sie allein und betrunken, hat in der Hand ein Gläschen mit Magenbitter oder ähnlichem Gesöff, und ihre hundertvierzehn Kilo quillen an beiden Seiten über den Hocker und bringen sie bei der kleinsten Bewegung aus dem Gleichgewicht. Sie ist als Haremsdame verkleidet und trägt ein himmelblaues Kostüm mit Goldbordüren sowie eine Reihe von bunt zusammengewürfelten Schleiern, Seidentüchlein und Schärpen, aus denen vor allem der Bauch hervorblitzt. Da es geregnet hat, hat sie sich eine große Regenplane über den Kopf gezogen, die ihr ein benachbarter Standbesitzer geliehen hat, und ist darunter eingenickt. Jetzt sieht sie unter dem ganzen Gewühle aus Plane und Schleiern wie ein gewaltiges Zirkuspferd aus oder wie eine alte Vettel, die von einer Truppe fahrender Zigeuner zurückgelassen wurde. Signora Siani gibt vor, sie nicht zu sehen, um nicht zu einem Gruß genötigt zu sein, und fragt sich aufrichtig, wie es überhaupt möglich sein kann, dass ein solches Wesen existiert. Eine Frau, die es zu rein gar nichts im Leben gebracht hat, die sich bloß vollstopft und betrinkt, bis sie platzt, ganz zu schweigen von all den anderen Dingen, die man sich so über sie erzählt… Geschichten über die vielen Männer, die sie im Bett gehabt hat, als sie noch so schön und von leichtem Lebenswandel war, dass sie selbst dem Heiland den Kopf verdreht hätte, und Geschichten von all den geheimen Kindern, die sie zur Welt gebracht haben soll, der Frucht heimlicher Liebschaften mit mächtigen Männern. Ach, so viele Geheimnisse weiß man im Dorf zu berichten… Gewiss, denkt Signora Siani, und schau sie dir jetzt an! Eine Frau, die es nicht geschafft hat, mit ihren Pfunden zu wuchern und ihr üppiges Fleisch in die Waagschale zu werfen, so wie sie es selbst bei ihrem Gatten, dem Bürgermeister, getan hat. Deshalb keinerlei Vertraulichkeiten! Und so bleibt sie nicht stehen, sondern geht schnurstracks weiter, die Gemahlin des Bürgermeisters, damit niemand auch nur einen Moment lang dieses Sinnbild schlechten Lebenswandels und tiefsten Unglücks, für das die Sapúta steht, mit ihr in Verbindung bringt! Überhaupt liegt ihr, der Signora Siani, viel daran zu zeigen, dass sie in ihrer gesellschaftlichen Stellung nichts mit dieser Bande von Dummköpfen und Nichtsnutzen zu tun hat, die ihr halbes Leben in der Annahmestelle herumlungern und nur von den »guten« Zahlen reden, die irgendwelche Verwandten aus dem Jenseits im Traum auf sie einprasseln lassen wie einen warmen Regen. Nein, sie nicht. Mit diesem herrlichen Hintern, den die Natur ihr geschenkt hat wie einen unverdienten Preis, hat sie es gar nicht nötig, mit irgendwelchen Lottozahlen zu jonglieren, und lässt sie lieber nach ihrer Pfeife tanzen, diese lüsternen Männer, die sich den Hut vom Kopf reißen, wenn sie sie grüßen, die den Schlaumeier markieren und sie vor den Augen des Bürgermeisters Siani besabbern.

Indessen schwillt der Karneval um sie herum an und mit ihm der Lärm. Es sind misstönende Klänge, die inzwischen längst in Vergessenheit geraten sind, ein großes Scheppern und Trommeln und Tröten. Vom jüngsten Regenschauer schimmert die Straße noch ein wenig, und man muss auf der Hut sein, um nicht auszurutschen. Viele Kinder sind in Grüppchen unterwegs, andere allein oder in Begleitung ihrer Eltern. Ein Zorro, Hofdamen, Feen, Toreros, der Mann mit der Maske, kleine Japanerinnen, Minnesänger und andere, schwerer zu erkennende Verkleidungen, wenn man sich zu Hause nicht so gut auf das Nähen versteht. Über allem liegt ein grausames Licht, der unwirkliche Schein der letzten Sonnenstrahlen zwischen der Erde und einem Himmel, an dem noch immer Regen dräut. Es ist ein Licht, das die Kontraste der Masken vertieft, wie unter Pauspapier, ein Licht, das wie ein Vorbote der Dunkelheit ist.

Einen Moment lang taucht mitten in der Menge ein schneeweißes Kleid auf, das Gewand der Erstkommunion mitsamt Handschuhen und Schleier. Es ist Archina Solimene, die es trägt. Sie geht mit gesenktem Kopf neben ihrem Vater Nunzio Solimene, der sie am Arm zieht. Das Kleidchen ist ihr entschieden zu klein, es ist zu eng und zu kurz. Schaut man genauer hin, so sieht man, dass der Saum bereits mehrere Male herausgelassen wurde. Ein paar Augenblicke lang ist er sichtbar, dieser weiße Fleck, eine Zäsur im farbigen Reigen. Wie ein Hirschkalb zwischen den Bäumen im Wald taucht er auf und verschwindet wieder. Vater und Tochter gehen schnurstracks weiter; wie es scheint, verziehen sie keine Miene. Einen Moment später sind sie verschwunden, wie verschluckt von der Menge und den Luftschlangen …

Die Burschen aus den weniger betuchten Familien tragen an diesem Tag dieselben Hosen wie an jedem anderen Tag, auch dieselben zerschlissenen, windigen Jäckchen, die sie übers Jahr in der Schule anhaben. Diese Jungen, die alle zwischen elf und vierzehn Jahre alt sind, treten im Rudel auf, und sie tragen nur Masken über den Augen und gelegentlich eine ulkige Mütze. Sie sind bewaffnet. In den Fäusten tragen sie bunte Plastikkeulen, in Gelb, in Rot, in Grün oder Braun, der letzte Schrei in den Läden für Karnevalsartikel. An sich wären diese Keulen federleicht, doch um sie zu richtigen Waffen zu machen, haben die Jungen sie mit Wasser oder gar mit Sand gefüllt und benutzen sie nun, um damit nach den kleinen Mädchen zu schlagen, die wie Damen herausgeputzt sind. Die Mädchen schreien und machen sich ins Hemd, wenn sie diese keulenbewehrten Schwadronen auch nur am Ende einer Gasse auftauchen sehen. Denn sie wissen, dass nichts und niemand sie dort vor dem Hagel von Schlägen bewahren kann, der sie am Ende jener Gasse erwartet. Weder Papa noch Mama. Von wegen! Und da hagelt es schon Schläge, ein Schlag, und noch einer, und all das Mehl und der Talkumpuder, mit dem die kleinen Damen sich geschminkt haben, vermischt sich mit dem Wasser aus den Keulen und bildet auf den Kleidchen große Flecken und Kleckse.

Ein Meer aus Luftschlangen, Konfetti, hier trötende Luftrüssel, dort Masken, die das Gesicht zur Hälfte bedecken, Schreie und Schläge und Pfiffe und sausende Keulen. Doch auch die Erwachsenen sind verkleidet. Zwei kommen im Kostüm des Pulcinella vorbei. Ihre Gesichter sind nicht auszumachen.

Auf der Hauptstraße des Dorfes hat so mancher Ladenbesitzer immer noch offen, obwohl es bereits halb neun ist, und sitzt, in der Hoffnung auf bessere Geschäfte dank des Festes, auf einem Hocker vor seinem Laden und lässt das funkelnde Spektakel an sich vorüberziehen. Gelegentlich tippt er sich an den Hut, grüßt den einen oder anderen Bekannten oder wen auch immer er hinter einer Maske zu erkennen glaubt.

Mittlerweile ist der Abend hereingebrochen, die Farben haben etwas von ihrer Wildheit eingebüßt, und ein paar Momente lang hat es den Anschein, als wäre es ein Abend wie jeder andere auch. Aus den Fenstern der unteren Stockwerke, die sich auf die Straße öffnen, dringen die Geräusche derjenigen, die bereits nach Hause gegangen sind und sich an den Abendbrottisch setzen. An zwei Marktständen mit weißem Nougat stehen hinter dem Tresen Plattenspieler, von denen die Stimmen Modugnos, Nilla Pizzis, Franca Raimondis und anderer beliebter Sänger zu hören sind.

Drei Gestalten gehen vorbei, in den Händen ein Akkordeon, eine Trommel und ein Tamburin, doch die Instrumente haben gerade Pause. Die Kostüme der Männer, halb Schäfer, halb Anzug, geben Rätsel auf. Der mit dem Akkordeon trägt eine Löwenmaske, die sein gesamtes Gesicht und den Kopf bedeckt, während die beiden mit den Schlaginstrumenten ihr Antlitz hinter einer Bocksfratze und einem Totenschädel verstecken. Rasch und schweigend gehen sie zwischen den Ständen hindurch über den Corso. Es ist leicht zu erkennen, dass sie irgendwo erwartet werden.

Eine Gruppe junger Männer, die sich als Frauen verkleidet haben, tritt betrunken und Lieder grölend aus einem Tor und mischt sich unter die Menge. Ihre Pfennigabsätze klappern auf dem schmalen Gehsteig, sie lachen laut und rufen sich in derbem Dialekt allerlei unflätige oder boshafte Bemerkungen zu. An der Art, wie sie gehen und sich aufspielen, ist deutlich zu erkennen, dass sie nicht den blassesten Schimmer haben, was eine Frau überhaupt ist, wie sie sich bewegt, wie sie geht oder spricht. Als die Gruppe an der Kreuzung zum Vicolo Del Lazzaro vorbeikommt, tritt ein weiterer junger Mann aus der Gasse, der ebenfalls als Frau verkleidet ist. Er trägt dicke Schminke, eine blonde Perücke, klimpernde Armreifen, einen kurzen Rock über den behaarten Beinen und halbhohe Absätze. Wer genauer hinschaut, erkennt, dass es sich um Narduccio Greco handelt. Zuerst scheint er sich den anderen Männern in Frauenkleidern anschließen zu wollen. Ein paar Meter geht er neben ihnen her, passt seine Schritte an. In genau diesem Moment tauchen jedoch direkt vor ihm auf dem Bürgersteig erneut das weiße Kleidchen der Archina Solimene und die dunkle Jacke ihres Vaters Nunzio auf, der das Mädchen immer noch am Arm hält und eilig zum unteren Ende des Corsos zieht. Narduccio löst sich von der Gruppe der Betrunkenen und beschleunigt seine Schritte.

Inmitten dieses ganzen Trubels ist es durchaus möglich, Passanten zu entdecken, die mit dem restlichen Fest nichts zu tun haben. So wie die beiden alten Zwillingsschwestern Santo, Fatima und Candelora, genannt *le Sante*, die Heiligen. Sie schreiten kerzengerade mitten durch den Strom der Masken, stumm und ohne sich auf ein Gespräch einzulassen. Sie sehen weder Solimene noch seine Tochter, die ihnen auf der Straße entgegenkommen, und auch Narduccio nicht, der ihnen in gewisser Entfernung folgt. Die Zwillingsschwestern gehen in Richtung Dom. Fatima hat einen großen Teller mit ausgebackenen Karnevalskringeln in der Hand, der mit einem Tuch abgedeckt ist. In sich selbst und ihre Mäntel versunken, überqueren sie die Straße, wie betäubt, mit finsterer und ungerührter Miene, als wäre der Karneval des Lebens schon längst für sie beendet und sie selbst vom Feiern so weit entfernt wie ein Taucher vom Mond oder ein Grubenarbeiter vom Gipfel des Berges.

Um sie herum herrscht ausgelassenes Treiben.

Könnten wir den drei Musikanten, dem Löwen, dem Ziegenbock und dem Totenkopf, folgen, so sähen wir sie auf der Piazzetta della Signuría ankommen, wo mit dem Corso auch das Dorf selbst endet. Hier steht eine kleine Menschenmenge, die sie mit so begeistertem Gegröle empfängt, als wartete sie schon seit Stunden auf ihre Ankunft. In der Mitte des Platzes, gleich beim Brunnen, ragt ein hoher Pfahl, mit gelben und roten Bändern geschmückt, in die Höhe. Er wird von einem Mann gehalten, dessen Bauch so dick ist, dass er die Knopfleiste seines Hemdes zu sprengen droht. Sein Gesicht ist vom Trinken stark gerötet, und er hat keinen einzigen Zahn mehr im Mund. Dabei lacht und singt er, als ginge es beim Karneval einzig und allein um ihn, und das ganze Dorf hätte ihn nur seinetwegen anberaumt. Der Mann hat träge, spöttische Augen von levantinischem Schnitt, dazu einen bemerkenswert vollen Schopf aus schlohweißen Locken, von denen einige am verschwitzten Gesicht kleben. Man sieht, dass er in seiner Jugend ein schöner Mann gewesen sein muss. Einige der Anwesenden haben sich als Polizisten, Soldaten oder Priester verkleidet, andere sind gänzlich unverkleidet und scheinen einfach nur Zuschauer zu sein. Auch der wirkliche Priester des Dorfes, Don Filino, sowie zwei echte Soldaten und ein Polizist sind da. Der Löwe, der Ziegenbock und der Totenkopf beginnen zu spielen, eine Melodie aus fallenden Terzinen, die in dem kleinen Grüppchen, welches sich gerade um etliche Zuschauer vergrößert, auf rege Zustimmung stößt. Zuletzt eingetroffen sind auch die jungen Männer in Frauenkleidern, die auf ihren hohen Absätzen länger gebraucht haben, um die Strecke über den Corso zurückzulegen, wobei man nicht außer Acht lassen darf, dass sie vollkommen betrunken sind.

Begleitet von der Quetschkommode des Löwen, hebt der Ziegenbock zu singen an. Kaum hat die Musik eingesetzt, beginnen die vermeintlichen Frauen auf und ab zu schreiten, eine Mischung aus dem stelzenden Gang des Laufstegs und dem Wiegen von Stripperinnen, wozu das Publikum applaudiert, sie aber auch auslacht und ihnen derbe Schmähungen im Dialekt zuruft. Alles scheint Teil eines altbekannten Spiels zu sein, dessen Sinn dem Fremden verborgen bleibt, den dort Versammelten jedoch vollkommen vertraut ist. Die Musik wird lauter. Immer heftiger schlagen der Totenkopf und der Ziegenbock auf ihre Trommeln. Die Spannung steigt. Der Löwe, der Bock und der Totenkopf sind voller Konzentration, nicht die kleinste Geste in ihrem Treiben scheint überflüssig, während sie ihre Körper gerade so viel bewegen, wie es nötig ist, um den gespannten Fellen der Trommeln und dem Balg des Akkordeons Töne zu entlocken. Nur manchmal hat es den Anschein, als müssten sie einen Kampf gegen ihre Instrumente ausfechten, doch es ist kein Ringen um Leben und Tod, weil keiner der Musikanten seinem Instrument Schaden zufügen will und umgekehrt, sondern eher ein kleines Scharmützel, das den Kontrahenten dazu dient, das Beste aus ihrem Widersacher herauszuholen.

Mittlerweile ist es finstere Nacht geworden.

Die Menschenmenge ist gewachsen und wogt im Takt, ein jeder schwingt mit der Musik mit und lässt mit einer Neugier die Blicke schweifen, die doch jedes Jahr und vom genau gleichen Ritual geweckt wird. Alles wird hingenommen, so wie man den Hagel und die Dürre hinnimmt, etwas, das unvermeidlich ist und niemals hinterfragt wird.

Signora Siani hält sich mit ihren hündischen Söhnen etwas abseits, die, von dem Spektakel verängstigt und fasziniert zugleich, an ihrem Rockzipfel hängen, während der Blick ihrer Mutter einzig und allein einem der Musikanten gilt. Die Gemahlin des Bürgermeisters denkt, dass selbst die Tiermaske dem jungen Mann darunter nichts von seiner

Anziehungskraft rauben kann. Indessen kann sich niemand mehr ruhig halten. Gleich einem aufbrausenden Wind fährt die Musik durch die Körper und schüttelt sie wie Bäume im Sturm. Es ist ein finsteres Fest.

Auf der Piazzetta della Signuría ist das Licht der Lampions schummrig geworden und wird nur wenig verstärkt durch die flackernden rötlichen Glühbirnchen, die an ausgefransten Schnüren über den Köpfen der kleinen Menge baumeln, welche sich um die Musikanten versammelt hat. Kein Mond, keine Sterne, der Himmel bedeckt, es ist drückend, schwül. Jetzt kommt ein leichter Wind auf. Die Lichterkette flattert hin und her. Zwei Birnen erlöschen. In der finstersten Ecke des kleinen Platzes blitzt erneut das weiße Kleidchen von Archina auf, die von Nunzio am Ärmel gezogen wird. Die beiden bleiben nicht stehen, um die wogende Menge zu betrachten, sondern gehen, ohne der Musik zu lauschen, direkt auf das Dorfende zu, als müssten sie in einer Zeit, die aus den Fugen geraten ist, schwimmend um ihr Leben kämpfen. Um ein anderes Schicksal.

In genau derselben dunklen Ecke des Platzes folgt Narduccio ihnen in gebührendem Abstand, schweren Schrittes wegen seiner Absätze. Erneut fährt ein Windstoß über den Platz. Archinas Kleidchen bläht sich auf, hebt sich über den mageren Beinen, wie ein eisblaues Irrlicht am Rande eines Friedhofs.

Währenddessen fährt der Wind unter das Kopftuch mit dem rot-weißen Blumenmuster, das sich einer der Männer im Frauengewand über die Perücke gebunden hat, und reißt es ihm vom Kopf. Er flucht, versucht es festzuhalten, aber es gelingt ihm nicht. Ein paar Schritte läuft er ihm hinterher, doch dann verliert er es aus den Augen. Schweren Herzens gibt er auf und kehrt in die Menschenmenge zurück, um das kleine Spektakel weiterzuverfolgen. Das rot-weiße Kopftuch flattert etwa hundert Meter in Richtung Felder und bleibt ein paar Augenblicke an der Windschutzscheibe des Autos hängen, das vor dem allerletzten Haus des Dorfes geparkt ist. Dann nimmt der Wind es wieder mit. Das Kopftuch scheucht eine Katze auf, die die Straße überquert, fliegt über einen Busch und auf den Ast eines Baumes zu, wo es sich ein paar Sekunden verfängt, um sich dann wieder zu befreien und über die Olivenbäume rund um Terranera, den Gutshof der Santos, hinwegzuschweben, den ersten Hof außerhalb des Dorfes. Es berührt das Gesicht von Narduccio Greco, der sich ganz außer Atem hinter einem Pfahl des Zauns, der den Hof umgibt, versteckt hat. Das Tuch segelt noch ein paar Meter weiter und bleibt schließlich in einem der Brombeersträucher hängen, die das Tor des Gutshofs einrahmen. Vor dem Zaun sind gerade Archina und ihr Vater Nunzio eingetroffen. Im Inneren des Hauses brennt ein schummriges Licht, das aus der Küche im Erdgeschoss kommt. Es sieht aus wie Kerzenlicht.

Das Testament

DIE REGENSCHWEREN, DUNKLEN Wolken ziehen rasch vorbei, getrieben von dem Wind, der auch das rot-weiße Kopftuch zwischen den Bäumen hindurch bis zum Zaun von Terranera geweht hat. Sie streben gen Horizont, wo neue Wolkenheere sich verdichten und von Regen künden. Narduccio hebt den Blick, schaut zu den Wolken empor, doch der Gedanke, dass es die letzten Wolken in seinem Leben sein könnten, kommt ihm nicht in den Sinn. Er geht vor dem Zaun des Gutshofs auf und ab, und da er an die hohen Absätze nicht gewöhnt ist, tun ihm schon bald die Füße weh. Schließlich lehnt er sich mit dem Hinterteil an das Mäuerchen, in das der Zaun eingelassen ist, streift einen der Schuhe ab und reibt sich den malträtierten Fuß. Er versucht, Zeit zu schinden. Warum er hierhergekommen ist und was er zu tun hat, weiß er sehr wohl. Und doch bewegt er sich nicht vom Fleck. Es ist, als würden zwei Narduccios dort auf dem Mäuerchen sitzen. Sie sehen vollkommen gleich aus, wie sie da sitzen, den Schuh in der einen Hand, in der anderen den Fuß. Der Unterschied besteht jedoch in der Tatsache, dass der eine von ihnen Bescheid wissen will und der andere nicht. Der eine will dort hineingehen und herausfinden, ob die Dinge tatsächlich so stehen, wie er vermutet, oder ob er bloß zu viele Bücher liest, und in den Büchern, das weiß man, verhält es sich mit den Dingen oft nicht so wie im richtigen Leben. Auch seine Frau

Mariannina sagt ihm oft: zu viel Fantasie! Und so würde er sich am liebsten unsichtbar machen, um das Gutshaus unbemerkt betreten zu können.

Und dann ist da noch der andere Narduccio, der am liebsten beide Schuhe ausziehen und Fersengeld geben würde, weglaufen von dieser Finsternis, die bald vollkommen sein wird, weg von diesem Zaun und von den Gedanken, die, wenn sie sich im Kopf der Menschen festgesetzt haben, nur Schaden anrichten, wie ein Bohrer, der sich durch eine Steinhöhle frisst und fräst, Gedanken, die selber zu Steinen werden und die du dir nicht einmal mit Kanonenschüssen aus dem Kopf reißen kannst.

Der Narduccio, der dort hineinwill, zieht sich den Schuh wieder an und senkt dabei den Blick auf seine muskulösen und dicht behaarten Beine, die unter dem kurzen Rock hervorblitzen. Im Grunde weiß ein Mann so lange nicht, wie seine Beine beschaffen sind, bis er sich einmal als Frau verkleidet. In diesem Moment sieht er sie zum ersten Mal, weil es so ist, als würde er den Körper eines anderen Menschen betrachten. Und er begreift etwas über sich selbst, das ihm bis dahin nicht bewusst war. Jetzt trifft der Narduccio, der ins Gutshaus will, eine Entscheidung; er drückt das Zauntor auf, das nur angelehnt war, und nähert sich, ohne allzu viel Lärm zu machen, der verglasten Eingangstür, hinter der die ebenerdige Küche liegt.

Und nun vergisst Narduccio den Schmerz in seinen Füßen, vergessen sind die Wolken, aus denen Regen droht, der Karneval und all die Bücher und Filme, die er gelesen und gesehen hat. Er steht ganz still da, wie eine Vogelscheuche auf dem Feld.

Die behaarten Frauenbeine werden ihm schwer, kaum einen Schritt kann er gehen, kaum ein Wort vermag er zu sagen, weil ihm die Zunge im Mund so angeschwollen ist, dass er fast nicht mehr atmen kann. Nie zuvor hat ihm das Leben so klar vor Augen gestanden, so vollkommen. Er spürt, wie ihm die Züge entgleiten, wie ihm das Gesicht zur grotesken Fratze wird, zur Maske erstarrt.

Dann, als hätte jemand den Pfropf in seinem Inneren gelöst, spürt er, wie ihm das Blut wieder durch die Adern fließt. Einen Moment lang hat es den Anschein, als wollte er fliehen. Dann hält er inne, dreht um, drückt gegen die Glastür und tritt in die Küche von Terranera.

Sofort steigt ihm ein starker Geruch in die Nase, eine Mischung aus totem Bock und verbranntem Synthetikstoff. Angelo Santo sitzt mit dem Rücken zu ihm, tief in sich zusammengesunken in seinem Rollstuhl. Gerade versucht er, den Schlauch des Katheters wieder festzumachen, der seitlich an seinem Rollstuhl hängt. Danach wischt er sich die Hände an einem Geschirrtuch ab, das er unter dem Wasserhahn der Spüle angefeuchtet hat.

Jetzt steht Narduccio mitten im Zimmer. Stumm betrachtet er den Alten.

»So, so, Compare Narduccio, scheint Euch das die passende Zeit zu sein, mir einen Besuch abzustatten?«

Narduccio bleibt stumm.

»Eine schöne Verkleidung habt Ihr Euch da ausgesucht, mein Kompliment. Allerdings begreift man nicht recht, ob Ihr die Leute zum Lachen bringen wollt, ob Ihr ihnen Angst einjagen oder sie abstoßen wollt. Mich persönlich bringt Ihr ein wenig zum Lachen, und ein bisschen widert Ihr mich an … Aber Ihr wisst es ja, Compare Narduccio, dass Ihr mich immer ein wenig angewidert und ein wenig erheitert habt.«

Noch immer schweigt Narduccio.

»Und … wie geht es Eurer Frau? Was für eine schöne Frau! Was für ein stattliches Täubchen! Nichts für ungut, Narduccio, aber hier im Dorf gibt es wohl kein einziges männliches Wesen, das sich bei ihr nicht schon so seine Gedanken gemacht hat … und was für Gedanken! Ha, ha, ha. Und Ihr verliert den Kopf bei einem Mädchen von dreizehn Jahren! Steigt Ihr ihr jetzt auch schon des Nachts nach?«

»Was sagt Ihr? Mistkerl, haltet den Mund!«

»Aber ich bitte Euch, setzt Euch doch. Wolltet Ihr mir nicht etwas sagen? Nehmt Euch einen Stuhl. Was macht Ihr für ein böses Gesicht, Compare? Wie? Ihr habt den Teufel in Person gesehen? Heute ist die Nacht des Karnevals, und wer weiß, wie viele arme Teufel heute unterwegs sind und ihren Schwanz hinter sich herschleppen … und ihre Hörner auch! In der Nacht des Karnevals steht die Welt Kopf, und man sieht eine Sache ganz anders, als sie wirklich ist … Die Wahrheit ist, dass ihr jungen Leute einfach zu viel Fantasie habt.«

»Was redet Ihr da?«

»Na, na, Compare Narduccio, nun werdet nicht gleich wütend, was wollt Ihr denn machen? Die Welt ist doch ein großes Durcheinander, je mehr wir versuchen zu verstehen, desto weniger begreifen wir. Ihr, zum Beispiel, geht gern zu einem Mädchen von dreizehn Jahren. Und es gefällt Euch, Frauenkleider zu tragen. Was wollt Ihr machen? Ihr müsst es Euch selbst eingestehen, und vielleicht auch Eurer Frau …«

Nun kann Narduccio kaum mehr an sich halten: »Was

redest du da, du Mistkerl! Das ist ja schrecklich! Du weißt, dass ich gleich von hier weggehe und dich anzeige, und du wirst ganz schöne Schwierigkeiten bekommen!«

»Nur zu. Nehmt Euch ruhig einen von diesen Krapfen, Compare Narduccio, Ihr wisst ja, Zucker beruhigt die Nerven, und das könnt Ihr, scheint mir, gut gebrauchen. Ein Schlückchen Rosenlikör?«, erwidert Angelo Santo genüsslich.

»Fünfzigtausend Lire wollte sie«, murmelt Narduccio.

»Ach, bezahlt werden wollte sie? Was seid Ihr für ein Geizkragen, Compare Narduccio! Dabei fehlt es Euch doch nicht an Geld … Eurer Frau, wollte ich sagen … Nein, ich korrigiere mich, Ihr denkt nur, dass es Donna Mariannina nicht an Geld fehlt. Aber ach, arme Donna Mariannina! Es ist doch wirklich wahr, dass das Leben immer dann eine Wendung nimmt, wenn wir es am wenigsten erwarten!«

»Lasst meine Frau aus dem Spiel! Bevor ein Scheißkerl wie Ihr meine Frau erwähnen darf, müsst Ihr Euch den Mund ausspülen!«

»Ach, wärt Ihr so freundlich und würdet die erste Schublade jener Kommode für mich aufziehen, die dort im Flur steht? Darin liegt ein weißer Umschlag. Nehmt ihn und bringt ihn mir her.«

Narduccio ist irritiert: »Wovon redet Ihr? Was für ein Umschlag? Was für eine Kommode?«

Angelo Santo zeigt zur Ecke des Flurs. »Seid doch so freundlich.«

Narduccio zögert einen Moment, geht zu der Kommode, nimmt den Umschlag heraus und wendet sich dann wieder dem Tisch zu.

»Nehmt Euch doch einen Stuhl, Compare, und setzt Euch, es ist besser, wenn Ihr Euch setzt.«

Narduccio nimmt Platz, öffnet den Umschlag, zieht ein beglaubigtes Schreiben heraus und beginnt, schweigend zu lesen. Schließlich lässt er die Hand mit dem Brief aufs Knie sinken, sitzt reglos da. Angelo setzt mit ein paar Stößen den Rollstuhl in Bewegung, öffnet die Speisekammer, kehrt mit einer Likörflasche und zwei kleinen Gläsern zurück.

»Also, Compare Narduccio, dies ist ein guter Likör, den meine Schwestern mit ihren frommen Händen zubereitet haben. Trinken wir ein wenig davon, bevor die beiden sich alles selbst hinter die Binde gießen.«

»Wieso befindet sich dieses Schriftstück in Eurem Besitz? Kanntet Ihr den Vater meiner Frau, Don Salvatore? Und warum zeigt Ihr es mir jetzt, dieses … dieses …«

»Testament. Seht Ihr das denn nicht selbst, Compare Narduccio, dass das ein Testament ist? Das Testament von Don Salvatore Furno. Ja, ich kannte ihn, den Don Salvatore, so wie man sich eben in einem kleinen Dorf kennt. Den Notar, der dieses Dokument beglaubigt hat, kenne ich allerdings viel besser. Notar Marra … an ihn müsstet Ihr Euch doch noch erinnern …«

»Der Notar hat Don Salvatores Testament Mariannina in meiner Anwesenheit vorgelesen. Und das hier ist es nicht! Was hat also dieses Schriftstück zu bedeuten?«

»Ja, ja, vorgelesen hat er. Vorgelesen. Das sagt sich so leicht! Wer weiß schon, was der Notar an jenem Tag vorgelesen hat! Ein echtes Schriftstück, ein falsches Schriftstück … Da denkt einer, er habe für den Rest seines Lebens ausgesorgt, und dann, eines schönes Tages, kommt jemand und wirft dir, zack, einen Knüppel zwischen die Beine. Und alles, alles ist verloren!«

»Aber was, zum Teufel, wollt Ihr eigentlich? Was soll diese ganze Geschichte bedeuten?«

»Compare Narduccio, ich sage es klipp und klar: Wenn ich dieses Schriftstück an die Öffentlichkeit bringe, dann seid Ihr und Eure Frau geliefert! Ich weiß nicht, wer die aus dem Testament hier sein soll, und es ist mir auch herzlich egal. Eine Tochter, eine andere Tochter … oder eine Hure, die Don Salvatore offenbar für wichtiger hielt als Eure Gemahlin. Marra hat keine Ahnung, dass ich es aus seinem Geldschrank genommen habe … Er lässt ihn immer offen stehen. Voller Vertrauen. Und er tut gut daran. Schließlich bin ich sein bester Mandant. Jedenfalls, als ich sah, um was es sich handelte, habe ich es eingesteckt. Man kann ja nie wissen … im Leben! Findet Ihr nicht auch, Compare Narduccio?«

»Aber das ist absurd, es ergibt überhaupt keinen Sinn …«

»Ach, Compare Narduccio, Ihr wisst ja gar nicht, was eine schöne Frau so bewerkstelligen kann, wenn sie sich ins Zeug legt! Man weiß ja, dass der Notar Marra … na ja … eine gewisse Schwäche dort unten hat, und Eure Frau hat das nicht rechtzeitig gemerkt und sich entsprechend verhalten. Und wie hätte ein Mann wie der Notar Marra schon einer Frau wie Donna Mariannina widerstehen können?«

Narduccio stürzt sich auf den Alten.

»Du Mistkerl! Du dreckiger Scheißkerl! Ich bring dich

um, ich mache dich fertig! Dich und dieses andere Stück Scheiße!«

Angelo Santo wirft sich in seinem Rollstuhl hin und her, versucht, sich von den Händen Narduccios zu befreien, die um seinen Hals liegen. Er scheint keine Angst zu haben, lacht mit erstickter Stimme.

»Und, wie war sie denn, die Kleine? Sagt mir die Wahrheit, habt Ihr Euch dort unten von ihr berühren lassen? Und hat es Euch gefallen? Und Eure Frau, hat sie zugeschaut?«

Narduccio spuckt ihm ins Gesicht.

»Wag es nicht, du Mistkerl! Lässt dich von deiner Frau aushalten! Ich mache euch fertig! Ich zeige das Testament überall herum, und deine Frau verliert alles! Und du auch, du Schlappschwanz, denn was anderes hast du nicht auf die Beine gestellt! Lass mich! Lass mich!«

Narduccio schlägt auf den Alten ein, der versucht, sich zu verteidigen. Im Kampf kippt der Rollstuhl um, und die beiden fallen zu Boden. Auch wenn die Frauenkleider ihn behindern, gewinnt Narduccio sofort die Oberhand. Er sitzt rittlings auf Angelos Körper und will ihm gerade einen letzten, heftigen Faustschlag verpassen, als auf dem Kiesbelag der Zufahrt Schritte und die Stimmen Fatimas und Candeloras zu hören sind. Narduccio hält inne, steht abrupt auf. Von Panik ergriffen, flieht er durch die Hintertür.

Im Getümmel ist das Blatt Papier mit dem Testament zu Boden geflattert und unter dem Küchentisch liegen geblieben.

Die Zwillinge Santo

Aufgrund der Tatsache, dass die beiden Zwillingsschwestern von Angelo Santo im Lauf der Jahre immer hässlicher und dadurch so hart wurden, dass ein jeder sich an ihnen die Zähne ausgebissen hätte, begann man sie im Dorf nur noch *le Sante*, also die Heiligen, zu nennen, weil man wie selbstverständlich davon ausging, dass keinem der verfügbaren Männer auf der Piazza von Mangiamuso und Umgebung auch nur flüchtig in den Sinn gekommen wäre, sie von ihrer Jungfräulichkeit zu befreien.

Obgleich sie Zwillinge waren, hatten sie doch an zwei verschiedenen Tagen Geburtstag. Zuerst war Candelora zur Welt gekommen, der man diesen Namen gegeben hatte, weil sie nur wenige Minuten vor Mitternacht am 2. Februar, dem Tag, an dem man Mariä Lichtmess, die Candelora, feiert, aus dem Geburtsgang ihrer Mutter, damals noch erschrockene Erstgebärende, geschlüpft war. Da die Methoden der Geburtskunde zu jener Zeit noch eher grob waren und sich im Allgemeinen auf die Schilderungen der Wöchnerin oder die Tastergebnisse der Hebamme beschränkten, hatte niemand mit Sicherheit voraussagen können, mit genau welcher Anzahl von neuen Erdenbürgern zu rechnen war. Selbst die werte Frau Mutter war nicht in der Lage gewesen zu beurteilen, ob all die kleinen Tritte und Bewegungen in ihrem Leib, die sie des Nachts aus dem Schlaf rissen, von zwei Füßchen und zwei Ärmchen oder von deren vier verursacht wurden. Und so kam es, dass sich sowohl die Hebamme als auch die Schwester der Gebärenden, die als Einzige ins Schlafzimmer vorgelassen worden waren, völlig der kleinen Candelora widmeten, sie an den Füßen packten, kopfunter hielten und ihr kleine Schläge aufs Hinterteil gaben, um festzustellen, ob sie lebte. Während sie sie danach wuschen und ihrer Freude darüber Ausdruck verliehen, dass es sich um ein kleines Mädchen handelte, hatte sich die junge Mutter, die auf dem von Blut und Fruchtwasser besudelten Betttuch lag, zu fragen begonnen, wie es denn nur sein könne, dass sie sich überhaupt nicht erleichtert fühlte, und warum da immer noch diese Schmerzen waren, die ihr so sehr durch Mark und Bein gingen, dass sie nicht einmal in der Lage war, sich aufzurichten und die Arme nach ihrer kleinen Tochter auszustrecken. So vergingen mehr als zehn Minuten, in denen die Klagen der Frau Mutter nicht einmal in Betracht gezogen wurden. Alle Aufmerksamkeit galt der Kleinen. Gewiss, es war ein Mädchen und damit eine Last und keine Hilfe. Hauptsache, einer würde sie nehmen, sobald sie das heiratsfähige Alter erreicht hatte, aber hört nur, wie sie schreit, die würde bestimmt kräftig heranwachsen und gleich einen finden, der sie zur Frau nahm! Indessen konnte die Wöchnerin nur noch mit Mühe atmen, sie spürte deutlich, dass sich in ihrem Leib noch gar nichts beruhigt hatte, ja ihr schien, als drückte es sogar noch mehr als zuvor. Noch immer rann ihr das Blut an den Innenseiten der Oberschenkel hinab, wobei sie das deutliche Gefühl hatte, es sei das gesamte Blut ihres Körpers, das sich aus ihrem Leib ergoss. Als der Schmerz und die Wehen stärker und stärker wurden, schien es der Wöchnerin, als bebte das ganze Zimmer im Takt mit ihren Schmerzensschreien. Die Wände des Zimmers schwollen an und wieder ab, wie von einem rauen Wind ergriffen, der sie aufpustete, als wäre der Raum die atmende Lunge des Hauses. Auf dem Höhepunkt des Schmerzes schaffte es die junge Mutter gerade noch, sich zu fragen, wer denn wohl jene dritte Gestalt war, die im Halbschatten neben ihrem Bett aufgetaucht war. Abgesehen von ihrer Schwester und der Hebamme war ihr vorher niemand im Raum aufgefallen. Wer um alles in der Welt war also dieser unstet flackernde Schatten, der sich dort in der Zimmerecke flach hinter den Schrank drückte … riesengroß, wie ein Skelett geformt, das Antlitz traurig und erschöpft … ein Mann? Eine Frau? Dann hatte sie nichts mehr gehört und gesehen, weder das Zimmer noch das Blut oder den Schatten, und auch Schmerzen hatte sie nicht mehr verspürt. Nichts. Als sie nach einigen Minuten aus der Ohnmacht erwachte, hörte die junge Mutter die Hebamme schreien: »Madonna della Setèlla! Da ist ja noch eins! Presst, Donna Sofí, presst! Und schaut nur … das Köpfchen, das schon herauskommt! Presst, Donna Sofí!« Und so war genau zehn Minuten nach Mitternacht, in den Frühstunden am 3. Februar, Fatima zur Welt gekommen, die man zu Ehren der gleichnamigen Stadt so taufte, einem der Orte, die die junge Mutter während ihrer Hochzeitsreise besucht hatte, und, genauer gesagt, auch dem Ort, wo sie und ihr Mann dem eigenen Vernehmen nach das Kind gezeugt hatten.

Als sich dann, viele Jahre später, die Nachricht in der Welt verbreitete, dass in genau jenem Augenblick einer Gruppe Hirten eine wundersame Muttergottes erschienen war, begann in Mangiamuso das Gerücht umzugehen, die Zwillingsschwester Santo sei deshalb so genannt worden, weil sie mit ihrer unerwarteten Geburt ebenso alle verblüfft hatte, wie es später das Wunder von Fatima oder die Erscheinung jener gleichnamigen Madonna tun würde.

Fatima und Candelora ähnelten sich, als sie aufwuchsen, aufs Haar, als wären sie die genau gleichen Hälften ein und derselben Eiche, deren Stamm von der Axt eines Holzfällers gespalten worden war. Niemand wusste, in welcher der Hälften eigentlich das Herz schlug, doch im Dorf kam schon bald der Verdacht auf, dass dieses Schicksal keiner der beiden Frauen zuteilgeworden war. Ihr Leben verlief so: Fatima nahm den Eimer und die andere den Lappen, Candelora rief, und die Schwester antwortete, die eine putzte den Kohl, und die andere schnippelte Knoblauch, in einer präzisen Abfolge von Bewegungen, die so genau aufeinander abgestimmt waren, dass die Arbeit der einen nur dann zum Abschluss gebracht wurde, wenn sie anschließend durch den Einsatz der anderen auch einen Sinn erhielt. Doch hässlich waren sie wie die Nacht.

Einmal war Schwester Addolorata während eines der sporadischen Aufenthalte der Zwillingsschwestern im Kloster San Giovanni in Neapel, wo sie ihrem angeblichen Neffen Severino einen Besuch abstatteten, so sehr von Mitleid ob ihres unschönen und spröden Aussehens ergriffen gewesen, dass sie es gewagt hatte, ihnen einen kleinen Vortrag über die Geschichte der inneren Schönheit zu halten. Doch in den Augen der Schwestern Santo hatte nicht einmal der Schimmer von Dankbarkeit aufgeblitzt, denn sie waren zwar hässlich, doch keineswegs dämlich. Fatima war ihr über den Mund gefahren, indem sie fragte, ob Severinos Fieber, der Beweggrund ihrer überstürzten Reise in die Stadt, in letzter Zeit gemessen worden sei, während Candelora ihr bereits das Thermometer reichte. »Die Frauen schenken sich Gott, wenn der Teufel sie nicht mehr will«, hatten sie während ihrer Rückreise nach Mangiamuso über die Nonne geschimpft.

Alles in allem war das Leben mit ihnen jedoch gar nicht so schlecht umgesprungen. Zumindest erzählten sie sich das an den vielen endlosen Abenden, als sie die vierzig überschritten und damit jede Hoffnung aufgegeben hatten, noch einmal unter die Haube zu kommen. Abende, an denen sie alleine zu Hause waren und zum wohl hundertsten Male die Wäsche ihrer beider Aussteuer sortierten und einer Musterung unterzogen, indem sie die Eigenheiten und Vorzüge einer jeden Stickerei, jedes Bettbezuges und Lakens mit der gleichen melancholischen Zärtlichkeit auflisteten, mit der zwei pensionierte Lehrerinnen der Namen und Schulnoten jedes Einzelnen ihrer Zöglinge gedacht hätten, den sie einst in ihrer Klasse gehabt hatten.

Waren sie böse, die Schwestern Santo? Oder hatten sie nur mit der Welt abgeschlossen, weil ihnen wegen ihres Aussehens all die zärtlichen Zuwendungen und Schmeicheleien verwehrt geblieben waren, die gewöhnlich verhindern, dass sich die menschliche Natur verhärtet?

Allerdings darf auch nicht unerwähnt bleiben, dass ihre Mutter sie schon sehr früh im Stich gelassen hatte. Etwa zwei Jahre nach der schweren Zwillingsgeburt hatte sie ihr drittes Kind Angelo zur Welt gebracht, wobei es ihr nur noch mit Mühe gelungen war, jenen schwarzen Schatten zu vertreiben, der zurückgekehrt war, um der Geburt beizuwohnen. Und so hatte es sich einige Monate danach, während sie mit dem Neugeborenen in den Armen auf der Veranda saß, zugetragen, dass sie plötzlich sah, wie die Sonne sich verdunkelte, und eine süße, gewaltige Stimme vernahm, die aus jedem Punkt am Himmel, von jedem Zweig, von jedem Strunk im Garten, von den Rüben, den Kartoffeln und den Kohlköpfen zu kommen schien. Dann war die Stimme immer leiser geworden, war ihr in den Gehörgang gekrochen und hatte gesagt: »Amen.« Und die Mutter war erstarrt, ihr Gesicht zu einer Seite verzerrt und der Körper halb gelähmt. Von jenem Tag an hatte sie weder ihre Kinder noch ihren Mann gekannt und aufgehört, den Dingen der Welt einen Namen zu geben.

Und so kam es, dass Fatima, Candelora und Angelo wie mutterlose Waisen aufgewachsen waren. Ihr Herr Vater, der ewig auf Reisen war, um einen immensen Besitz an Vieh, Ländereien und Gutshöfen zu verwalten, hatte seine Kinder sich selbst überlassen. Die Zwillingsschwestern beschäftigten sich immer weniger mit sich selbst und immer mehr mit jenem menschlichen Relikt, zu dem ihre Mutter geworden war, bis zu dem Tag, als sie in ein besseres Leben abberufen wurde. Von diesem Moment an hatte sich die ganze Aufmerksamkeit der Schwestern auf den armen Angelo gerichtet, den sie für immer beschützten und behüteten, denn schließlich war er ein männliches Wesen.

Was das Heiraten anging, so lag der Haupthinderungsgrund nicht etwa, wie man hätte vermuten können, in ihrem wenig ansprechenden Äußeren als vielmehr in der Tatsache, dass sie zu viel Geld hatten. Als Männer hätten sie noch so krumm gewachsen und unansehnlich sein können, strohdumm und gleich einem Affen, denn ihr Reichtum hätte genügt, um ihnen eine dauerhafte Beziehung zu einem jungen und fortpflanzungsfähigen Mädchen zu sichern. Für Fatima und Candelora jedoch war ihr Reichtum nichts anderes als ein Klotz am Bein. Keiner ihrer sowieso schon rar gesäten Freier war jemals auch nur in die engere Wahl gekommen, denn Angelo Santo wachte wie ein Zerberus über das Vermögen der Familie.

Einen Bewerber um Fatimas Hand hatte es allerdings dennoch gegeben, als sie und ihre Schwester gerade ihr dreißigstes Lebensjahr überschritten hatten. Er trug den Namen Totò Leporàno und war als neuer Bauer nach dem Tod des alten Tagelöhners Scoppola eingestellt worden, der noch bis wenige Tage vor seinem Tod Erde gehackt und Bäume gestutzt hatte, mit der Kraft und dem Können eines Mannes, der in seinem Leben niemals etwas anderes gemacht hatte, als Bäume zu stutzen und Erde zu hacken. Kaum traf der junge Totò Leporàno vom Nachbargut der Aradeos ein, war es den Santos klar geworden, dass sie einen schlechten Tausch gemacht hatten, denn dieser Totò war faul und aufsässig und verstand vom Säen und Mähen kaum mehr als eine frittierte Sardelle von der Astronomie. Doch er war muskelbepackt und blond wie ein Schauspieler aus dem Kino, und so gab es für die arme Fatima kein Entrinnen. Der junge Leporàno hatte, schlau und mit allen Wassern gewaschen wie er war, sofort begriffen, wie die Dinge standen, und beschloss in Windeseile, die Gelegenheit beim Schopf zu ergreifen, weil sich ihm eine solche Möglichkeit, sich ins gemachte Nest zu setzen, wohl nur einmal im Leben bieten würde.

Bald fand Fatima des Nachts keinen Schlaf mehr, und immer wenn sie sicher sein konnte, dass Candelora in dem Bett neben ihr mit dem Schäfchenzählen aufgehört hatte und in ihrem melancholischen Jungfernschlummer versunken war, begann sie sich mit der Hand zwischen den Beinen zu streicheln und dabei an die Muskeln von Totò zu denken, an den Geruch unter seinen Achseln und an die Art, wie er sie jedes Mal ansah, wenn sie ihm sein Mittagessen aufs Feld brachte. Doch dieser Zustand der Gnade währte nicht lange.

Eines Tages, als die Sonne besonders grell und erbarmungslos schien und es auf den Feldern von Hunderten Taranteln nur so wimmelte, hatte sich Fatima wie immer mit dem Essen für Totò auf den Weg gemacht, das Candelora mit großer Sorgfalt vorbereitet hatte. Es handelte sich um einen Krug Wein und Brot mit Speck, das in ein feuchtes Tuch eingewickelt war. Es war der 29. Juni, der Tag der Heiligen Peter und Paul, die als Schutzpatrone der Spinnen, Schlangen und Skorpione gelten, und wer jemals von jenen Tieren gebissen wurde, dem tat es an diesem Tag des Jahres besonders weh. Fatima hatte keine schöne Stimme, doch das vergaß sie ab und zu und sang dennoch. Und so hatte sie, ohne sich dessen so recht bewusst zu sein, das Lied *Santu Paulu meu de le tarante, pizzichi le zitelle, pizzichi le zitelle a menzu all'anche …** angestimmt und sich dem Feld genähert, wo der junge Bauer mitten in der Gluthitze arbeitete.

---

* »O heiliger Paul von den Taranteln, du beißt die Jungfern, beißt sie in die Hüfte …«

Taumelnd und zerzaust nach einer der unzähligen Nächte, die sie schlaflos mit dem Vertändeln ihrer Jungfräulichkeit verbracht hatte, verspürte sie auf einmal einen heftigen Schmerz am rechten Knöchel, als hätte sie etwas gestochen oder gebissen. Im selben Moment hatte sich Totò Leporàno aufgerichtet und den Arm gehoben, um sich den Schweiß von der Stirn zu wischen. Die Sonne glitzerte auf den feuchten Muskeln seiner Schultern. Da spürte Fatima, wie sich zwischen ihren Schenkeln etwas löste, als wäre ein uralter, ungekannter Stein in ihrem Leib unter all der Sonne flüssig geworden. Und es gab kein Halten und keine Vernunft mehr. Weder die Katechismuslektionen, die Don Filino den Schwestern Freitag für Freitag im Pfarrhaus aufbrummte, noch all die Heiligenviten, die sich Fatima und ihre Schwester mit solcher Inbrunst zu Gemüte führten, noch die Angst vor dem Unbekannten konnten daran etwas ändern. Fatima ging auf ihn zu wie im Traum, wie in einem Traum ließ sie es zu, dass Totò ihr eine Hand unter das Kleid schob, auf der Suche nach etwas, das einer Brust ähneln könnte; verträumt hob sie die Augen und sah jenen unendlichen Himmel, über welchen die Sonne ihre ganze Strahlkraft ergoss ... Und spürte erneut das Brennen ihres Knöchels. Und das war es auch, was ihr widerfuhr! Seht ihr nicht, dass eine Tarantel sie gebissen hatte? Es war also das Gift der Spinne gewesen, das ihr nun die Beine emporstieg, das von ihrem Körper und ihrer Seele vollständig Besitz ergriff. *Santu Paulu meu de le tarante* ... Folglich war es auch kein »Anfall« jenes nächtlichen Schmachtens und jener Sehnsucht und jener Gier nach Zärtlichkeit, der ihr die Brust zum Bersten brachte ... Nein, es war die Spinne, das Gift, aber gewiss doch! Und mit diesem Gift war auch der Geist einer toten Frau auf sie übergegangen und ließ sie all diese Dinge tun … Sie, Fatima, gottesfürchtige Jungfrau, hatte damit gar nichts zu schaffen. Sie traf keine Schuld und folglich auch keine Strafe!

Ergebnis: Krug und Brot auf dem Feld verstreut, das schwarze Kleid beiseitegeworfen, sie auf dem Boden, Totò Leporàno auf ihr drauf. Ende der Szene, Ende der Vergangenheit, Ende der Zukunft.

Die Zukunft Fatimas ging genau am darauffolgenden Morgen in die Brüche, als sie nach turbulentem Schlaf die Augen öffnete und in das entsetzte Gesicht Candeloras blickte, die vor ihrem Bett stand, den Arm in einer melodramatischen Geste ausgestreckt, in den spitzen Fingern Fatimas mit Blut befleckte Unterhose.

Es dauerte nicht mehr als eine Viertelstunde, bis das gesamte Leben Fatimas sich in Flammen aufgelöst hatte und seine Asche in alle Winde verstreut war. Für immer. Der Herr Vater, der im Verlauf einer ebenso kurzen wie geheimen Zusammenkunft mit Candelora, welche in seinem Arbeitszimmer abgehalten wurde, vom Geschehenen in Kenntnis gesetzt worden war, trat aus der Glastür im Erdgeschoss und rief mit lauter Stimme nach seinem Sohn Angelo, damit er ihn bei dem, was zu tun war, begleitete.

Niemand erfuhr, was damals wirklich zwischen Vater, Sohn und dem jungen Bauern vorfiel. Vielleicht versetzten die beiden Totò Leporàno ein paar Tritte und Faustschläge, vielleicht drohten sie ihm auch Schlimmeres an, wenn er sich nicht im Handumdrehen und so weit wie nur irgend möglich von ihrer hässlichen und reichen Tochter beziehungsweise Schwester entferne, vielleicht aber boten sie ihm auch

Geld an, wer weiß? Oder vielleicht sagten sie auch: »Dann musst du sie heiraten«, und Totò Leporàno hatte gekniffen, weil er erkannte, wie sein zukünftiges Leben aussehen würde – mit diesem Herrn, der nun noch mehr sein Herr sein würde, mit Angelo, der ihn auf Schritt und Tritt überwachen würde, mit Candelora, die vielleicht ebenfalls auf ein gelegentliches Schäferstündchen in seinem Bett gehofft hätte –, und er es sich anders überlegt hatte. Fest steht, dass man von Totò Leporàno von jenem Morgen an niemals wieder gehört hatte.

Fatima legte sich ins Bett und stand fast einen ganzen Monat nicht mehr auf.

Die Vertreibung von Totò Leporàno stellte den Beginn einer langen Pechsträhne im Leben auf Terranera dar, in deren Verlauf sich zahlreiche Bauern auf dem Hof die Klinke in die Hand gaben, eine Unglückszeit, die erst viele Jahre später mit dem Auftauchen von Nunzio Solimene auf dem Gutshof ein Ende fand.

Damals war Solimene gerade aus Procida eingetroffen, mit zwei Töchtern namens Filomena und der wenige Monate alten Archina im Schlepptau. Doch nie und nimmer hätten Fatima und Candelora an jenem lang zurückliegenden Wintermorgen, an dem Nunzio auf dem Hof vorstellig geworden war, erahnen können, dass die Ankunft jenes Mannes in ihrem Hause das Ende ihrer Seelenruhe bedeutete.

Im Haus verrichtete Nunzio alle schweren Arbeiten und Reparaturen, er rückte die Möbel, wann immer eine Umgestaltung oder Renovierung der Räume anstand, er kümmerte sich um das Ein- und Ausladen der Vorräte, wenn zum großen Markt in Maglie gefahren wurde, in früheren Zeiten mit dem Ochsenkarren und später mit dem dreirädrigen Ape-Lieferwagen. Ab und zu ging er Angelo Santo auch beim Schlachten eines der Schafe zur Hand. Dann verschwanden die beiden ein paar Tage lang, und wenn sie wiederkamen, trugen sie all das in ihrem Gepäck, was ein gutes Schaf seinem Herrn eben hinterlässt: seine letzte Milch, aus der man Käse machen kann, würziges Fleisch, nach dem man sich die Finger leckt, Wolle zum Kämmen und Bleichen und die Haut, die man in der Sonne zum Trocknen aufhängen kann. Oft schickte Angelo Nunzio mit diesen Häuten zu den Trommelbauern der Gegend, die ihm dafür gutes Geld bezahlten – auch das ein lukratives Geschäft.

Nun, da die jüngste seiner beiden Töchter, Archina, etwas größer war, hatte Nunzio Solimene begonnen, sie nach Terranera mitzunehmen. Die ersten Male ließ er sie auf dem Innenhof mit Severino spielen, doch mit der Zeit fanden die Zwillingsschwestern sie oft in der Küche vor, wo sie mager und verdrossen am Tisch saß. Richtete man eine Frage an sie, so antwortete sie nicht, und oft genug stank sie auch. Einige Male hatten sie sie ganz alleine auf der Straße angetroffen, wo sie mit Steinen nach streunenden Hunden warf. Doch was konnte man auch bei einem Vater wie Nunzio erwarten, grübelten die beiden Zwillingsschwestern Santo. Gewiss, er war ein tüchtiger Arbeiter, dieser Nunzio, aber als Mensch … Niemals ein gutes Wort, eine freundliche Geste, eine Plauderei oder ein Lächeln. Nichts. Guten Tag und auf Wiedersehen, das war alles. Jedenfalls empfanden sie keinerlei Sympathie für dieses griesgrämige und halb wilde kleine Mädchen.

Archina war etwa zwölf Jahre alt, als im Dorf das Gerücht

aufkam, sie sei von einer Tarantel gebissen worden, es sei ihr sehr schlecht gegangen, und ebenjene Donna Aurelia, die mit der Familie Solimene aus Procida gekommen war, habe die Musikanten rufen müssen, damit sie drei Tage lang für das junge Mädchen aufspielten, welches dann, nachdem es die ganze Zeit über getanzt hatte, erschöpft zu Boden gesunken und genesen sei. Als das Gespräch auf jene Bisse und auf die Taranteln kam, fühlte sich Fatima in die Vergangenheit zurückversetzt; wieder stieg ihr der Geruch des auf immer verlorenen Totò Leporàno in die Nase, und sie war einen weiteren Monat bettlägerig.

Diese Episode war Monate vor jener schrecklichen Karnevalsnacht im Jahr 1956 vorgefallen, nach der sich Angelo Hals über Kopf in seine Knochenkrankheit gestürzt und fortan und bis ans Ende seiner Tage nicht mehr aus seinem Rollstuhl erhoben hatte.

Fatima und Candelora war es nicht gelungen herauszufinden, was an jenem Abend wirklich auf dem Hof vorgefallen war, in jenen Stunden, in denen sie zwischen all den Ständen und den Maskierten auf dem Corso in Richtung Dom unterwegs waren, um dem Dorfpfarrer Don Filino einen Teller mit Karnevalskringeln vorbeizubringen und sich auf eine kurze Plauderstunde bei ihm niederzulassen, in der es darum ging, dass der Karneval auch nicht mehr das sei, was er einmal war, und es, ganz allgemein gesprochen, keine Frömmigkeit auf der Welt gebe. Jedenfalls hatten sie bei ihrer Rückkehr Geräusche in der Küche gehört. Als sie das Licht einschalteten, fanden sie Angelo auf dem Boden liegend vor, offenbar betrunken und in verwirrtem Zustand. Im Haus herrschte ein Geruch nach Verbranntem, und auf dem Küchenboden lagen mehrere vormals weiße, fast vollständig verkohlte Stofffetzen.

Fatima war sogleich ihrem Bruder zu Hilfe geeilt, hatte ihn mühsam wieder auf seinen Rollstuhl gehievt und ihn dann mit den Worten »Ich bringe ihn gleich ins Bett« ins andere Zimmer geschoben.

Candelora blieb stumm im Zimmer stehen und betrachtete sorgfältig all das, was da in dem Raum verteilt lag, wie ein Kriminalbeamter, der an einem Tatort mit der Beweisaufnahme beginnt. Schließlich hatte sie sich auf die weißen Stoffstückchen konzentriert, hatte sie aufgesammelt, mit den Fingerspitzen geprüft, auf dem Tisch ausgebreitet und begonnen, sie genau zu betrachten, um irgendeinen Hinweis darauf zu finden, woher sie stammen könnten. Und als ihr dann, auf eine Vermutung Fatimas hin, die aus Angelos Zimmer zurückgekehrt war, der Gedanke in den Sinn kam, es könne sich um Teile jenes absurden Kommunionkleidchens handeln, mit dem jene übel riechende kleine Hexe, Solimenes Tochter, gelegentlich im Dorf unterwegs war, fegte sie zusammen mit der Schwester sorgfältig den Boden, löschte ein paar Kerzen, die seltsamerweise brannten, und öffnete schließlich die Glastür, um zu lüften.

Der leichte Windstoß, der von draußen hereinkam, brachte ein beschriebenes Blatt Papier ins Flattern, das unter dem Tisch lag. Candelora sah es, hob es auf, faltete es, nachdem sie sich mit einem schnellen Blick vergewissert hatte, dass es sich um ebendas Schriftstück handelte, das sie vermutet hatte, zusammen und steckte es in die Tasche. Fatima, die fragte, was das sei, antwortete sie: »Nichts. Die Einkaufsliste für morgen.«

Candelora, die mit Angelos Geschäften vertrauter war als die Schwester, wusste um die Existenz jenes Dokuments ebenso wie darum, dass ihrem Bruder diesbezüglich sehr an einer gewissen Diskretion gelegen war, auch wenn sie nie so recht begriffen hatte, warum.

Wahrscheinlich war es auch das erste Mal, dass in ihrem Verstand, der wie eine Kommode mit vielen Schubladen bestückt war, in die jedes Ding gemäß einer genauen und unverrückbaren Ordnung abgelegt wurde, die verwirrende Möglichkeit eines Verdachts auftauchte. Einen Moment lang dachte sie, es könne durchaus möglich sein, dass auf jenem Schriftstück das Schicksal ihres Bruders festgeschrieben stand und dass sie, wenn sie es sich in die Tasche steckte, Angelo auf ewig in der Hand habe. Sie konnte nicht wissen, dass die folgenden Stunden jener Karnevalsnacht das Dokument schließlich zu nichts anderem machen würden als einem schlichten Stück Papier, von dem keinerlei Macht mehr ausging.

Am darauffolgenden Morgen, während sie die Blätter wegfegten, die der Wind von den Bäumen gerissen hatte, fanden Fatima und Candelora in der Einfahrt eine Frauenperücke aus blondem Kunsthaar.

Angelo, die Gitarre und die blonde Frau

Eines tages, etliche Jahre vor 1956, waren die beiden Zwillingsschwestern auf dem Weg zum Haus ihrer Schneiderin, die ihnen mehrere Kleider an der Taille, die durch die Wechseljahre breiter geworden war, weiten sollte, und überquerten gerade den Corso. Kerzengerade schritten sie in ihren schwarzen Gewändern einher, die knöchellang und längst aus der Mode waren, als Fatima, kaum waren sie in ein Gässchen hinter dem Dom abgebogen, urplötzlich stehen blieb, dem Unterarm ihrer Schwester einen kleinen Schlag mit dem Handrücken versetzte und eine ruckartige Bewegung mit dem Kinn machte, als wollte sie sie auf etwas aufmerksam machen. Nur wenige Meter von ihnen entfernt standen Angelo und eine Frau. Sie waren in ein lebhaftes Gespräch vertieft, genauer gesagt schien sich die Frau im Lauf der Unterredung immer mehr zu echauffieren, während Angelo ganz ruhig und gefasst dastand, eine Schulter an eine Mauer gelehnt, obwohl ihm das rechte Bein schon damals große Schmerzen bereitet haben musste. Immer wieder hob er einen Arm, um die Schläge, mit denen die Frau ihn zu treffen suchte, abzuwehren. Keiner der beiden schien dem anderen jedoch wirklich wehtun zu wollen. Doch wer war diese Frau? Blond wie eine Normannin und winzig wie ein Pygmäe, und mit einem gewaltigen Busen… Ah, natürlich, das war ja diese Virginia, die Friseurin, die auch als Wahrsagerin arbeitete und aus Karten oder Kaffeesatz las und deshalb die Sapúta, die Wissende, genannt wurde. Was, zum Teufel, machte sie hier mit Angelo, und was hatten die beiden miteinander zu bereden? Immerhin wirkten sie sehr vertraut… Und wann war im Leben ihres Bruders jemals die Rede von Frauen gewesen? Angelo war doch keiner, der zu Huren ging! Und über jene Virginella dort hatten sich die Leute schon immer das Maul zerrissen, weil sie nun wahrlich nichts taugte! Was hatte Angelo mit ihr zu schaffen? Mit einer Friseurin! Andererseits… wenn man es recht bedachte…

»Aber ja, erinnerst du dich noch, Candelò?«, fragte Fatima. »An dem Donnerstagabend, als wir nach Maglie ins Kino gingen. Da haben wir diesen Film gesehen über die beiden alten Frauen, die sich wegen dieses nichtsnutzigen Neffen ruinieren… genau, so hieß er… *Die Schwestern Materassi*… und als wir nach Hause kamen, stand da all das schmutzige Geschirr in der Spüle, und wir haben die Teller gezählt und gesagt, da hätten doch zwei Personen gegessen. Und dann damals, als wir in unserer Haarbürste dieses blonde Haar fanden… Ganz genau! Was hat das alles zu bedeuten?«

Fatima hatte sich bekreuzigt und wartete darauf, dass ihre Schwester es ihr nachtat, doch Candelora blieb regungslos stehen, den Blick ins Leere gerichtet, als liefen vor ihrem inneren Auge bereits all die Familienkatastrophen ab, die diese mysteriöse Verbindung, die sie gerade eben entdeckt hatten, zweifellos auslösen würden. Und so war es auch.

Die Schwestern hatten niemals den Mut aufgebracht, den Bruder nach jener blonden, kleinwüchsigen Frau zu fragen.

Und auch Angelo erwähnte die Sache nie. Von jenem Tag des Streites auf der Straße an hatte sich sein Zustand zunehmend verschlechtert.

Verschlossen und jähzornig war er immer schon gewesen, ein Verhalten, das die Zwillingsschwestern jahrelang auf ein ausgeprägtes jugendliches Temperament zurückgeführt hatten, gebremst durch eine angegriffene Gesundheit, die ihn immer wieder zu allerlei medizinischen Behandlungen und Kuren zwang. Wer weiß, ob nicht körperliches Leid auf lange Sicht dazu führt, dass ein Mensch verrückt werden kann?

Vielleicht hatte auch deshalb der Bruder an einem bestimmten Punkt, als ihm die Schmerzen in seinen Knochen nicht einmal bei Nacht Ruhe ließen, mit dem Gitarrespielen begonnen. Bis zu jener Zeit hatte es in seinem Leben kaum etwas anderes gegeben als das Vieh und den Hof, mehr wussten sie deshalb auch nicht. Vielleicht ab und zu ein Frauenzimmer, jedenfalls Dinge, die nur Männer angingen. An Wein bestand kein Mangel, aber Freunde gab es keinen einzigen. Sicher wechselte er hie und da ein paar beiläufige Worte mit den Bauern, die auf dem Gut arbeiteten, und mit ihnen beiden beim Mittagessen und Abendbrot, doch ansonsten war Angelo schweigsam. Nur bei Nunzio Solimene war das anders.

Von dem Tag an, als Nunzio begonnen hatte, bei ihnen als Bauer zu arbeiten, hatte sich zwischen den beiden Männern eine Beziehung entwickelt, deren Natur sich die beiden Zwillingsschwestern nicht recht erklären konnten. Was konnte einen Gutsherrn nur so eng an einen Untergebenen binden? Denn das war Solimene schließlich für

Angelo: ein Untergebener. Möglicherweise, so sagten sich die Schwestern eines Tages, war es ja genau ihre Verschlossenheit gegenüber dem Rest der Welt, die diese beiden Männer einte.

Dann war jene Gitarre aufgetaucht. Eines Montags hatte Angelo schon früh am Morgen zusammen mit Nunzio das Haus verlassen und gesagt, sie führen nach Maglie, um sich neue Insektenschutzmittel für die Pflanzen anzusehen, und am Nachmittag war er mit der Gitarre zurückgekehrt, eingesperrt in einem schweren und harten Futteral, das Ähnlichkeit mit einem Sarg hatte. Ein solches Instrument hatten Fatima und Candelora noch nie gesehen. Sie war ganz anders als die Gitarren, die von den Bauern der Gegend gespielt wurden, allesamt bauchig, mit hauchfeinen Saiten, und man konnte auch nicht behaupten, dass sie einer jener französischen Gitarren ähnelte, mit ihren Saiten aus Darm und dem wunderbar seidigen Klang. Nein, diese Gitarre hatte Saiten aus Eisen! Was für ein Teufelsding, und welch kräftige Hände brauchte man, um dieser Ansammlung von Eisenteilen auch nur einen anständigen Ton zu entlocken, etwas, das nicht so ohrenbetäubend klang wie der Zusammenstoß zweier Eisenbahnen. Und so kam es, dass sich die Schwestern an jenen nicht enden wollenden Nachmittagen, wenn ihr Bruder sich in das Arbeitszimmer, wo er sonst den Landarbeitern ihren Wochenlohn auszahlte, zurückzog, um zu üben, hinter die geschlossene Tür stellten und mit angehaltenem Atem, damit man sie nicht bemerkte, lauschten. In der ersten Zeit war es eine echte Qual gewesen … Krach … ganz genau, nichts anderes als Krach. Im Lauf der Monate wurden die Töne jedoch geschmeidiger, geordneter, und irgendwann hatten Fatima und Candelora dort hinter der Tür bemerkt, dass sich nicht nur der Klang der Gitarre verändert hatte, sondern auch ihr Bruder. So, als wäre da in jenen ersten Monaten, die er sich im Arbeitszimmer eingeschlossen hatte, ein prähistorisches Wesen gewesen, ein primitiver Affe, der weder den Gebrauch der Dinge noch seiner eigenen Gefühle erlernt hatte, eine Kreatur, die mit einzigartiger Zerstörungswut auf die Gitarre einschlug und ihr dröhnenden Lärm entlockte. Irgendwann jedoch schien der Affe eine Anleitung oder Gebrauchsanweisung gefunden zu haben, als hätte ihn eine mysteriöse Kraft dazu veranlasst, sein Ungestüm zu bremsen und gefälligere Töne anzuschlagen. Ganz allmählich hatte sich der Affe aufgerichtet, und jetzt ging er auf zwei Beinen und produzierte jeden Tag getragenere, harmonischere Klänge.

Wenn Angelo zu seinem Instrument griff, setzte sich oft Nunzio Solimene zu ihm, rollte sich eine Zigarette und hörte mucksmäuschenstill zu, als würde ihm diese Musik tatsächlich gefallen. Vielleicht ertrug er sie aber auch nur, um seinem Herrn Gesellschaft zu leisten oder um seiner Berufung zum Untergebenen gerecht zu werden.

Von den Bauern hatte Angelo ein paar Stücke gelernt, die hundert Jahre alt waren, Lieder, die hauptsächlich von Frauen und von Armut handelten, von der Mühe der Feldarbeit oder vom Hunger. Er sang und spielte sie. Dasjenige, das den alten Zwillingsschwestern am meisten das Herz zerriss, war eine Serenade, deren Text lautete:

Donna ci stai alle cammere 'nzerràta
E jeu a qua' fore cojiu le friscure

Lu chiòvere me pare acqua rosata
*E lu nivicare nu campu de fiori.**

Die Zwillinge wunderten sich darüber, dass ein Mensch wie Angelo, der ansonsten jeglicher Weichlichkeit abgeneigt war, eine solche Leidenschaft für sentimentale Lieder entwickeln konnte. Vielleicht, so dachten sie, lag das daran, dass manche Reiche sich denen gegenüber, die nichts besitzen, schuldig fühlen. Und vielleicht war ja Angelo einer von ihnen und hatte deshalb auch nichts dagegen, wenn einer von so niederem Stand wie Solimene dort saß, seine Zigaretten aus billigem Schnitttabak rauchte und ihm dankbar zuhörte.

Bevor seine Zuckerkrankheit ihm die Stimmbänder zerfressen hatte, war Angelos Stimme tief und kräftig gewesen und so wohltönend, dass es den Schwestern, wenn sie ihm lauschten, schien, als legte der Bruder seine ganze Menschlichkeit, die seinem alltäglichen Auftreten so wenig anzumerken war, in seinen Gesang.

Mit dem Fortschreiten der Krankheit klang seine Stimme immer mehr wie der schlaffe Balg einer Ziehharmonika oder ein Reibeisen für Käse. Umso unerklärlicher war es den Schwestern, dass dieses hässliche Wesen von Bruder, kaum fing es an zu singen, eine Seele zu haben schien.

Abgesehen von jener Zeit mit der Gitarre, die für eine Weile in den beiden Schwestern den Glauben geweckt hatte, im

---

* Frau, du bist eingeschlossen in deinen Gemächern,
Und ich schnappe draußen ein wenig frische Luft.
Der Regen scheint mir wie Rosenwasser
Und der Schnee wie eine Blumenwiese.

Leben des Bruders könne eine wie auch immer geartete Fähigkeit zur Empfindung zum Durchbruch kommen und ein Tor zur regen Welt jenseits der Mauern von Terranera aufstoßen, war Angelo so verschlossen geblieben wie immer.

Seit die Zwillinge ihn in Begleitung von Virginia, der Sapúta, gesehen hatten, hatten sich die Ereignisse überstürzt. Jeden Tag tat ihm das Rückgrat mehr weh, das rechte Bein versagte ihm allmählich den Dienst, und innerhalb nur weniger Monate musste er mehrere Blutuntersuchungen über sich ergehen lassen, bei denen sich herausstellte, dass er an einer besonders schlimmen Form von Diabetes litt, die ihm im Verlauf der Jahre beide Füße brandig werden ließ und ihn für immer längere Zeit in den Rollstuhl zwang. Eines Tages war er dann im Hof neben dem Brunnen gestürzt und nie wieder aufgestanden. Das war zu genau jener Zeit, als auch die Schafe auf dem Gutshof zu humpeln begannen, ihr Fell wurde räudig, sie hörten mit dem Fressen und dem Blöken auf, und dann war eins nach dem anderen gestorben, und das Haus füllte sich zum ersten Mal mit dem Gestank toten Viehs, das an weiß Gott was für einer Krankheit verreckt war. Jahre später hieß es im Dorf, die Tiere seien durch die Abfälle der Fabrik vergiftet worden, welche nur fünfhundert Meter vom Gutshof entfernt stand. Angelo jedoch war anders als seine Schafe, und deshalb blieb er auch am Leben.

Etwa fünf Monate nach dem Tag, an dem Fatima und Candelora Zeuginnen jener rätselhaften Begegnung zwischen ihrem Bruder und der Sapúta geworden waren, wurde Nunzio Solimene auf dem Gutshof vorstellig, im Arm ein neugeborenes Kind, und hatte sich mit Angelo ins Arbeitszimmer zurückgezogen. Kurz darauf tauchte Angelo auf der Schwelle zum Nähzimmer auf, wo die beiden Schwestern mit gespitzten Ohren vor dem kalten Kamin saßen und vorgaben, auf ihrer fußbetriebenen Singer-Maschine Hemden zu nähen. Er hielt das Neugeborene im Arm, zeigte es den beiden Schwestern und sagte: »Solimene hat ein Problem. Vorerst bleibt das Kind hier. Ruft eine Frau her, die Milch für den Kleinen hat.« Und damit hatte sich die Sache.

Die Amme traf am Tag darauf aus Cutrofiano ein und stillte den Kleinen fast ein Jahr lang. Da niemand auf die Idee gekommen war, den Jungen zu taufen, hatten sie irgendwann begonnen, ihn Severino zu nennen, was am besten zu ihm zu passen schien. Und der Name sollte ihm bleiben. Die Amme konnte singen, und während der Säugling an ihren Brüsten nuckelte, stimmte sie folgendes Liedchen an:

Nía nía nía
La mamma fimmina vulía
Lu tata masculeddu
Cu lu porta la fatía
Nazzu nazzu nazzu
Tantu beddu cí ne' lu fazzu
Lu videne le signure
*Se lu portane a 'mpalazzu.**

---

* Eiapopeia, mein Kindchen,
Die Mutter wollte ein Mädchen.
Der Vater einen Jungen,
Um zur Arbeit ihn zu bringen.
Eiapopeia, mein Kind,
wie schön deine Züge geworden sind.
So schön, dass die edlen Damen staunten,
Komm in unseren Palast, sie raunten.

Angelo hatte den Schwestern zu verstehen gegeben, es sei besser, wenn im Dorf niemand wüsste, dass sie das Kind eines Landarbeiters bei sich aufgenommen hatten, weshalb sie vorgeben sollten, es handle sich um einen entfernten Neffen, der verwaist und bedürftig sei. Auch Severino wuchs in dem Glauben auf, ein Neffe der Geschwister Santo zu sein, und blieb bis zu seinem achten Lebensjahr bei ihnen im Haus. Bis dann eines schönen Tages Angelo, der damals bereits an den Rollstuhl gefesselt war, im Nähzimmer der Zwillingsschwestern erschien und ihnen mit einer Stimme, die rau von einem Katarrh und seiner Zuckerkrankheit war, befahl, die Habseligkeiten des Jungen zusammenzupacken, weil er beschlossen habe, ihn aufs Internat zu schicken. Am darauffolgenden Tag brachte Nunzio Solimene den Jungen nach Neapel, zum Kloster der heiligen Schwestern von San Giovanni.

Wie damals, als sie jenes Kind bei sich zu Hause aufnehmen mussten, und in all der Zeit danach, als der Junge wie ein leiblicher Neffe bei ihnen aufgewachsen war, wussten Fatima und Candelora auch bei dieser Gelegenheit, dass es nicht angebracht war, den Bruder nach seinen Beweggründen zu fragen, und so hielten sie den Mund. Eines war ihnen schon lange klar: Solange sie festen Boden unter den Füßen haben wollten, würden sie sich damit abfinden müssen, dass das Leben über ihre Köpfe hinweg entschieden wurde.

Virginia und das Floß des Glücks

Die geliebte eines Mannes wie Angelo Santo zu sein, hatte Virginia binnen Kurzem jeglicher Hoffnung beraubt. Ihre Zukunft war zu etwas geworden, das in gewisser Weise unwiderruflich war, so wie es im Allgemeinen nur die Vergangenheit ist. Hingegen war die Gegenwart in jenen Jahren gänzlich ohne Halt, etwas Fließendes, Schwebendes. Nur am Donnerstag, wenn die beiden Zwillingsschwestern das Haus verließen, um Einkäufe zu machen oder nach Maglie ins Kino zu fahren, und es ihr möglich war, Angelo zu treffen, empfand sie ihr Leben wie den Sand am Strand, der an sich keine Form hat und jedem, der nach ihm greift, durch die Finger rieselt, der jedoch, kaum wird er von einer Welle überspült, mit den Händen zu etwas geformt werden kann, das Gestalt annimmt, das *zu etwas wird*. Und so ging es auch ihr an jedem Donnerstag: Sie hatte das Gefühl, *etwas* zu werden.

Diese Virginia war kein verzagter Mensch, und sie war es nie gewesen. Aufgewachsen in einer vom Pech verfolgten Familie, in der es an allem fehlte, hatte sie schon als junges Mädchen gelernt, dass es im Leben nichts umsonst gibt, dass die Einsamkeit wie eine tote Maus ist, die einem auf dem Magen liegt, wenn man schläft, und dass der Schmerz fast immer das Antlitz eines Mannes hat.

Für sie hatte der Schmerz die Züge von Angelo Santo angenommen.

Virginia und Angelo hatten sich auf dem kleinen Platz vor der Kirche San Rocco kennengelernt. Nachdem er sie ein paar Tage lang beobachtet hatte, wie sie vorbeiging, blond und mit wiegenden Hüften, hatte er beschlossen, dass er diese Frau haben wollte, und sie, wie es damals unter den jungen Männern so üblich war, einfach angehalten und gefragt, ob er sie zu einem Kaffee oder einem Likör einladen dürfe. Obwohl Angelo Santo schon seit geraumer Zeit kein junger Mann mehr war und auch sie bereits auf die vierzig zuschritt, war sie auf sein Angebot eingegangen, und nach weniger als einer Woche des Umwerbens wurden die beiden ein Liebespaar.

Virginia hatte immer gedacht, dass jeder Mensch in seinem Leben von einem Meer aus Missgeschick und Leid umspült wird, das von allen Seiten über ihn hereinschwappt und ihn schließlich auf seinen Wellen mit sich fortträgt. Und jeder, davon war sie überzeugt, versucht auf seine Weise, ob im Großen oder im Kleinen, den Kopf über Wasser zu halten und nicht unterzugehen. Ab und zu schwimmt dann ein rettendes Floß vorbei, das Floß des Glücks, das man mit beiden Händen packen muss, denn lange wird man das Floß nicht halten können, sonst schwimmt es weiter und bleibt nur noch eine unscharfe Erinnerung, während um den Gekenterten erneut der Sturm tobt. Virginia hatte jenes Floß des Glücks noch kein einziges Mal vorbeischwimmen sehen. Und so hatte sie notgedrungen schwimmen gelernt und sich bislang auch aus eigenen Kräften über Wasser gehalten.

Bis ihr Angelo begegnete.

In jenen Jahren, bevor ein Zufall dazu führte, dass ihre Geschichte von Fatima und Candelora aufgedeckt und der

Gutshof für sie zu verbotenem Terrain wurde, genoss es Virginia, jenes Haus betreten zu können, obwohl es nur einmal in der Woche war, und auch dann nur heimlich. Sie mochte es, die Dinge dort zu berühren, ihren Geruch zu erschnuppern und über die Laken zu streichen, in denen der schlief, den sie insgeheim zärtlich »mein Mann« nannte. Vielleicht würde ja, wenn sie das alles wirklich und greifbar machte, indem sie Orte und Menschen mit den Werkzeugen wahrer Erfahrung und nicht nur mit denen der Fantasie ertastete, jene Art von bösem Zauber, von Verhextheit, die sie quälte und an jenen Mann kettete, einfach verschwinden, zumindest schien es ihr so, und sie würde endlich wieder in die wirkliche Welt zurückgeschleudert wie mit einem Katapult. Auch wenn ihr Schicksal in jener wirklichen Welt, und das wusste Virginia, gewiss nicht weniger unglücklich gewesen wäre. All das hatte sie von Anfang an begriffen, von jenem ersten Mal an, für das sie sich später ebenso verfluchen würde wie der Herrgott selbst, als Angelo sie zu Hause besucht und sie dort auf dem gekachelten Küchenboden genommen hatte. In ebenjener Küche, in der sich viele Jahre später der Diebstahl des Stockfischs abspielen würde. Weder hatte er vorher um Erlaubnis gefragt noch hinterher um Verzeihung gebeten. So wie es die Herren mit ihren Untergebenen eben tun, die Schäfer mit ihren Schafen, die Katzen mit dem Stockfisch, oder ebenjene wohlhabenden Männer, die, weil sie wissen, dass sie von Natur aus nicht besonders anziehend sind, meinen, sie hätten keine andere Möglichkeit, sich das zu nehmen, was sie wollen, als mit einer gewissen Form von Gewalt. So hatte sich Angelo Santo bei jenem ersten Mal ihrer bemächtigt. Mit Gewalt. Danach nur ein paar ausdruckslose Worte: »Bild dir bloß nichts ein. Wenn meine Schwestern da sind, lässt du dich auf Terranera nicht blicken. Du existierst gar nicht.« Worte, die Virginia überraschten, noch bevor sie ihre Gefühle verletzten, denn sie schienen ihr vollkommen fehl am Platz zu sein, da sie sich von einem Mann, der gesellschaftlich so viel höher stand als sie, sowieso nichts erwartet hatte. Und wenngleich für Virginia selbst völlig unglaublich, war es doch ausgerechnet jene brutale Art, zuerst in Taten und dann in Worten, gewesen, die zärtliche Gefühle in ihr weckte. Was für Beweggründe mochte ein so reicher Mann haben, sich mit Gewalt etwas zu nehmen, das er doch ebenso gut mit einer schlichten Bitte hätte erreichen können? Kraft ihrer ganzen Lebenserfahrung hatte sie den finsteren Boden jenes Mannes erspürt, jenen Bereich der Seele, der bei manchen Menschen ganz verschlossen ist und in dem nur dunkle Winde wehen. Wo die Leidenschaft nur noch ein Bodensatz aus Gefühlen ist und mit der Zeit so verfault, dass sie für den Menschen selbst ungenießbar geworden sind. Und wo die Angst vorbeigaloppiert wie ein gepeitschtes Pferd. Mit ihren vierzig Jahren hatte Virginia schon zu viele Menschen erlebt, die von der Angst aufgezehrt wurden. Mittlerweile wusste sie, dass denjenigen, die die Angst nicht mit Schnaps, mit körperlicher Liebe oder dem Ausüben von Macht löschen können, nur noch die Anwendung von Gewalt bleibt, um sich am Leben zu erhalten. Eine Gewalt, die, wenn sie sich entzündet, alles verzehrt, bis nichts mehr übrig ist.

An einem gewissen Punkt hatte Virginia begonnen, sich ihren Lebensunterhalt als Friseurin zu verdienen. Es war immer ihr Traum gewesen, Frauen die Haare zu waschen, sie schöner zu machen und damit Teil jener Welt wohlhabender Damen im Dorf zu werden. Vermutlich aus schlechtem Gewissen für die Art und Weise, wie er sie tyrannisierte, hatte ihr Angelo Santo Geld dazu gegeben, erlaubte ihr allerdings nicht, ein richtiges Geschäft zu eröffnen. Zu viel Kundschaft, zu viele Augen, die sich auf sie richteten – nein, Angelo war zu eifersüchtig, um das zu unterstützen. Und so hatte sie einen privaten Salon aufgemacht, der auch für eine gewisse Zeit recht gut lief. Kundinnen gab es nicht viele, aber sie waren treu und pünktlich. Den wenigen Damen des Ortes, die sich den Luxus erlauben konnten, sich »die Haare machen zu lassen«, gefiel der Gedanke sehr, sich dank neuester Techniken, die eine Dauerwelle haltbarer machten und es ihnen erlaubten, mit den gewagtesten Färbe- und Toupiertechniken zu experimentieren, ganz im Mittelpunkt einer modernen Welt zu fühlen, die man ansonsten von ihrem kleinen Dorf aus nicht einmal mit dem Fernrohr erspähen konnte. Waren die Haare gewaschen, legte Virginia den Frauen auch die Karten, wenn sie dies wünschten. Und so hatten im Verlauf jenes magischen Rituals die frisch toupierten, ondulierten oder gebleichten Damen das Gefühl, wie an Bord einer wundersamen Zeitmaschine in eine andere Dimension zu reisen, in jene Urzeit der Welt, in der es nicht unverzichtbar war zu *wissen,* es jedoch genügte, zu *glauben.* Wenn sie ihnen aus den Tarotkarten las, schenkte ihnen Virginia das Gefühl, *zugleich* zu *wissen* und zu *glauben.* An einem einzigen Nachmittag ein doppelter Sprung in die archaische und in die moderne Welt. Natürlich wäre keine der Damen dazu in der Lage gewesen, sich einen solchen Gedanken bewusst zu machen oder gar in Worte zu fassen. Vielmehr beschränkten sie sich bei den kurzen und von Späßen aufgelockerten Verabschiedungen, bevor sie wieder nach Hause zurückkehrten, darauf, den angenehmen Charakter des gerade Erlebten mit so vagen Worten zu umschreiben wie: »Die ist wirklich gut, diese Virginia, frisieren kann sie.« Nur einmal hatte die Signora Siani, die schon damals mit dem Mann verheiratet war, der einige Jahre später der Bürgermeister von Mangiamuso werden sollte, und eine ihrer besten Kundinnen war, in einem unerwarteten Ausbruch von Lebhaftigkeit gesagt: »Ich weiß nicht, aber im Haus dieser Frau, die so viel von den Dingen versteht und weiß, die so ... ja, *wissend* ist, fühlt man sich wie in einer anderen Welt. Diese Friseurin ist wirklich eine *Wissende.*« Niemand hatte dazu laut etwas gesagt, doch jede von ihnen bewegte den Gedanken in ihrem Herzen, dass die Friseurin wohl tatsächlich eine Wissende, eine *Sapúta*, war.

Es war das erste Mal, dass jener Beiname über Virginias Leben hinweggeflattert war wie ein Vogel, der Unglück bringt.

Und so war auch das Glück jener ersten Zeit nicht von Dauer. Von jenem Moment an begann der Name Virginia in der Vorstellungskraft des Dorfes zu verblassen und aus den Gesprächen auf der Piazza und dem sie betreffenden Klatsch zu verschwinden, um immer nachdrücklicher durch den Beinamen Sapúta ersetzt zu werden, der allen zunehmend passender und zutreffender zu sein schien. Im Lauf der Zeit hatten die Gemeinheiten und die Brutalität, denen Angelo sie unterwarf, jenes Leben am Rand der Gesellschaft, zu dem er sie gezwungen hatte, indem er sich weigerte, ihre

Beziehung offiziell zu machen, zusammen mit den Jahren, die indessen ihren Tribut an ihre Schönheit forderten, dazu beigetragen, tief in ihr drinnen ein großes, schwarzes Loch zu graben. Und sie hatte versucht, es zu füllen, jenes Loch, zwischen all dem Shampoonieren, dem Ausspülen und dem Lackieren von Fingernägeln, indem sie sich in jener vermeintlich göttlichen Begabung des Kartenlesens übte, welche ihre Kundinnen in solche Verzückung versetzte und in Virginia jedes Mal das Gefühl weckte, tatsächlich ihren Platz im Leben gefunden zu haben. War sie dann jedoch allein und stand am Rand jenes Lochs, um hinabzusehen, konnte sie, so sehr sie sich auch bemühte, nichts und rein gar nichts darin erkennen. Zumindest nicht, bis *es* dann passierte. Jenes *es*, von dem Virginia hoffte, es würde ihr Leben für immer verändern.

Sie war nach Maglie gefahren, um sich untersuchen zu lassen. Ein Doktor im Dorf kam nicht infrage, denn das Gerücht hätte sich wie ein Lauffeuer verbreitet, und Angelo hätte sie umgebracht. Und so kam es, dass Virginia, als sie sich wohl zum zwanzigsten Mal die Seele aus dem Leib gekotzt hatte, den Beschluss fasste, selbst eine unerträgliche Gewissheit sei immer noch besser als jener schreckliche Zweifel, der ihr seit Monaten das Leben vergällte, den Linienbus bestieg und nach Maglie fuhr, denn mit vierzig musste man einer solchen Sache beherzt ins Auge blicken. Doktor Cantalamessa war ein erfahrener Arzt und begriff offenbar sofort, in welcher Situation Virginia sich befand. Wahrscheinlich hatte er schon des Öfteren alleinstehende Mädchen und Frauen in seiner Sprechstunde gehabt, die am Anfang mit gespielter Gleichgültigkeit auftraten, als ginge sie das alles gar nichts an und sie wären in Vertretung einer Freundin oder Verwandten hier, und dann in dem Moment, wenn er eine Schwangerschaft diagnostizierte, in eine Art Panik verfielen, die kaum noch zu verbergen war. Deshalb dachte er auch in dem Augenblick, als er Virginia enthüllte, dass sie im vierten Monat guter Hoffnung war, nicht einmal daran, ihr zu gratulieren. Rasch reichte er ihr ein Blatt Papier mit dem Befund und der Verschreibung eines bewährten Stärkungsmittels und begleitete jene Geste mit einem blitzschnellen Seitenblick, in dem Virginia das Bemühen des Arztes erkannte, gegenüber seiner Patientin nicht durchschimmern zu lassen, welch unglückliche Zukunft er ihr aufgrund seiner Erfahrung als Frauenarzt voraussagte.

Während der Rückfahrt im Linienbus hatte Virginia jenes Blatt wohl fünfhundertmal gelesen. Nur wenige karge Worte, die doch ihr Schicksal auf exakte Weise wiedergaben. Mehr als alle Lieder, als alle Sprichwörter oder Legenden kann ein medizinischer Befund unser Leben perfekt zusammenfassen, indem er zu einem Wendepunkt wird, zum Scheidepunkt zwischen dem Vorher und dem Nachher. Und man könnte in einem solch einfachen Stück Papier lesen wie in unserer eigenen Biografie.

In jenem Befund machte vor allem ein Wort Virginia betroffen: *primipara*. Da sie nicht den blassesten Schimmer hatte, was das klangvolle lateinische Wort bedeutete (nämlich die Tatsache, dass sie Erstgebärende war), gab sie sich, die Stirn an die Fensterscheibe des Busses gedrückt, dem einzigen Bild hin, das es in ihr heraufbeschwor: einen Papagei, einen Ara vielleicht. Einen dicken, alten Papagei, der so beleibt war, dass er nicht mehr fliegen und nur noch mit Mühe watscheln konnte. Aufgebläht von einem Gewicht, das zu tragen seine Kräfte überstieg. Ein Gewicht, das ihn langsam machte und dazu führte, dass alle anderen Papageien glücklich und flink um ihn herumflatterten, er jedoch, der alte Ara, es nicht schaffte, sich noch einmal in die Lüfte zu erheben.

In jene Gedanken verloren und von der Müdigkeit, den Gefühlen und einem Heer von Hormonen belagert, die ihr das Herz schwer und den Körper taub machten, war Virginia eingeschlafen. Sie träumte, dass sie zu Hause war und einem Schaf die Haare wusch, einem Schaf, das genau wie all ihre anderen Kundinnen mit übergeschlagenen Beinen auf dem Stuhl saß und mit ihr plauderte. Schließlich kam Angelo und schlachtete das Schaf. Und Virginia weinte und weinte und weinte.

Dann war sie plötzlich aufgewacht, weil eine alte Dame, die neben ihr gesessen hatte, sie am Arm berührte und sie fragte, ob ihr schlecht sei. Der Bus war in Mangiamuso angelangt und stand auf dem Platz. Alle anderen Fahrgäste waren bereits ausgestiegen.

Noch ganz benommen, hatte sie sich auf den Heimweg gemacht, begleitet von den wirren Bildern alter Papageien und geschlachteter Schafe.

Und es geschah auf genau jener kurzen Strecke durchs Dorf, dass sie, nach reiflicher Überlegung, den Entschluss fasste, das Kind zur Welt zu bringen.

Am darauffolgenden Morgen stand sie vor dem Zaun von Terranera und läutete. Es öffnete jener Nunzio Solimene, der tagaus, tagein bei Morgengrauen auf dem Gutshof zum

Arbeiten erschien. Dass sie an jenem Morgen zuerst auf ihn traf, war in ihren Augen ein schlechtes Omen. Dieser Nunzio schien ihr ein rechter Totengräber zu sein, immer verdrossen und maulfaul, ein so düsterer Geselle, dass einem unwillkürlich eine kleine Verwünschung über die Lippen kam, wann immer er einem über den Weg lief, und so hatte sie das Gefühl, dass er ihr an einem so wichtigen Tag Unglück brachte. Ohne sie auch nur zu grüßen oder hereinzubitten, und mit leiser Stimme, damit ihn nur ja die Zwillingsschwestern nicht hörten, die sich im Haus aufhielten, sagte er ihr, sein Herr sei schon früh weggegangen und er wisse nicht, wo er sei. Da hatte sich Virginia umgedreht und war zurück ins Dorf gegangen, wo sie beim Überqueren des kleinen Platzes vor dem Dom Angelo erblickte, der gerade aus dem Salon des Barbiers trat, wobei er das Bein ein wenig nachzog, das ihm schon seit geraumer Zeit nicht mehr recht gehorchen wollte. Wie aus Angst, jemand könne sie entdecken, schaute er sich um, als sie ihm mit der Hand ein Zeichen machte und mit einem überaus sonderbaren Ausdruck auf dem Gesicht auf ihn zukam. Dabei war zu jenem Zeitpunkt niemand auf dem kleinen Platz.

Angelo packte Virginia am Arm und brachte sie, halb ziehend, halb auf sie gestützt, um das Gleichgewicht nicht zu verlieren, weil er ja mittlerweile hinkte, so schnell wie nur möglich in die Gasse, die hinter dem Dom vorbeiführte. Kaum waren sie dort um die Ecke gebogen, verpasste er ihr einen Stoß und drückte sie mit der Schulter gegen die Mauer. »Bist du vollkommen verrückt geworden? Was machst du hier um diese Zeit? Du weißt doch ganz genau, ich will nicht, dass man uns zusammen sieht!«

Als sie Angelo in die Augen schaute, die schon böse und blutunterlaufen blickten, noch bevor er von ihrer Schwangerschaft erfuhr, überkam Virginia bereits eine böse Vorahnung. Dieses Kind würde zu nichts Gutem führen.

Während Angelo sie am Ärmel schüttelte und wie ein Inquisitor fragte: »Seit wann weißt du das? Warum hast du's mir nicht vorher gesagt?«, sah sie das Floß des Glücks an sich vorbeigleiten und versuchte verzweifelt, danach zu greifen. Angelo, der sie immer noch gegen die Mauer drückte, fauchte ihr indessen mit leiser Stimme ins Gesicht: »Du hast ganz genau gewusst, dass so etwas niemals passieren darf! Und wer garantiert mir überhaupt, dass das Kind von mir ist?«

Da begann Virginia, ihm mit der Faust auf die Brust zu schlagen, was jedoch keinerlei Wirkung bei ihm zeigte.

Sowie sie auf Angelo einschlug, musste Virginia das Tau loslassen, mit dem sie so verzweifelt versucht hatte, sich am Floß des Glücks festzuhalten. Und da glitt es dahin, immer weiter weg von ihr, und verschwand schließlich in den dunklen Fluten, die in genau dem Moment über das Gässchen hinter dem Dom hereinschwappten.

Severino

Als severino zum ersten Mal das Nonnenkloster San Giovanni in Neapel betrat, hatte er gerade sein achtes Lebensjahr vollendet. Der Flur des Klosters war breit, in Halbschatten getaucht, es war still und kühl. In Severino machte sich ein Gefühl der Ehrfurcht breit, wie man es gewöhnlich empfindet, wenn man einen Ort betritt, der für seine Frömmigkeit bekannt ist. Die Welt draußen, laut und wirr, schien von jenem Flur für immer und ewig verbannt zu sein. Severino atmete die leicht muffige Luft ein. Keine Autos, kein Hupen, keine Geräusche, keine lauten Stimmen. Nein, hier war nur Stille und der Geruch von gewischten Fußböden, der sich unter den Duft der Pasta mit Erbsen mischte, welcher aus dem Refektorium herüberwehte. Ein eisiger Hauch hüllte ihn ein und ging ihm durch Mark und Bein.

Noch einen Atemzug von dieser abgestandenen Luft, und schon schienen sie ihm so endlos weit entfernt, die Olivenhaine und das Meer, die sonnigen Stunden am Morgen, wenn Onkel Angelo nicht da war und man ihm erlaubte, sich auszutoben. Er schaute sich seine knochigen Knie an, die voller Schrammen und Schorf waren, und dachte an all die Male, wo er gerannt war, bis er keine Luft mehr bekam, wo er hingefallen und, schmutzig und mit zerrissener Hose, einfach im Hof weitergelaufen war, den Hühnern hinterher, von denen er so gerne eins fangen wollte. Ach, was waren sie schön gewesen, diese Hühner! Er dachte daran zurück, wie sie gelacht hatten, er und Archina Solimene, verschwitzt und mit Rotznasen, wenn sie sich mitten im Staub und der Hühnerkacke auf dem Boden wälzten und dann Ewigkeiten einfach liegen blieben, kurzatmig, voller Dreck und Kot, mit Hühnerfedern in den Haaren und der mathematischen Gewissheit, dass das Haus nebenan nicht mehr existierte, dass der Hühnerstall der Mittelpunkt der Welt war und das Leben einfach immer so weitergehen würde.

Als er jedoch jenes erste Mal den Flur des Klosters betrat, hatte er das Gefühl, zwei große schwarze Schwingen flögen über seinen Kopf hinweg, und er begriff, dass jenes gewaltige Vogeltier mit ein, zwei Flügelschlägen die sonnenbeschienene Welt für immer verdunkeln würde.

Im Lauf der Zeit sollte Severino auch begreifen, dass die Erwachsenen lügen, wenn sie sagen, dass man aus Erfahrungen klug wird. Wieso soll man das? Wenn dir so viele Dinge geschehen, eins nach dem anderen, die du dir vorher nicht einmal hast vorstellen können, wenn sich von einem Tag auf den anderen alles ändert und du immer noch überzeugt bist, es ist Donnerstag, dabei ist es bereits Sonntag … Wozu soll es denn gut sein, wenn man weiß, dass das größte Glück in den Hühnerfedern und dem Gestank des Federviehs liegt, und darin, wie er und Archina auf dem Boden herumrollen und raufen, weil sie ihm nicht zeigen will, was sie in dem kleinen Beutelchen hat, das sie immer an ihren Gürtel bindet … Was nützt es? Vielleicht, dass er und Archina noch einmal zusammen Kinder sein dürfen? Und wo? In wie vielen Jahren? Unter welchem Himmel? Gewiss, in diesem Fall, und nur in diesem, hätte er sehr wohl gewusst, wie er jene reine Freude noch einmal heraufbeschwören könnte, das absolute Fehlen von Gedanken und von Kummer, jenes vollkommene Vertrauen in den Fortbestand der Welt, das er immer dann, wenn er mit Archina spielte, empfunden hatte. Doch schon hatte das Geschehene ihm gezeigt, dass es nicht so kommen würde und dass nichts in ihm noch einmal das Glück wiederauferstehen lassen würde, das er einmal empfunden hatte.

Die Nonnen trugen weder Schuhe mit Absätzen noch Stiefel, sondern bequeme Filzschlappen, die keine Geräusche machten, praktischerweise beim Gehen auch gleich den Boden polierten und außerdem hervorragend dazu geeignet waren, urplötzlich und ohne Vorwarnung irgendwo aufzutauchen und einen der Zöglinge dabei zu überraschen, wie er sich den Rotz mit der Hand von der Nase wischte oder heimlich außerhalb der erlaubten Stunden etwas aß. Und los ging es mit dem Strafen, so grausam und einfallsreich. Gewiss machen Prügel immer einen verdammt nachhaltigen Eindruck, diese Lektion hatte auch Severino schnell gelernt. Ein direkter Schlag, unvermittelt, ohne viel Worte und Umschweife, ein kurzer Hieb, zwei oder drei harte Backpfeifen, rechts und links auf Höhe der Ohren, blitzschnell, bevor man auch nur hoffen konnte, einem gerechten Prozess ausgesetzt zu werden. Zack, zack, zack! Das würde dem Gezüchtigten zu denken geben, denn er wusste, für jedes Vergehen gab es die entsprechende Strafe, Brot für Brot, Rotz für Rotz, Vesper für Vesper, wenngleich es auch manchmal einen Bluterguss gab oder ein kleines Blutgerinnsel aus dem linken Ohr. Ach nein, dachte der Gezüchtigte, nicht gleich, denn zuerst war er damit beschäftigt, den besten Fluchtweg ausfindig zu machen, den schnellsten Zugang zum Garten, wo er sich irgendwo zusammenkauern und so lange wie möglich versteckt halten könnte. Erst später dachte er darüber nach, wenn er wieder auf seinem Zimmer war und über die besondere Härte der Strafe sinnierte. Doch wem hätte er, Severino, es überhaupt erzählen können? Die anderen Kinder, die nicht im Internat wohnten, sondern nach dem Unterricht nach Hause gehen durften, konnten es wenigstens ihren Eltern erzählen. »Ja, willst du etwa behaupten, die Nonne hat nicht recht? Sie hat dich geschlagen, du Muttersöhnchen? Da hat sie gut daran getan! Wer weiß, was du wieder angestellt hast! Heute Abend werde ich es dem Vater sagen, wenn er nach Hause kommt, dann schlägt er dich grün und blau. Und du bleibst ganz still auf dem Sofa liegen, ganz still, hörst du?« Gewiss auch hier keine Wiedergutmachung, und keine Hoffnung. Und nicht einmal eine einleuchtende Erklärung von den Eltern.

All das sollte dazu beitragen, die Rotznasen und das unerlaubte Essen aus jenem Reich zu verbannen, das frei von menschlichem und schulischem Elend war, aus jenem Garten der kindlichen Freuden, um sie in eine dunkle und furchterregende Unterwelt zu schleudern. In eine hochgradig sündhafte und verdorbene Welt, in die einzutreten ein Kind nicht einmal in Betracht ziehen durfte – und deshalb taten ihm die Schläge auch gut!

Da war es sowieso besser, keine Eltern zu haben, dachte Severino.

Severino hatte rasch begriffen, dass die Familien zu Hause und die Schwestern in der Schule eine echte Gemeinschaft bildeten, die nur ein einziges Credo kannte: den Willen eines jeden Kindes zu brechen, mit dem Ziel, es so schnell wie möglich zu etwas zu machen, das nicht mehr so war wie all die anderen Kinder auf der Welt, sondern klar und unverkennbar wie ein Erwachsener. »Aber wozu das alles?«, fragte sich Severino. »Wer Kind ist, ist es doch aus gutem Grund!« Zu Severino sagten sie, er sei ja jetzt schon ein junger Mann und bestimmte Sachen dürfe er nicht mehr tun. Laufen durfte er nicht, nicht schwitzen, nicht in der Nase bohren oder die Stimme erheben – als ob die Erwachsenen nicht schwitzen, nicht laufen, sich nicht den Finger in die Nase stecken oder schreien würden, wenn es ans Streiten ging. Jedenfalls, wenn das so war, dann wollte er, Severino, auch all die Freiheiten haben, über die ein Erwachsener verfügte.

Das alles dachte Severino während jener ersten Wochen im Internat. Er sah die anderen Kinder, die alle möglichen Sachen anstellten. Sie prügelten sich, manchmal bis ihnen das Blut aus der Nase spritzte, sie kotzten die Nudeln mit Kichererbsen wieder aus, bekleckerten ihre Hefte mit Tinte und machten oft nachts ins Bett. Und die Schwestern verprügelten sie. Je nach Schwere der begangenen Verfehlung ließen sie sie zur Strafe hinter der Schultafel knien, auf dem Boden oder, was entsetzlich wehtat, auf rohen Kichererbsen. Manchmal mussten die Uneinsichtigsten unter diesen Kindern auch noch während des Kniens die Hände auf dem Kopf falten und so, reglos und schweigend, gar drei oder vier Stunden verharren. Am allermeisten gefürchtet war jedoch die Strafe, die die Jungen »Schandmaske« nannten. Eine Strafe, wie sie sich Severino unter all den Quälereien nicht schlimmer hätte vorstellen können.

Dazu muss man wissen, dass es unter den tausend Dingen, die das Kloster für die Fantasie seiner männlichen Zöglinge bereithielt, neben all den riesigen Sälen, dem Halbschatten, den Weihwasserbecken und den streng verbotenen Erdbeersträuchern eines gab, das die jugendlichen Gehirne besonders auf Trab hielt: die Klassen der Mädchen. Das Kloster war in Hufeisenform gebaut, genauer gesagt in Form eines Us mit geraden Kanten. Der eine Seitenflügel beherbergte die Klassenräume der Jungen, der andere Trakt die der Mädchen, was bedeutete, dass sie durch den Mittelteil vollkommen voneinander getrennt oder, je nach Blickwinkel und Umstand, miteinander verbunden waren. Der mittlere Bau bot einen gemeinsamen Bereich, zu dem der Korridor, das Refektorium und der Salon gehörten, wo die Nonnen den Kindern reicherer Eltern, denen diese ultimative Form der Pein von ihren Erzeugern auferlegt wurde, Klavierunterricht gaben. Jedenfalls mussten Jungen und Mädchen getrennt bleiben, streng und ausnahmslos. Auch während der halbstündigen Pause, wenn alle Klassen in den Garten hinausdurften, der sich in der Mitte des Us befand, erlaubten die Nonnen nur den Jungen herumzutollen oder im vorderen Teil des Gartens ein wenig mit dem Ball zu kicken, während die Mädchen ganz hinten in kleinen Gruppen zusammenzusitzen hatten, um sittsam die von zu Hause mitgebrachten Brote zu verzehren. Diese eingeschränkte Bewegungsfreiheit wurde jedoch durch die Tatsache wettgemacht, dass die Mädchen sich den verführerisch rot gesprenkelten und duftenden Sträuchern mit Walderdbeeren nähern durften, welche die Nonnen mit ebenso großer Hartnäckigkeit wie Erfolg züchteten und an denen sie, wie Severino fand, mehr zu hängen schienen als an ihrer eigenen Berufung zur Braut Christi.

Man kann sich vorstellen, dass diese beständige Zwangstrennung in den Köpfen der Jungen die aufregendsten und unwahrscheinlichsten Fantasien darüber hervorrief, was an jenen Mädchen so erstaunlich und schrecklich sein mochte, dass sich niemand ihnen nähern durfte. Severino hätte seine Hand dafür ins Feuer gelegt, dass alle Jungen diesbezüglich die gleichen Fantasien hegten, während es ihnen ein unergründliches Geheimnis blieb, was wohl umgekehrt die Mädchen über sie dachten.

Die Nonnen wiederum schienen es ganz genau zu wissen, und so kam es, dass jedes Mal, wenn sich ein Zögling ein besonders schlimmes Vergehen zuschulden kommen ließ, dies unweigerlich die »Schandmaske« nach sich zog. Und das sah folgendermaßen aus: Hatten die Schwestern den Fehltritt erst einmal entdeckt, wurde der Schuldige – oder vermeintlich Schuldige – dazu verurteilt, an eine Art Pranger gestellt zu werden. Ein anderes Kind, in der Regel der Klassensprecher, wurde von der Nonne beauftragt, in ein gewisses Kämmerchen zu gehen und die allseits gefürchtete »Schandmaske« zu holen. Den Weg zum Kämmerchen legte der Klassensprecher nur widerwillig zurück, denn er trug auf seinen Schultern die Last von jemandem, der eine bevorzugte Stellung erlangt hatte und der, sei es auch nur, um sich jenes Privileg zu erhalten, gezwungen ist, Dinge zu tun, die ihm zuwider sind.

Keiner der Klassensprecher, die ausgeschickt wurden, um einen derart gemeinen Auftrag auszuführen, hatte jemals die Vorahnung, er könne sich im Lauf seines Lebens noch öfter in einer solchen Situation befinden.

Bei den Foltermasken, die die Nonnen vor Jahren in einem muffigen Kellerladen erstanden hatten, handelte es sich um Gesichtsmasken aus Karton, die ein Schwein oder einen Esel zeigten. Unansehnlich geworden durch den Staub und den Rotz, der bei jeder Anwendung darin hängen blieb, lagerten sie in dem Kabuff, aus dem sie dann bei Bedarf geholt wurden. Je nach Schwere des begangenen Vergehens fiel die Wahl auf das Schwein oder den Esel. Die Nonnen nannten die Masken »Schweinchen« oder »Eselchen«, während sie bei den Kindern »Dreckschwein« oder »dummer Esel« hießen. Im Grunde lief es so, dass der schuldige Schüler die Maske aufsetzen und dann in Begleitung des Klassensprechers in das Zimmer der Mädchen gehen musste, die die gleiche Klassenstufe besuchten wie er. Dort wurden die Mädchen von der Lehrerin dazu angehalten aufzustehen und den Unglückseligen im Chor zu beleidigen, indem sie ihm »Schweinchen« oder »dummer Esel« zuriefen. Wenn sich unter den Schülerinnen auch noch eine befand, in die der Delinquent insgeheim verschossen war, bissen ihn die Scham und die Demütigung mit noch schärferen Zähnen und ließen ihn mehr bluten als andere.

Es war eine Strafe, die Severino, ohne dass er genau hätte sagen können, warum, an all die Geschichten erinnerte, die sich die Leute in Mangiamuso darüber erzählten, was sie im Krieg gemacht hatten, über die Orte, an die man Menschen gebracht hatte, um ihnen schreckliche Dinge anzutun, um sie zu quälen und in Öfen zu verbrennen, Dinge, von denen die Leute manchmal nicht wollten, dass die Kinder sie hörten. Ihm jedoch sollte diese Art von Strafe nie widerfahren. Er hatte nämlich schon bald begriffen, dass es viel besser war, das zu nutzen, was das Kloster ihm bot. Das heißt, er fing an zu lernen. Schwester Addolorata beschützte ihn. Sie weihte ihn in die Freuden des Lesens ein und suchte für ihn Bücher aus, von denen sie nicht einmal im Traum gedacht hatte, sie würde sie einmal mit einem der Schüler lesen.

Schon bald hörte Severino auf, den Dialekt von Mangiamuso zu sprechen, und hatte ihn durch ein wundervoll flüssiges Italienisch ersetzt, das die Nonnen zu wahren Begeisterungsstürmen hinriss. Es war ihm nur ein leichter salentinischer Akzent geblieben, der ihn die Worte etwas hart betonen ließ. Andererseits passte die spröde Aussprache ausgezeichnet zu seiner hageren, muskulösen Gestalt, die ihm, wie Schwester Addolorata gesagt hatte, als sie ihn das erste Mal sah, Ähnlichkeit mit einem kleinen Wolf verlieh. Und in den Augen seiner Schulkameraden, die allesamt aus Neapel und Umgebung waren, haftete diesem kleinen Wolf aus dem Salento tatsächlich etwas vage Exotisches, Fremdes an.

Einmal jedoch geschah etwas Außergewöhnliches: Ein Mädchen mit der Eselsmaske auf dem Gesicht wurde in ihre Klasse gebracht. Es entzog sich völlig Severinos Vorstellungskraft, was für Missetaten dieses Mädchen vollbracht haben mochte. Alle wussten, dass die Mädchen viel braver und viel fleißiger waren, dass sie sich wuschen und keine schlimmen Wörter sagten. Und nun? Die ganze Klasse war aufgesprungen, als die Äbtissin höchstpersönlich eintrat und das Eselsmädchen am Arm hinter sich herzog. Doch während die anderen die Gepflogenheiten des Rituals befolgten und im Chor »Dummer Esel, dummer Esel, dummer

Esel« schrien, die Gesichter erregt und verängstigt zugleich, hatte Severino den Blick abgewandt und aus dem Fenster geschaut, das auf den zu jenem Zeitpunkt vollkommen verwaisten Garten hinausging. Es würde noch viele Jahre dauern und viel Lebenserfahrung brauchen, bis er begriff, warum er in genau dem Moment noch heftiger an Archina Solimene gedacht hatte als sonst. Ihm schien es, als liefe sie da unten zwischen den Erdbeersträuchern umher, über und über mit Hühnerkacke bedeckt, mager und stinkend, ein Mädchen, das lachte, ohne den Mund zu verziehen. Er musste an die letzten Monate zurückdenken, die er auf dem Hof der Santos verbracht hatte. Daran, dass Archina sich irgendwie verändert zu haben schien, einfach so, von einem Tag auf den anderen. Plötzlich hatte sie keinen Spaß mehr daran, bei den Hühnern herumzulaufen, und wenn er mit ihr sprach, gab sie keine Antwort. Einmal hatte er sie angebrüllt, hatte ihr gedroht, nicht mehr mit ihr zu spielen, wenn sie nicht endlich wieder lachte und ihm auf der Stelle sagte, was mit ihr los sei. Er hatte sie sogar gefragt, ob es vielleicht seine Schuld sei und er sie verärgert habe, ohne es zu wollen. Doch sie erlitt statt einer Antwort nur einen ihrer trockenen Hustenanfälle, die aus heiterem Himmel kamen und wie das Kläffen eines Straßenköters klangen. Damals hatte Angelo Santo sie gehört, rumpelte mit seinem Rollstuhl bis hinter den Hühnerstall und starrte sie mit seinem geifernden Greisengesicht an. Einfach so, ohne ein Wort zu sagen.

Am darauffolgenden Tag hatten ihn die Zwillingsschwestern rasch einen Koffer packen lassen, dann war Solimene, Archinas Vater, gekommen und hatte ihn mit dem Linienbus bis hierher ins Nonnenkloster gebracht, weit, weit weg.

Und jetzt, während dieses Eselsmädchen völlig verängstigt vor der Klasse stand und die demütigendste aller Züchtigungen über sich ergehen ließ, der man im Lauf seiner Schulzeit ausgesetzt sein konnte, fühlte sich Severino auf einmal sehr schlecht.

Ihm schien, als drehte sich die ganze Klasse um sich selbst, immer schneller und schneller, während er mitten in diesem gewaltigen Wirbel stand, so wie es um jemanden ganz still wird, der im Auge des Sturms steht, während um ihn herum die Welt in Stücke geht. Und er ahnte zum ersten Mal den wahren Grund dafür, warum man ihn von Archina getrennt und in dieses Kloster eingesperrt hatte. Er verspürte einen scharfen, reißenden Schmerz, wie einen spitzen Nagel, der sich ganz langsam in sein Herz bohrte. Doch es war kaum mehr als eine wirre Ahnung, denn schließlich war er zu diesem Zeitpunkt gerade erst zehn Jahre alt.

Archina, der Teufel und die Tarantel

Von der Freude, die es Menschen, die aus dem Leben verstoßen sind, bereitet, wenn sie im Mittelpunkt der Aufmerksamkeit stehen und eine übernatürliche und anerkannte Rolle spielen

A. MÉTREAUX

Der Priester, der Teufel und der liebe Gott

Don filino rezza hatte zu großes Vertrauen in die gewaltige Güte Gottes, um sich ernsthaft mit der Macht des Satans zu befassen. Im Lauf seiner Tätigkeit als Priester hatte er sie in den verschiedensten Schattierungen erlebt. Er hatte erlebt, wie Menschen stahlen, wie sie zu Huren gingen, wie sie ihre Kinder schlugen oder auf Hunde schossen. Er hatte gelernt, den Teufel wie ein Wesen von minderen Fähigkeiten zu sehen, das auf der Welt sein Unwesen treibt, stets auf der verzweifelten Suche nach jemandem, der besser ist, damit er ihn durch seinen Einfluss schlechter machen kann. Alles in allem ein »armer Teufel«, im wahrsten Sinn des Wortes. Schon bald hatte er allerdings auch begreifen müssen, dass der Einfluss Gottes auf die Menschen mittlerweile so schwach war, dass der Teufel sogar dreihundert Tage in Urlaub hätte gehen können, ohne dass es jemand gemerkt hätte. Die Welt wäre auch nicht besser geworden.

Als jungem Mann im Priesterseminar hatte man ihm beigebracht, dass der Teufel für die Christen – ebenso wie für die Heiden, die Moslems und die Hindus – das Höllenfeuer ist. Flammen und Feuer, die je nach Religion anders dargestellt wurden, doch immer Flammen und Feuer. Und so war in seiner Erinnerung auch eines der ersten Bildnisse, die sich Don Filino von der Idee Gottes gemacht hatte, das eines Feuerwehrmanns, der vierundzwanzig Stunden lang damit beschäftigt ist, Brände zu löschen. Doch mittlerweile war das offenbar nicht mehr so. Und auch der Teufel genoss nicht mehr die Glaubwürdigkeit, die er früher einmal gehabt hatte. Andererseits – überlegte Don Filino – befinden wir uns in der zweiten Hälfte des zwanzigsten Jahrhunderts, und es bereitet den Leuten mittlerweile Mühe, an jemanden zu glauben, der zunächst alles daransetzt, dass du ihm dein Vertrauen, deine Seele und deine Freundschaft schenkst, und dich dann, wenn du endlich überzeugt und bereit bist, seinen Ratschlüssen, den Ratschlüssen des Bösen, zu folgen, nicht etwa in seine Obhut nimmt und dir ein Glas Wein anbietet, sondern sich gegen dich wendet und dich ins Höllenfeuer wirft.

Außerdem hatte er niemals den Fehler begangen zu glauben, dass die Menschen von Mangiamuso anders seien als irgendwo sonst. Auch hier fand der Teufel seine Kundschaft. Und so dachte Don Filino, auch wenn das Böse mittlerweile vielleicht zu menschlich geworden war, um allein dem Teufel vorbehalten zu sein, so war es dennoch gelegentlich mit dem Schachern von Seelen beschäftigt. Wie viel mag wohl eine Christenseele wert sein?, fragte sich Don Filino. Bestimmt ist doch Satan in seiner Armseligkeit geldgierig. Zählen denn die Ländereien, die Olivenhaine, das Vieh, das jemand besitzt? Oder – so hatte man es ihm im Seminar beigebracht – interessiert sich der Satan nur für die guten Anlagen einer Seele, sodass eine Seele in den gierigen Triefaugen des Bösen umso mehr an Wert gewinnt, je gutmütiger und gottesfürchtiger sie ist… und nur in diesem Fall mit gesalzenem Preis bezahlt wird, während man ihrem Besitzer all die Freuden, die Macht und alles andere gewährt, das dann dazu beiträgt, seine edle Seele zu entstellen und sie in das finstere Loch des Verderbens zu stürzen.

Manchmal jedoch ging diese Rechnung für Don Filino nicht auf. Warum sollte eine fromme Seele, die als solche gar nicht anders kann, als nach dem Guten und Tugendhaften zu streben, von einem auf den anderen Tag das unstillbare Bedürfnis verspüren, sich an das absolute Böse zu wenden und es um seine Dienste bitten? Ist diese edle Seele nicht schon in dem Moment, wo sie tatsächlich in Verhandlungen mit dem Bösen eintreten will, schlecht geworden? Und hätte sie dann nicht in den Augen des Bösen bereits an Wert verloren? Nein, etwas an diesen Überlegungen stimmte nicht. Und so kam Don Filino vorläufig zu dem Schluss, dass auch in diesem Fall, wie in allen anderen irdischen Angelegenheiten, Olivenhaine, Schafe und Geld durchaus eine Rolle spielen mussten. Dass es die Sache der Reichen war, ihre Seele an den Teufel zu verkaufen. Und dass auch deshalb der Spruch »Der Teufel scheißt immer auf den größten Haufen« seine Berechtigung hatte.

Don Filino interessierte sich jedoch nur wenig für die Seelen der Reichen, die ganz gewiss seines Mitgefühls nicht bedurften, sondern vielmehr für den weitaus größeren Teil seiner menschlichen Schäflein, die draußen auf den Feldern oder als Dienstleute schufteten und meistens schon vor dem Monatsende keine Lira mehr in der Tasche hatten. Schließlich waren in Mangiamuso die Berufe am weitesten verbreitet, die körperlich hart und abstumpfend für die Seele waren. Tagelöhner, Landarbeiter, Bauer, Fischer, Latrinenputzer, Steinmetz, Sattelmacher, Lastwagenfahrer, Verlader auf dem Großmarkt in Lecce. Die Frauen wiederum arbeiteten meistens zu Hause oder draußen auf den Feldern, wo sie Getreide, Tabak, Melonen, Wein oder Oliven anbauten. Das Getreide, um Brot daraus zu backen, den Tabak, um sich ein kleines Zubrot zu verdienen.

In der letzten Zeit gab es eine Familie am Ort, die besonders Don Filinos Aufmerksamkeit auf sich gelenkt hatte: die eines gewissen Nunzio Solimene, der auf dem Gutshof der Familie Santo zu Diensten war. Vor fünf oder sechs Tagen hatte die Hebamme Aurelia, die bei Solimene im Haus wohnte – wobei niemand so genau wusste, in welcher Funktion eigentlich –, vor dem Gitter des Beichtstuhls gekniet. Natürlich wurde im Dorf gemunkelt, es handle sich um Nunzios Geliebte, während sie behauptete, einzig und allein aus Zuneigung zu Nunzios Töchtern Filomena und Archina hier zu sein, die sie eigenhändig zur Welt gebracht habe und jetzt, da sie mutterlose Waisen seien, aufziehe. An jenem Tag jedenfalls hatte Donna Aurelia den Dom von San Rocco betreten, auf dem Kopf ein geblümtes Tuch, das den größten Teil ihres Gesichts verbarg, als wollte sie nicht erkannt werden, und hatte sich schnurstracks vor dem Beichtstuhl hingekniet, wo Don Filino noch mit den seelischen Angelegenheiten eines anderen weiblichen Schäfleins beschäftigt war.

Kaum war dieses fertig, hatte sich Don Filino ihr zugewandt, öffnete das kleine Gittertürchen, das den Beichtenden vom Beichtvater trennte, und neigte ihr seine Stirn zu: »In Nomine Patris et Filii et Spiritus Sancti. Wie lange hast du nicht mehr gebeichtet?«

»Vater, segnet mich, denn ich habe gesündigt.«

»Sag es mir, meine Tochter, ich höre.«

»Vater, ich habe noch nie jemandem etwas Schlechtes getan, und doch scheint mir, dass ich beichten muss.«

»Aber besuchst du denn die Messe?«

»Na ja, wenn ich kann, komme ich. Die heilige Muttergottes weiß, wie viel Arbeit es am Sonntag gibt, wo Solimene zu Hause ist und die kleine Tochter noch nicht mal zur Schule geht. Wenn ich kann, komme ich aber in die Kirche.«

»Hast du am Freitag Fleisch gegessen?«

»Nein, Vater, aber an welchem Freitag denn und welches Fleisch? Na gut, vielleicht ab und zu … Ja, am Sonntag, da mache ich manchmal Makkaroni mit etwas Fleisch. Ihr wisst schon, die Familie, bei der ich lebe, Geld gibt es da nicht viel. Und ich bin von Beruf her, das wisst Ihr vielleicht, Hebamme, aber hier kommen fast gar keine Kinder mehr zur Welt. In letzter Zeit scheinen die Leute vergessen zu haben, wie man Kinder zeugt.«

»Nein, vergessen haben sie es nicht«, erwidert ernüchtert Don Filino. »Die Jungen, die gehen weg, die gehen nach Lecce, nach Mailand, und wer soll schon hierbleiben, um Kinder in die Welt zu setzen? Aber sag, hast du gelogen oder falsches Zeugnis abgelegt?«

»Wie soll das gehen, Vater? Mich fragt doch nie jemand. Wie sollte ich da Zeugnis ablegen oder lügen? Das, was ich sage, was ich denke, das ist doch für niemanden wichtig.«

»Dem Herrn ist alles wichtig, und alle sind ihm wichtig, meine Tochter. Hast du vielleicht unkeusche Taten vollbracht? Unkeusches gedacht?«

Donna Aurelia schweigt lange, gibt keine Antwort.

»Hast du verstanden, was ich sagen will?«, versucht der

Priester in sie zu dringen. »Diese Dinge, diese schmutzigen Dinge, hast du die je gemacht?«

Schweigen.

»Schau, du sprichst jetzt nicht mit mir, sondern wendest dich an Gott«, versucht es Don Filino erneut.

»Nein, Vater, darum geht es nicht. Ich wollte fragen, wenn jemand unglücklich und immer traurig ist, ist das eine Krankheit oder eine Sünde?«

»Bist du etwa immer unglücklich und traurig?«

»Nein, ich nicht, Vater«, erwidert Donna Aurelia. »Mir reicht es, wenn ich gesund bin und ein warmes Essen habe. Aus dem Alter bin ich heraus. Das, was ich mir einmal gewünscht habe, das hat mir der liebe Gott nicht gewähren können. Vater, ich … Das habe ich noch nie jemandem gesagt, weil ich mich schäme. Ich weiß nicht, ob ich mit Euch darüber reden kann …«

»Gott kann man doch alles sagen«, antwortet der Priester mit einer einladenden Geste.

»Vater, einen Mann habe ich gerngehabt, einen einzigen. Der hat mir schon vor vielen Jahren das Herz gebrochen, und jetzt behandelt er mich wie einen Putzlappen. Ich … mit ihm habe ich vor Jahren unkeusche Dinge getan. Aber während ich sie getan habe, kamen sie mir gar nicht unkeusch vor. Mir schien es nichts Schlechtes zu sein. Ich denke, da gibt es schlimmere Dinge, Vater. Dinge, die man nicht begreift, die so sind wie ein schwerer Stein, Dinge, die man mit sich herumschleppt und doch nicht versteht, weil man ihnen nicht ins Gesicht schauen kann, um sie zu bekämpfen. Manchmal wächst so etwas wie ein schwarzes Unkraut in deinem Haus, auf dem Boden, an den Wänden, und du kannst es nicht ausreißen. Und das erstickt dich, und es wächst dir bis in den Mund hinein, und dann kannst du auch nicht mehr darüber reden, um es jemandem zu erzählen. Und was soll man machen? Du wendest den Blick ab und tust so, als wäre es nicht da… Und dann in der Nacht hast du schlimme Träume, mit Mord und Totschlag und viel Blut, und die gehen auch nicht weg, wenn du aufwachst.«

Don Filino beginnt etwas unruhig zu werden: »Meine Tochter, ich möchte dir gerne zuhören, und ich will dir auch gerne meinen Segen geben, aber du musst mir helfen, musst mir helfen zu begreifen. Denn so kann ich es nicht verstehen.«

»Aber ich spreche gar nicht von mir, sondern von diesem Mädchen, Archina, der Tochter von Solimene. Zwölf ist sie jetzt. Vielleicht habt Ihr sie mal im Dorf gesehen. In letzter Zeit hat sie immer einen hellblauen Kittel an und wirft mit Steinen nach den Hunden und auch nach den anderen Kindern. Vielleicht habt Ihr sie gesehen.«

»Und wie ich sie gesehen habe! Erst letzte Woche kam sie vor die Kirche gelaufen und rief irgendwelche Schimpfwörter, die ich noch nie von jemandem gehört habe. Man merkte, dass es ihr nicht gut geht, dass sie nicht normal sein kann. Ich bin hinausgegangen und hab sie an der Schulter gepackt, hab ihr gesagt, sie soll damit aufhören, soll still sein, und dass alle sie hören könnten und dass sie vor dem Haus Gottes stünde. Aber sie… nichts, sie hat angefangen, nach mir zu treten und um sich zu schlagen und wie eine Besessene zu schreien, und dann hat sie sich losgemacht und ist davongelaufen.«

»Es lässt mir keine Ruhe, Vater! Ein so kluges Kind. Sicher

war sie immer ein bisschen zappelig, schon von klein auf. Die konnte niemand ruhig halten. Aber sie war klug und fleißig. Das war sie.«

»Aber hast du denn versucht, mit ihr zu sprechen, sie zu fragen, was mit ihr los ist?«

»Gewiss doch! Aber was soll man schon reden? Die gibt einfach keine Antwort! Mittlerweile kann ich nicht mal mehr in ihre Nähe, weil sie gleich abhaut. Läuft weg und will nicht angefasst werden. Was weiß ich, ein Kuss, eine Umarmung … Nichts!«

»Vielleicht müsst ihr euch an einen Arzt wenden … Und was sagt der Vater?«

»Der Vater sagt nichts. Der denkt viel zu viel an seine Arbeit, um sich um seine Töchter zu kümmern. Nein, Don Filino, ich … ich glaube, dass das Mädchen von der Tarantel gebissen wurde, genau das denke ich, und dass es die Musik braucht. Wenn nicht, kommt es da nicht mehr heraus. Ein Arzt nützt da nichts. Wenn Ihr mir Euren Segen gebt, dann lasse ich die Musikanten zu uns nach Hause kommen, weil die Kleine es dringend braucht, sie muss sich austoben, und dazu braucht man die richtige Musik. Damit sie tanzen kann. Und so schenkt uns der heilige Paulus vielleicht seine Gnade und bringt unserem Haus wieder Frieden. Gebt Ihr mir Euren Segen?«

»Meine Tochter, von diesen Dingen möchte ich nichts hören, und der heilige Paulus hat anderes zu tun, als sich mit euren Tänzen zu befassen …«, entgegnet Don Filino unwirsch.

»Und dann hat sie auch noch diese fixe Idee mit dem Mönchlein,« versucht sich Donna Aurelia zu erklären.

»Nachts schläft sie nicht mehr, sie sagt, sie kann nicht atmen, und dass dieses Mönchlein auf sie draufspringt und ihr den Atem nimmt. Vater, aber was sagt Ihr, gibt es dieses Mönchlein denn wirklich? Und dann … dann haben sie und Filomena, die große Schwester, angefangen, die *stramunella* herzustellen, dieses Pulver, und das machen sie, indem sie irgendwelches Unkraut sammeln, das außerhalb des Dorfes am Straßenrand wächst. Und sie sagen, es ist eine Medizin, aber wenn man zu viel davon nimmt, dann wird es zu Gift, und Archina stellt es auf einem Teller mit ein bisschen Pasta auf die Fensterbank, dieses Gift, über Nacht, damit das Mönchlein es isst und sich vergiftet und sie nicht mehr stört. Aber man sieht ja, dass das Mönchlein es noch nicht gegessen hat …«

»Hör zu, meine Tochter«, beendet Don Filino das Gespräch, »wenn du keinen Arzt rufen willst, dann sieh zu, dass du sie hierher in die Kirche bringst, damit ich mit ihr sprechen kann.«

Zu diesem Zeitpunkt hatte Donna Aurelia im Halbschatten des Beichtstuhls die Augen zusammengekniffen, als wollte sie den Gesichtsausdruck des Priesters auf der anderen Seite des Gitters besser erkennen können. Jetzt sah sie ihn an und dachte, dass wohl auch das hier nur Zeitverschwendung gewesen war und dass die Leute, ganz gleich, ob sie nun Gottesdiener sind oder nicht, erst dann beginnen, das Leid anderer zu begreifen, wenn sie selbst von ähnlichem Kummer betroffen sind. Sonst jedoch nicht, und ein jeder ist überzeugt davon, dass es gar nicht schlimmer kommen kann, als es ihm selbst widerfahren ist, und dass die anderen sich mit ihren unnützen Problemen davonmachen sollen, weil doch alle und wirklich alle besser dran sind und weniger Mühsal im Leben haben als man selbst. Und so fügte sie nichts weiter hinzu. Sie verknotete ihr Kopftuch fest unter dem Kinn und ging, ohne ihn auch nur zu grüßen, zum Ausgang. Erst kurz bevor sie sich in das grelle Licht und die Hitze hinauswagte, kniete sie in dem Gang zwischen den beiden Kirchenschiffen rasch nieder und bekreuzigte sich mit einem letzten Blick auf den Altar.

Für Don Filino Rezza war Mangiamuso die zweite Station als Gemeinde. Die erste war Galatina gewesen. Doch in der Zeit, als er dort gewesen war, hatte er jenen Tanz der Frauen, ihren kleinen »Karneval«, wie man ihn nannte, der am 29. Juni, an Peter und Paul, stattfand, nie gern gesehen. Die Frauen behaupteten, von der Tarantel gebissen worden zu sein, und kamen zur Kapelle des heiligen Paul, die an der Piazza von Galatina gelegen war, um sich des Platzes zu bemächtigen und wie besessen um sich zu schlagen, sich zu winden und auf dem Boden zu wälzen. Das taten sie deshalb, weil der heilige Paul, oder auch »Santu Paulu«, wie man im Salento sagte, der Schutzpatron der Taranteln, der Schlangen und Skorpione war und damit auch all derjenigen, die von ihnen gebissen und von ihren bösen Säften vergiftet wurden. Somit war er sowohl der Beschützer der Vergiftenden als auch der Vergifteten. Don Filino wusste, dass der kleine Brunnen auf der Rückseite der Kapelle angeblich ein wunderheilendes Wasser spendete, dessen Genuss, so glaubte man zumindest im Dorf, vom Spinnengift befreite und die »Besessenen« wieder in ihren Alltag zurückkehren ließ. Auch war es Don Filino bekannt, dass in früheren Zeiten sogar die Musikanten in die Kapelle gedurft hatten, um jene Tarantella zu spielen, die den Gebissenen angeblich so guttat. Dann jedoch hatte die Kirche den Musikanten den Zutritt zu dem heiligen Ort verwehrt, und so riefen fortan viele der Besessenen die Musikanten direkt zu sich nach Hause. Manchmal tanzten die von der Tarantel Gebissenen stundenlang, bis sie schließlich, vollkommen erschöpft, zu Boden sanken und sich für geheilt erklärten, das heißt, befreit von dem Gift der Spinne.

All dieses Rütteln und Schütteln nannten die Leute Tanzen, doch in Don Filinos Augen war darin rein gar nichts von der Fröhlichkeit oder dem köstlich leichten Schwindelgefühl zu spüren, die man normalerweise empfindet, wenn man tanzt oder anderen beim Tanzen zuschaut. Nein, ihm schien es, als hätten diese Frauen die Macht über ihre eigenen Seelen aus den Händen gleiten lassen und sich stattdessen aus freien Stücken einem Gefühl der Ohnmacht ausgeliefert. So, als ob er beim Lesen der Heiligen Schrift auf einen Satz oder eine ganze Passage gestoßen wäre, die ihm ebenso faszinierend wie unentzifferbar schienen, war er doch nur mit den bescheidenen intellektuellen Mitteln eines Dorfpriesters gesegnet. In solchen Fällen kniff Don Filino die Augen zusammen, hielt das Buch ein wenig von sich weg, als hätte er aus größerer Distanz einen besseren Blick auf das Ganze, und holte tief und genüsslich Luft. Nur dann, und auch nur für den Bruchteil einer Sekunde, stellte sich in ihm jener Zustand der Gnade ein, den man, so dachte Don Filino, in der Auslegung der Heiligen Schrift all die Jahrhunderte hindurch so emsig angestrebt hatte, jener Zustand, in dem der Leser sich in der ebenso wundersamen wie tragischen

Lage befindet, derjenige zu sein, der »dabei ist zu begreifen«. Und so schien es ihm einen Moment lang, dass sich dieser geschriebene Satz oder Absatz vor ihm öffnete wie ein gewaltiges Portal, durch das es ihm möglich wurde, eine ganze herrliche Basilika zu betreten. Und dort drinnen würden sich weitere geheime Universen für ihn öffnen, unvermutete Welten. Doch genau dann, wenn Don Filino das Gefühl hatte, all das Wissen und alles, was es zu verstehen gab, sei direkt vor ihm, zum Greifen und Begreifen nah, reichte manchmal nur ein Geräusch, ein Ruf von der Straße, das Bimmeln einer Fahrradglocke, und jenes Universum zerstob vor seinen Augen. Und Don Filino verlor es für immer aus dem Blick. Dennoch keimte jedes Mal in seiner Seele von Neuem die Hoffnung auf, dass es auf Erden doch noch etwas Außergewöhnliches zu begreifen gebe und früher oder später auch ihm dieses glückliche Schicksal zuteil würde.

Am 29. Juni jedoch erinnerte ihn nichts von dem, was er auf dem kleinen Platz vor der Kapelle von San Paolo sah, an ein Buch. Er wusste, dass früher einige gebildete Priester, gewiss Jesuiten, das, was da im Salento vor sich ging, beobachtet und ihre Meinung dazu in ausgefeilten Berichten zusammengefasst hatten. Zum Beispiel erinnerte er sich, von einem gewissen Antonio Maria Mansorio gelesen zu haben, einem Adligen aus Modena und Bischof von Gravina, der bereits am Ende des sechzehnten Jahrhunderts über jenes »von der Tarantel gebissene« Apulien geschrieben hatte, und erinnerte sich auch an einige sehr alte Bilder, die er beim Besuch eines Monsignore und Freundes der Familie in Taranto gesehen hatte. Darauf waren junge Mädchen im Zustand der Entfesselung zu erkennen, in mit Spinnen besetzten Gewändern und umgeben von einer riesigen Auswahl von Musikinstrumenten, Trommeln, Zimbeln und kleinen Gitarren, die zu ihren Füßen lagen. Don Filino, der bei jenem Besuch damals noch kurze Hosen trug, war von der Darstellung überaus beeindruckt gewesen. Und ihm war auch noch der Bericht eines gewissen Epifanio Ferdinando di Mesagne im Gedächtnis, der am Hof der Prinzessin Farnese in Parma Arzt, Priester und Exorzist in Personalunion gewesen war und jene Vorgänge minutiös beschrieben hatte. Es handelte sich folglich um eine althergebrachte, tief verwurzelte Tradition, und Don Filino wusste, dass eine solche Tradition aus alter Zeit wie einer der Baumriesen in Afrika, Amazonien oder an anderen unerreichbaren Orten der Welt ist, bei denen man schon angesichts des breiten Stamms und des endlos langen Namens erahnen kann, wie dick seine Wurzeln sind und wie tief sie in die Erde reichen. Und so fühlte sich Don Filino Rezza auch angesichts der Geschichten von der *taranta*, wie man den Spinnentanz nannte, wie ein kleiner, ohnmächtiger Holzfäller, der vor einem jener gewaltigen Bäume steht, in der Hand nur eine winzige Säge und um sich herum das unendliche Amazonien.

Nach dem Gespräch mit Donna Aurelia hatte Don Filino jedenfalls das Gefühl, dass in ihm die Neugier auf die Geschichten von Spinnen und Spinnenbissen erneut entbrannt war. Und er begann, sich mit dem Thema zu befassen. Er las den dalmatinischen Arzt Giorgio Baglivi. Er las Ludovico Valletta, einen Mönch vom Orden der Celestiner, der lange Zeit im Kloster zu Lucera gelebt hatte, mehrere Male die Ebene des Tavoliere durchquert hatte, um die *taranta* zu beobachten, und das Buch *De Phalango Apulo* geschrieben hatte.

Doch trotz dieser Lektüren gefiel Don Filino der Gedanke nicht, dabei zuzusehen, wie seine schöne Halbinsel Salento begann, sich ganz allmählich vom Festland zu lösen und davonzutreiben.

Er stellte sich ein riesiges Floß von Tausenden Morgen vor, das sich in gemächlichem und feierlichem Tempo in Bewegung setzte. Und auf diesem Floß, das sich früher einmal Salento genannt hatte, befanden sich Hunderte von Frauen und Männern, die ganz allmählich abgetrieben wurden, ohne es zu merken, so sehr waren sie damit beschäftigt zu tanzen und sich das Hirn von jener wilden, ohrenbetäubenden Musik wegfressen zu lassen.

Wenn er die Frauen in der Kapelle von Galatina tanzen sah, wäre Don Filino wenigstens gerne ein Dichter gewesen, um ihre Körper kunstvoll – und damit ohne Sünde – beschreiben zu können. Er hätte es so getan, wie es alle Dichter tun, indem er die weibliche Nacktheit mit Dingen aus der Natur verglich, mit Flüssen, Bäumen, Blumen, Hügeln oder auch mit Tieren wie Katzen, Tigern, Pferden oder Eidechsen. Nichts schien ihm auf poetischer Ebene besser gelungen als die Vergleiche von Körperteilen einer Frau mit Dingen aus der Natur. Doch der »Karneval« in Galatina hatte es nie geschafft, aus Don Filino einen Poeten zu machen. Hinter diesem Treiben konnte er einfach nichts anderes erkennen als einen traurig trägen amazonischen Fluss, in dem die Frauen schwammen und wie schwarze Fische versuchten, gegen den Strom anzukämpfen. Und vielleicht war es ja doch auch ein Werk des Bösen.

Drei Tage nach der Begegnung mit Donna Aurelia im Beichtstuhl hörte Don Filino von zwei Frauen aus seiner

Gemeinde beim Verlassen der ersten Morgenmesse, heute würden die Musikanten ihre Instrumente in einem gewissen Haus im Dorf zum Klingen bringen, weil dort ein junges Mädchen von der Tarantel gebissen worden sei. Und so kam es, dass er an jenem heißen Morgen Ende Juni seinen Talar aus leichter Baumwolle überstreifte, das Gebetbuch einsteckte und zum Haus der Solimenes aufbrach, um den Teufel persönlich zu treffen.

Erster Tag

Gegen mittag schickt die Sonne heiße Schwaden zur Erde, die nach Hornissenfutter riechen. Heute ist der Wind im Salento besonders heiß, er weht in geringer Höhe und hat eine langsame Gangart, wie bei einer Prozession. Vom strahlend blauen Himmel hängen unsichtbare Fäden, daran befestigt Vögel, Schmetterlinge, Wespen und Bremsen, die um die Blumen, die Sträucher und die Bäume schwirren wie ein riesiger, brummender Motor. Die Mistkäfer, an denen winzige Kothaufen hängen, haben bereits ihren Dienst in den Gärten hinter den Häusern aufgenommen und ziehen ihre kleinen stinkenden Bündel zu ihrem Bau. Weder durchbricht der Wind die Stille noch stört er das Treiben der Insekten. Neben der Straße, die am Haus der Solimenes vorbeiführt, verläuft ein kleiner Abwasserkanal, dessen trübes Wasser einen baufälligen Gehsteig mit lauter Schlaglöchern und kaputten Pflastersteinen unterspült. In den üblen Gestank aus der Kloake mischt sich der intensive Geruch nach Tomaten, die in Öl und Knoblauch gedünstet werden. Wilder Oleander wächst auf dem Mäuerchen gegenüber, darunter liegt ein gewaltiger Haufen Eselsdung, um den sich bereits ein dichter Schwarm Fliegen und Schmeißfliegen versammelt hat, die ein summendes Fest feiern.

Die Haustür der Solimenes ist niedrig und schmal, drinnen ist es so dunkel, dass der Eindruck einer Höhle entsteht. Die Tür steht offen, und davor haben sich einige Leute aus der Nachbarschaft versammelt. Sie stehen müßig da, die Hände auf den Hüften, und scheinen auf etwas oder jemanden zu warten. In diesem Moment taucht am Ende der Straße eine Vespa mit kaputtem Vergaser auf. Ein junger Mann steuert sie. Der Motor macht genau das gleiche Geräusch wie die Hornissen und die Wespen, nur viel lauter. Das Gemisch aus Öl und Benzin verursacht beim Verbrennen eine weißliche Abgasfahne, die sich schnurgerade hinter dem Fahrzeug herzieht. Einen Moment lang hält der Wind sie über der Straße fest, dann löst sie sich auf und wird Teil des Duftgemisches aus Oleander, Kloake, Eselsdung, Tomaten und Knoblauch. Als die Vespa vor dem einstöckigen Haus der Solimenes ankommt, bleibt sie stehen. Der junge Mann stellt einen Fuß auf den Boden, um nicht umzufallen, behält den Motor jedoch an und gibt zwischendurch Gas, damit er nicht ausgeht, aber er scheint auch die Umstehenden nerven zu wollen. Vor der Tür der Solimenes herrscht ein kleiner Menschenauflauf. Immer noch treffen Leute aus der Nachbarschaft ein, betreten das Haus, bleiben ein wenig und gehen dann wieder hinaus, um mit anderen Nachbarn zu plaudern. Der junge Mann reckt den Hals und fragt: »Was macht ihr denn alle hier draußen? Ist jemand gestorben?« Da sagt eine der Frauen, die gerade zwei Holzstühle ins Haus bringt: »Nein, gleich kommen die Musikanten, um für die Tochter der Solimenes zu spielen, die von der Tarantel gebissen wurde.« Der junge Mann schaltet den Motor aus und nähert sich, die Hände in den Hosentaschen und mit mürrischer Miene, dem Grüppchen, weil auch er zuschauen will und nichts Besseres zu tun hat. Indessen ist am Ende der Straße Don Filino, der Dorfpfarrer, aufgetaucht, mit dem etwas zögerlichen Gang eines Menschen, der sich nicht sicher ist, ob er dort, wo er hingeht, überhaupt willkommen ist. Als er auf der Höhe des Hauses der Solimenes angekommen ist, bleibt er stehen und schaut eine Weile dem Kommen und Gehen der Menschen und den Vorbereitungen zu. Sein flatternder Talar bildet einen hübschen dunklen Farbfleck vor dem rosa Oleanderbusch. Irgendwann zeigt sich Donna Aurelia in der Tür, um nachzusehen, ob endlich die Musikanten kommen, und begegnet dem Blick des Priesters auf der anderen Straßenseite. Sie sehen sich an, ohne eine Miene zu verziehen, als würden sie sich gar nicht kennen. In den Augen des Priesters ist Aurelia wie ein Mensch auf einem Kahn, der langsam von der Strömung mitgerissen wird, die niemand aufhalten kann. Er ist nur ein Priester, und über diese Strömung kann er zwar nachdenken, aber folgen kann er ihr nicht. Donna Aurelia schaut den Priester an und sieht nur einen dunklen Fleck vor dem Oleander.

Der junge Mann schlendert zur offenen Haustür hinüber, wo zwei Nachbarn mit Donna Aurelia plaudern. Einer der beiden drückt ihr gerade ein schönes Bündel Geldscheine in die Hand, die er bei einer Kollekte gesammelt hat, und sagt zu ihr: »Das da sind dreißigtausend Lire, die haben wir bis jetzt zusammenbekommen. Schauen wir mal, ob sie reichen, schauen wir, wie lange sie spielen, und wenn nötig, sammeln wir eben weiter. Habt Ihr denn wenigstens etwas zu essen und zu trinken? Die Musikanten müsst Ihr nämlich gebührend begrüßen. Und wer weiß schon, wie viele Tage sie spielen müssen! Wisst Ihr es denn, Donna Aurelia?«

Donna Aurelia antwortet, ja, sie habe etwas zu essen für

die Musikanten, im Lebensmittelladen habe man ihr genügend gegeben, einschließlich Wein, und bis jetzt beliefen sich die Kosten auf zwölftausend Lire und es sei zu hoffen, dass die Behandlung nicht allzu viele Tage dauere, weil sie sonst wirklich nicht wisse, woher sie all das Geld nehmen solle. Eine andere Nachbarin verspricht, am nächsten Tag ein wenig Pferdefleisch vorbeizubringen, für den Fall, dass nicht alles mit einem Tag vorüber sei. In diesem Zusammenhang erkundigt sie sich, ob denn Archina, nachdem sie gebissen worden sei, die Tarantel getötet habe, denn dann wäre alles viel schlimmer und die Krankheit würde länger andauern. Donna Aurelia schüttelt den Kopf und zuckt die Achseln. Dies habe ihr das Kind nicht verraten.

In dem Grüppchen auf der Straße steht auch die Tochter eines der Nachbarn, ein Mädchen um die zwanzig, das wie eine Studentin aus der Stadt wirkt. Der junge Mann mit der Vespa findet gleich, dass das ein hübsches Täubchen ist, und versucht sie anzusprechen. Als das Mädchen merkt, dass er nicht zu den Leuten aus dem Haus gehört, antwortet sie ihm mit einem leichten Kopfschütteln und sagt leise, wie im Vertrauen, das seien doch ungebildete Leute, und wenn sie einen Arzt gerufen hätten, dann wäre der gekommen, hätte dem Mädchen, das von der Tarantel gebissen worden war, eine Kampferspritze verpasst und man wisse ja, dass man von Kampfer ins Schwitzen gerät und all das Gift nach außen geht, wenn überhaupt Gift da war. Der junge Mann tut so, als würde ihn die Sache interessieren, und gibt ihr gleich recht. Doch er hat überhaupt nichts verstanden, auch deshalb, weil er sich beim Zuhören so sehr dem Ausschnitt der jungen Frau genähert hat, dass er sie riechen kann. Dieser

Duft ist ihm zu Kopf gestiegen, sodass er gar nichts anderes mehr wahrnimmt. In diesem Moment ist für den jungen Mann die Welt um ihn herum wie ein fernes Karussell.

Schließlich treffen die Musikanten ein. Es kommen Vincenzino Epifani, der Barbier, der die Geige spielt, Don Luigi, der Makler, mit seiner Quetschkommode, sowie Uccio Blasi, der Carabiniere ist und ausgezeichnet Gitarre spielen kann. Sie tragen in der einen Hand ihr Instrument und in der anderen weiße Handtücher, die ihnen während des Auftritts nützlich sein werden. Die drei Männer sind schon jetzt schweißgebadet, weil es so heiß ist und sie schließlich zu Fuß gekommen sind. Alle Anwesenden treten beiseite, um die Musikanten durchzulassen. Donna Aurelia begleitet sie ohne Worte ins Haus. Kaum sind sie drinnen, folgen ihnen auch die anderen. Innerhalb von zwei Minuten ist die Straße menschenleer. Der junge Mann und die Studentin stehen noch einen Augenblick herum, weil sie nicht so recht wissen, was sie tun sollen, man kann nicht erkennen, ob sie eintreten wollen oder nicht. Sie bleiben vor der Tür stehen und schauen ins Innere des Hauses, das, auch aufgrund des grellen Tageslichts draußen, noch dunkler wirkt. Beide spüren auf dem Gesicht, dass es dort drinnen viel kühler und feuchter ist, es ist wie ein Schauder, ein Schwindel, als stünden sie am Rand eines Abgrunds. Dann beschließen sie zu gehen, denn diese feuchte und kühle Welt, von Menschen bewohnt, die ihnen unbegreiflich sind, geht sie nichts an und kümmert sie nicht im Geringsten. Sie drehen sich auf dem Absatz um, gehen auf die Vespa zu, steigen beide auf und knattern mit quietschenden Reifen davon.

Schließlich steht auf der Straße nur noch Don Filino Rezza,

der ein wenig im Wind schwankt und sich Zeit lässt, statt gleich eine Entscheidung zu treffen. Er möchte sehen, wie die Dinge sich ergeben. Er hat das Haus verlassen, um sich selbst ein Bild zu machen und um wenigstens einmal jene verstörte junge Frau zu sehen, die *tarantata,* wie man sie im Dorf nennt. Ist sie vom Dämon besessen? Verhext? Wäre dieser Tag sein Glückstag gewesen, hätte er ja vielleicht dem Teufel ins Gesicht schauen können. Doch mittlerweile ist er sich nicht mehr so sicher, ob er ihn wirklich sehen will. Aus der dunklen Wohnhöhle der Familie Solimene weht Don Filino jetzt, zusammen mit dem Duft nach Gebratenem, auch Schwefelgeruch und der Gestank nach toten Schafen entgegen. Er senkt den Blick und entdeckt mit einem Gefühl gewaltigen Ekels, dass er mit einem Fuß in Eselsdung getreten ist. Plötzlich überkommt ihn Traurigkeit, als wäre die Sonne hinter tiefen, schwarzen Wolken verschwunden. Als er den Blick wieder hebt, glaubt er, das ganze Stückchen Land, auf dem das Haus der Solimenes steht, sich gänzlich vom Festland lösen und davontreiben zu sehen. Aus dem Inneren ist jetzt Musik zu hören, zuerst ganz schwach und leise, dann folgen fallende Terzen, die immer lauter und heftiger werden, während sich das Floß in Richtung Horizont entfernt und auf die Felder zuschwimmt, die schimmern und wabern, als wäre es das Meer.

Direkt hinter dem Eingang der Solimenes liegt die Küche, die auch der zentrale Raum des Hauses ist, danach folgt ein kleines Zimmer mit einer Kommode und einem Feldbett, auf dem Nunzio schläft. Mit einem karierten Tuch ist seitlich ein kleiner Verschlag abgetrennt, in den sich Archina und Filomena für die Nacht zurückziehen. Auf einem weiteren

Feldbett in der Küche, das über Tag als Sofa genutzt wird, schläft Donna Aurelia. Es gibt weder fließendes Wasser noch eine Toilette. Auf der Kommode steht eine große Glasglocke, darunter eine Madonnenfigur mit ausgebreiteten Armen, als wollte sie sagen »Was wollt ihr von mir? Ich kann da nichts tun!«, und einem Blick, der ein wenig ins Leere geht.

Kaum sind sie eingetreten, werden der Barbier, der Makler und der Polizist empfangen, als handelte es sich um den Bischof, den Kardinal und den Papst höchstpersönlich. Wer gerade noch saß, steht auf, um ihnen einen Platz anzubieten. Man huldigt ihnen, so wie die Leute es bei Don Filino tun, wenn er zu ihnen nach Hause kommt, um ihnen den Ostersegen zu spenden. Sofort wird Likör angeboten, den sie auch nicht abschlagen. Donna Aurelia hat die Hilfe der Nachbarinnen angenommen und den Tisch aus der Mitte des Raumes weggerückt, um Platz zu schaffen. An seiner Stelle hat sie ein großes Laken sorgfältig auf dem Boden ausgebreitet, denn genau hier auf diesem Betttuch wird gleich das Spektakel des Dämonen stattfinden, der zum Tanzen gebracht wird. Indessen legen die Nachbarinnen auf dem rituellen Betttuch ihre Gaben ab. Die eine bringt zwei bunte Schals, der erste rot mit gelbem Blumenmuster, der zweite grün mit einfarbigen aufgestickten Blumen. Eine andere Nachbarin hat eine Minzepflanze und zwei Weinrauten mitgebracht und stellt sie am Rand des Tuchs ab. Etwa in der Mitte der kleinen weißen Bühne hat jemand ein Bildchen fallen lassen, das den heiligen Paul mit einem Stock in der Hand zeigt, wie er eine Schlange auf dem Boden zertritt. Eine junge Frau, eine Kusine von Solimene, die ein kleines Kind auf dem Arm trägt, lässt gelbe und rote Bänder auf das Laken regnen; ein Vetter Donna Aurelias ist mit seiner Frau und der Tochter da, einem etwa zehnjährigen, pummeligen kleinen Ding mit Schleife im Haar, Söckchen, Lackschuhen und dem guten Kleidchen, als ginge es zu einer Taufe oder Hochzeit. Unter die anderen Zuschauer hat sich auch ein Kind eingeschmuggelt, von dem niemand weiß, zu wem es gehört, worauf aber keiner achtet. Es ist ein Junge, der kurze Hosen und ein schmuddeliges Unterhemd trägt und sich immer wieder mit dem Handrücken den Rotz von der Nase wischt. Mittlerweile stehen alle am Rand des Bettlakens und warten darauf, dass das Fest beginnt.

Nachdem alle ihren Rosenlikör ausgetrunken haben, nehmen die Musikanten auf den Stühlen Platz und legen sich ihre weißen Handtücher über die Schultern, damit sie den Schweiß aufsaugen. Sie erinnern an Messdiener, die sich auf das Hochamt vorbereiten. Donna Aurelia hat ein Stück Stoff um ihre Hand gewickelt und nimmt vorsichtig das Tamburin von der Wand, das dort an einem Haken hing. Es ist das Tamburin, das vor Jahren aus der Haut des Lieblingsschafes der Familie gemacht wurde. Ein kleines Tier, das sich durch seinen Tod in Musik verwandelt hat. Als letzte Geste der Liebe hat das Tier seinen Herren seine Haut überlassen, damit sie auf ihr Musik machen und damit eines Tages die Dämonen aus der Welt vertreiben können.

Auf einem Stuhl ganz hinten im Zimmer sitzt, mit dem Rücken an die Wand gelehnt, breitbeinig und mit gesenktem Kopf, Nunzio Solimene und rollt sich eine Zigarette. An seinen Ausdünstungen ist zu erkennen, dass er betrunken ist, und man sieht es auch den unkoordinierten Bewegungen an, die er mit dem Kopf und den Händen macht. Er hat keinem der Neuankömmlinge ins Gesicht gesehen, noch hat er sie begrüßt, doch als die Musikanten eintreten, sagt er ganz leise, fast wie zu sich selbst, etwas, das jedoch niemand versteht. Dann zündet er sich die Zigarette an.

Auf der gegenüberliegenden Seite des Zimmers und jenseits des Lakens liegt Archina ausgestreckt auf dem Feldbett und schaut niemanden an. Stattdessen starrt sie an die Wand neben ihr, als würde dort irgendein Film ablaufen. Das Tuch mitten auf dem Boden sieht aus wie ein Ring, in den gleich zwei Boxer steigen werden, um sich einen Kampf auf Leben und Tod zu liefern.

Don Vincenzo Epifani rückt das Handtuch über seinen Schultern zurecht, klemmt sich die Geige unter das Kinn und beginnt mit einer Abfolge von Akkorden. *Do … do … do,* fragt sich die Geige mit einem zischenden, wiederholten Laut. *Do … do … do* kommt das Echo der Ziehharmonika des Maklers wie zur Bestätigung. Dann greift Uccio Blasi zur Gitarre und schlägt die ersten Töne an.

Jetzt tauschen Epifani, Don Luigi und Uccio Blasi, die gut aufeinander eingespielt sind, einen kurzen Blick und beginnen mit der ersten Melodie. Donna Aurelia singt:

Tutte le fontanelle sú siccate
Povero amore mio, more di sete
More di sete, more di sete,
*Povero amore mio, more di sete.**

---

* Alle Brünnlein sind versiegt.
Mein armes Lieb, es verdurstet.
Es verdurstet, verdurstet,
Mein armes Lieb, es verdurstet.

Der eine oder andere der Nachbarn scheint die Weise zu kennen und fällt schüchtern in den Gesang mit ein. Alle starren zu dem Feldbett, auf dem Archina noch immer reglos liegt, als würde sie die Musik gar nicht hören. Nachdem sie eine Weile mit dem ersten Lied weitergemacht haben, ohne dass es auf die Kranke Eindruck zu machen scheint, beschließt das Orchester auf Anraten der Zuhörer, ein anderes Lied zu spielen. Es folgt ein Ritornell im Mazurkatakt, das auf den Tanzböden der Dorffeste, wo die Musikanten reihum aufspielen, immer ein großer Erfolg ist. An diesem Punkt gleitet Archina, ohne jedoch ihren geistesabwesenden Zustand abzulegen, vom Feldbett zu Boden, rutscht auf dem Rücken bis zu dem weißen Leintuch und legt sich in dessen Mitte.

Nur für sie erscheinen jetzt auf der imaginären Leinwand an der Mauer die ersten Blitze, ein mattes Licht, Gestalten.

Mamma ci no' me 'nzuru
Jeu me la tàju
Sutt'a lu focalire
*Me la 'impennu.**

Das Ritornell im Mazurkatakt dauert noch einige Minuten an, doch Archina bewegt sich nicht. Sie liegt da, mitten auf dem Laken, den Bauch in die Luft gereckt, verzieht aber keine Miene. Ihre Augen sind starr auf die Wand gerichtet. Einer der Anwesenden macht den Vorschlag, ihr ein bun-

---

* Mama, wenn ich nicht heirate,
dann schneid ich sie mir ab.
Und häng sie in den Kamin,
in den Kamin.

tes Tuch zu reichen, weil man eben, wie er sagt, manchmal starke Farben braucht. Da bückt sich der kleine Junge mit dem schmuddeligen Unterhemd, hebt eines der Bänder auf, die neben dem Bettlaken liegen, und gibt es Archina, die es entgegennimmt und beginnt, es zwischen ihren Händen hin und her zu reichen, als würde sie es streicheln. Wäre dieser Junge ein anderer gewesen, einer, den man von ihr fortgebracht hat, weit, weit weg bis an die Küste des anderen Meeres, wäre der Junge Severino, dann wäre der Teufel vielleicht gar nicht gekommen, um sie zum Tanz aufzufordern.

An der Wand erscheint jetzt, nur für sie sichtbar, eine Tigerin. Die Tigerin versteckt sich im Gebüsch vor dem Haus.

»Wie viele Tränen, wie viele Tränen, eine Wunde und eine Rose, ein Gebet, das zu Ende geht«, scheint die Mazurka mit ihren eigenen Worten zu sagen, doch auch dieser Rhythmus genügt offenbar nicht. Archina bewegt sich nicht, und sie beginnt auch noch nicht zu tanzen.

Das rote Auge der verborgenen Tigerin verschwindet im Gebüsch, taucht wieder auf.

Donna Aurelia wartet, bis die letzten Töne des Liedes verklungen sind, und beginnt dann, nach einem kurzen Blickwechsel mit der Gitarre und der Geige, die Melodie mit den fallenden Terzen anzustimmen, auf die der Teufel gewartet hat.

Santu Paulu meu de le tarante
Santu Paulu meu de le tarante
Pizzichi le zitelle a menzu all' anche

Santu Paulu meu de Galatina
*Facitine 'na grazia stammatina.**

Donna Aurelia setzt das Gebüsch in Brand, um die Tigerin auszuräuchern. Das Tier wälzt sich hin und her, bleibt jedoch im Schatten liegen.

Alles ist unter Kontrolle. Dazu dient die Musik. Um die Kontrolle zu behalten.

Der Musiker ist eine Spinne, die sich ein Netz aus Eisen gesponnen hat. Wo Unordnung herrscht, räumt die Musik auf. Unter den Musikanten herrscht so viel Disziplin wie in einem kleinen Heer aus Soldaten, und den Ton gibt das Tamburin an, wie ein General.

Als in der Küche der Solimenes die Musik ihren Höhepunkt erreicht, spüren alle Anwesenden, wie es ihnen in der Brust ganz eng wird, als könnte ihr Herz nicht mehr so kräftig schlagen, wie es will, doch die Musik löst diese Enge auf.

Santu Paulu me de li scurzini
Pizzichi li carusi a li cugghiuni
Santu Paulu meu de le tarante
*Pizzichi le zitelle a menzu all' anche.***

---

* O heiliger Paul von den Taranteln,
O heiliger Paul von den Taranteln,
Du beißt die Jungfern in die Hüfte.
O heiliger Paul von Galatina,
Schenk uns deine Gnade an diesem Morgen.

** O heiliger Paul von den Schlangen,
Du beißt die Burschen in die Eier,
O heiliger Paul von den Taranteln,
Du beißt die Jungfern in die Hüfte.

Ganz langsam mischt sich ein dumpfer Ton unter den Klang der Instrumente und dringt bis in den hintersten Winkel der Wohnhöhle vor. Es ist der Herzschlag, der endlich an die Oberfläche treibt und den Raum überschwemmt, und mal wiegen sich die Anwesenden in seinem Takt, mal stehen sie ganz still und aufmerksam da und lauschen. In dem dunklen und feuchten Haus der Solimenes breitet er sich aus, er legt sich auf die Menschen und die Dinge, wie eine Zeit außer Reichweite, die niemand ermessen oder anhalten könnte. Keiner hier wäre in der Lage, das in Worte zu fassen, doch alle spüren, dass in diesem Schlagen, in dieser Verstimmtheit der Saiten und des Tamburins, inmitten des Tanzes dieser kleinen Seele, mitten durch den ausgezehrten Körper der Archina hindurch, die sich in immer heftigeren Zuckungen am Boden windet und wälzt, an genau diesem Nachmittag ein jeder von Neuem beginnt, an seiner irdischen Rettung zu arbeiten.

Zweiter Tag

Im Morgengrauen des zweiten Tages ist Filomena die Erste, die aufwacht. Gestern Abend, als die Musikanten und die kleine Zuschauermenge gegangen sind, haben sie überall Unrat hinterlassen. Schmutzige Teller auf dem Tisch, Gläser, in denen ein Rest Wein oder Likör stand, überall im Raum verteilt, ein Schnupftuch unter einem Stuhl, schmutzige Fußabdrücke, Papierfetzen, Zigarettenkippen, die Solimene mit dem Fuß auf dem Boden ausgedrückt hat. Doch an die ist Filomena gewöhnt. Ihr Vater ist der Einzige, der die ganze Zeit über weitergeraucht hat. Die anderen, wie der Mann der Kusine von Donna Aurelia und sein Trauzeuge, sind bei Bedarf immer hinausgegangen, um im Freien zu rauchen, als Zeichen des Respekts vor der Erkrankten und vor den Musikanten, aber das waren auch die einzigen Männer, die noch da waren. Ansonsten sind es nur noch Frauen gewesen, emsige Hausfrauen aus der Nachbarschaft, die den ganzen Tag anderes zu tun haben, als die Zeit mit Rauchen zu vertändeln. Außerdem raucht eine anständige Frau keine Zigaretten, nicht einmal, wenn sie allein für sich ist, ganz zu schweigen in Gesellschaft. Jetzt, im grellweißen und noch taufrischen Licht, das durch das kleine Fenster in die Küche fällt, ähnelt das Haus der Piazza della Signuría nach dem Fest des heiligen Rochus. Oder, denkt Filomena, es fehlen nur noch das Konfetti und die Luftrüssel und man könnte meinen, hier drinnen habe eine Neujahrsfeier stattgefunden.

Mit Engelsgeduld beginnt sie aufzuräumen. Um die Mittagszeit werden die Musikanten zurückkehren, und wie immer ist es Filomenas Aufgabe, etwas zu essen zuzubereiten. Filomena spült ab, Filomena gibt die Pasta ins Wasser, sie schält die Kartoffeln und anderes Gemüse. Mit zwanzig ist sie immer noch unförmig wie eine Milchkuh, so wie sie es mit zehn und mit fünfzehn war. Ein plumper Körper, runde Augen. Noch nie hat sie Schuhe mit Absätzen getragen. Beim Gehen blickt sie zu Boden, und es ist nicht nötig, dass ihr jemand Anweisungen gibt oder ihr sagt, was sie zu tun hat, weil sie immer weiß, was von ihr erwartet wird, und es ihr nicht einmal im Traum eingefallen wäre, nicht dort an ihrem Platz sein zu wollen, nicht zu putzen, zu kochen oder im Haus der Grecos zu arbeiten, auch wenn sie hinterher alles, was sie verdient, dem Vater abgeben muss. Anders als ihre kleine Schwester, die jetzt mit diesem Tanzen angefangen hat. Legt sich einfach auf das Betttuch, mitten unter die Leute, und alle starren sie an und reden im Flüsterton, um sie nicht zu stören.

Gestern, während die Musik spielte, während Archina mit dem Kopf gegen das Laken schlug, während sie sich wälzte und krümmte, was für Filomena nicht wie ein Tanz aussah, sondern wie der Gang irgendeines Tiers, sind auf einmal zwei Fremde mit einem Fotoapparat gekommen, die sich ganz still und reglos an den Rand des Lakens stellten, zuschauten und Fotos machten, nur von einer Seite, um Archina nicht zu stören. Und einer hat zu dem anderen etwas Seltsames gesagt und dabei sehr zufrieden ausgesehen. Er sagte: »Sie macht den hysterischen Bogen!«, woraufhin der andere nickte, als wollte er sagen: »Tatsächlich, ja«, dabei aber den Kopf schüttelte und ein Gesicht machte, als könnte er es gar nicht glauben. Die beiden schienen richtig begeistert zu sein. Filomena hat nicht recht begriffen, wer die beiden eigentlich waren oder was sie denn so schön oder interessant an ihrem Zuhause fanden. An einem bestimmten Punkt hat sie auch gesehen, wie die beiden, als die Musik eine Pause machte, vom Teller der Musikanten ein paar Krapfen aßen und sich sogar ein halbes Glas Wein nahmen, als gehörten sie zur Familie.

Filomena räumt fertig auf, macht dann die Haustür ihrer kleinen Wohnhöhle auf und legt einen Stein davor, damit sie den ganzen Tag offen bleibt und jeder hereinkann. Auf der Mauer neben der Tür liegt ein Päckchen aus der Schlachterei. Darin ist das Pferdefleisch, das ihr die Nachbarin, die Frau des Metzgers, gestern versprochen hat. Filomena geht zum Brunnen, um einen Eimer Wasser zu holen, dann trägt sie das Päckchen ins Haus, schneidet das Pferdefleisch in nicht allzu kleine Würfel und brät es in einem Terrakottatopf mit Zwiebeln an. Als das Fleisch rundum Farbe angenommen hat, gießt sie es mit einem Liter Tomatensauce auf und gibt Karotten, Sellerie sowie zwei Lorbeerblätter hinzu, die sie seit vorigen Abend in etwas Öl mit Peperoncini mariniert hat. Als das Gericht zum ersten Mal aufkocht, hebt sie mit dem Kochlöffel ein wenig von dem weißlichen Schaum ab, der an die Oberfläche kommt und den man nicht isst, weil darin – aber das denkt nur Filomena – die Seele des Tiers enthalten ist, und die Seele eines Tiers isst man nicht. Diese Dinge macht man am besten gleich, weil Pferdefleisch mindestens vier Stunden kochen muss, und so wird das Mittagessen für die Musikanten bereits fertig sein, wenn Musik und Tanz zum ersten Mal Pause machen.

Zu genau der Zeit, in der man überall sonst in Mangiamuso, zum Beispiel bei den Grecos, auf dem Gutshof Terranera oder im Haus des Bürgermeisters Siani, höchstens das Aroma des ersten Morgenkaffees riecht, breitet sich in der Wohnhöhle der Solimenes innerhalb weniger Minuten der strenge und süßliche Geruch nach totem Pferd aus, das inmitten von Zwiebeln wiederauferstanden ist.

An diesem zweiten Tag wacht Archina gegen acht auf, weil der Geruch des geschmorten Pferdefleischs durch den karierten Vorhang dringt, hinter dem ihr Bett und das ihrer Schwester stehen. Heute Nacht hat sie ein wenig länger geschlafen als sonst und stark geträumt. Sie hat von Wolken geträumt, von einem Haus, in dem es brennt, von zwei Katzen, die mit einem Band spielen, von einem geschlachteten Schwein mit spindeldürren Beinen, einer Maus, dann von einem anderen Tier mit flammendem Maul, einem schwarzen Kopftuch mit roten Schleifchen, einem schwarzen Hund, der Severino die Hand ableckt, einem schwarzen Berg mit hohem Gipfel, einem riesigen Rad mit einer Tür mittendrin und vielen Menschen, die in einer Prozession hindurchgehen, während von zwei Seiten des Rades Hunde und Vögel mit langen Schnäbeln kommen, die zu Tarantelmäulern werden, von einem toten Skorpion und einem toten Pferd.

In Kürze werden von Neuem die Nachbarn kommen, um der Musik zu lauschen, das von der Tarantel gebissene Mädchen zu bestaunen und zu sehen, ob der Teufel und das Gift heute ihren Körper verlassen werden. Auch der Barbier, der Makler und der Polizist mit ihren Instrumenten werden zurückkehren. Wenn die Musikanten eintreffen, wenn sie grüßen und ihre Mützen abnehmen, wird Archina bereits mitten im Zimmer auf dem Bettlaken liegen, wieder umgeben von den Bildchen des heiligen Paul, den Pflanzen, den Bändern und den bunten Schals. Gegen Mittag wird die Musik einsetzen. Heute schlägt Donna Aurelia vor, das Konzert gleich mit der *pizzica* des heiligen Paul zu beginnen, da das junge Mädchen auf diese Tarantella besonders gut angesprochen und gleich mit dem Tanzen angefangen hat.

Santu Paulu meu de Galatina
Facitene 'na grazia stammatina
Santu Paulu meu de Galatina
*Fate la grazia fia pe' 'ta figliola.**

Filomena sitzt auf der Kante der Liege, die an die Wand gerückt ist, und hat begonnen, ein Stück Brot mit geschmortem Pferdefleisch zu verzehren. Ihr ist vor den anderen der Hunger gekommen, weil sie bereits so früh aufgestanden ist. Sie isst und schaut zu, ohne teilzunehmen. Filomena gehört zu den Menschen, die nicht an Dingen teilnehmen, sondern sie vorbereiten, und in dieser Fähigkeit, das Leben so herzurichten, dass ein anderer Nutzen oder Genuss daraus ziehen

---

* O heiliger Paul von Galatina,
Schenk uns heute deine Gnade.
O heiliger Paul von Galatina,
Schenk uns Gnade für diese Tochter.

kann, liegt ihr ganzes Talent. Doch da sie dabei aussieht wie eine Milchkuh, hat es bislang nie einen Mann gegeben, dem diese Begabung aufgefallen wäre.

Heute beginnt als Erstes die Geige zu spielen, es ist eine klare, schlichte, einprägsame Melodie. Auf dem Betttuch hat Archina die Beine ein wenig gespreizt, sie liegt auf dem Rücken, ihr Körper bewegt sich in Wellen und in Zuckungen, sie schlägt abwechselnd mit den mageren Armen, die aussehen wie die Beine einer Spinne, auf den Boden, beginnt den Kopf hin und her zu werfen, ihn kreisen zu lassen, als wollte sie das Laken allein durch die Reibung abwetzen. Sie bäumt sich auf, streift mit dem Becken über das Betttuch, fährt die Krallen aus, hebt den Bauch und reckt den ganzen Körper in einem hohen Bogen nach oben. In dieser Haltung erstarrt sie einen Moment lang, dort unten, mitten auf diesem häuslichen Altar. Donna Aurelia singt.

Santu Paulu meu de le tarante
Ca pizzichi le carúse dint'all'anche
Santu Paulu meu de le tarante
Facitene 'na grazia e tutte quante.
Addò te pizzicò la tarantella
*Sotto la putía de la vunnella.**

---

* O heiliger Paul von den Taranteln,
Du beißt die Jungfern in die Hüfte.
O heiliger Paul von den Taranteln,
Schenk uns allen deine Gnade.
Und dich biss die kleine Tarantel
Unter dem Saum deiner Kutte.

Gegen Mittag hat Donna Aurelia mit dem Singen aufgehört, und Filomena hat den großen Teller mit dem Pferdefleisch mitten auf den Tisch gestellt. Der Barbier, der Makler und der Polizist haben sich mit den weißen Handtüchern, die sie sich über die Schultern gelegt hatten, den Schweiß von der Stirn gewischt und begonnen, das geschmorte Pferdefleisch zu verzehren, ohne etwas zu sagen, doch mit den ergriffenen Mienen von Priestern, wenn sie ein Kind taufen oder zwei Brautleute vor dem Altar stehen haben. Archina hat sich auf das Feldbett gelegt, gegessen hat sie nichts. Gegen drei, als die Hitze von draußen unerträglich geworden ist und alle in die frische Kühle der Wohnhöhle zurückgekehrt sind, hat die Musik wieder eingesetzt.

Santu Paulu meu de le tarante
Pizzichi le zitelle dint' all' anche
Pizzichi le zitelle dint' all' anche
*E le fai sante, e le fai sante.**

Jetzt verfolgt Filomena ganz konzentriert das Spiel der Geige, denn das ist das Instrument, das sie am liebsten hört.

Hierzulande ist meistens derjenige, der in der Kunst der Musik die Geige spielt, im gewöhnlichen Leben Barbier. Vielleicht liegt das daran, denkt Filomena, dass der Geiger, wenn er mit dem Bogen über die Saiten streicht, eine ähnliche Bewegung macht wie der Barbier, wenn er sein Messer

---

* O heiliger Paul von den Taranteln,
Du beißt die Jungfern in die Hüfte.
Du beißt die Jungfern in die Hüfte
Und machst sie heilig, machst sie heilig.

am Streichriemen schärft. Einmal hat Filomena den Salon von Don Vincenzino betreten, um ihrem Vater, der sich dort rasieren ließ, ein Päckchen Schnitttabak zu bringen. Der Barbier stand mit dem Rücken zu ihr und schärfte gerade sein Messer. In Filomenas Augen sah es so aus, als spielte er auf seiner Geige.

Dann näherte sich der Barbier Nunzio, der vor einem Spiegel auf einem verstellbaren Ledersessel saß, das Handtuch auf der Brust wie ein riesiges Lätzchen, und begann ihn zu rasieren. Am Schluss riss Don Vincenzino, nach einem letzten schwungvollen Strich, mit der Theatralik eines Magiers dem Vater das Handtuch vom Hals, rief »Fertig!« und beugte sich über ihn, um ihn im Spiegel zu bewundern, als posierten die beiden für ein Foto. An diesem Punkt machte ihr Vater die Augen auf, die er offenbar für die gesamte Dauer der Rasur geschlossen gehalten hatte, und betrachtete sich. Da hatte Filomena für den Bruchteil einer Sekunde das Gefühl, anstelle ihres Vaters einen Fremden zu sehen. Einen Unbekannten, der sich zusammen mit dem Barbier für ein Foto in Positur setzte, einen Menschen, über den sie rein gar nichts wusste, einen Fremden auf der Durchreise, der ebenso gut auch vom Mars hätte kommen können. Und sie hatte den Eindruck, auch ihr Vater erkenne sich nicht wieder.

In jenem Sekundenbruchteil schien die Welt Filomena und, wer weiß, vielleicht auch ihrem Vater in ihrer Gänze nichts anderes zu sein als ein Karussell, das sich in weiter Ferne dreht.

Indessen legt sich Don Luigi an seiner Ziehharmonika ordentlich ins Zeug und lässt die Muskeln seiner Arme spielen. Er zieht den Balg weit auf, um möglichst viel Luft hereinzulassen, und wenn er ihn dann wieder zusammendrückt, wird all die Luft wieder ausgestoßen und hat sich in Musik verwandelt.

Und die Gitarre? Die ist nichts anderes als ein ausgehöhltes Stück Holz, über dem man mehrere Schafdärme aufgespannt hat, denkt Filomena. Und doch gefällt ihr der Klang, mehr und mehr lässt sie sich von den bebenden Tönen der Saiten einhüllen, die sie zum ersten Mal in ihrem braven Milchkuhleben erahnen lassen, dass es eine Welt geben könnte, in der auch eine unscheinbare junge Frau wie sie darauf hoffen kann, geliebt zu werden. Ihre Mutter hat sie geliebt, als sie noch am Leben war. Doch jetzt ist ihre Mutter nicht mehr da.

Indessen hat Donna Aurelia ihr gesungenes Zwischenspiel beendet, und die Geige übernimmt mit ihrer quietschenden, rhythmischen Stimme erneut die Führung über die anderen Instrumente. Die Musik wird schneller. Vincenzino Epifani beugt sich im Spiel zu Archina hinunter, damit sie ihn besser hört, als wollte er sagen: »Diese Musik ist nur für dich, du tanzende Tarantel.« Jetzt ist die Musik kraftvoll und laut geworden, alle in der kühlen Küche schwitzen.

Filomena starrt wie im Zauberbann auf den Geiger. Die Bewegung des Arms, das leichte Streichen des Bogens über die gespannten Saiten. Plötzlich muss sie bei dieser Bewegung an noch etwas anderes denken. Eine Geste, die sie vor so langer Zeit, als sie noch in Procida waren, den Arzt hat machen sehen, als er ihre Mutter bei einem ihrer vielen seltsamen Anfälle aufsuchte. Mit einem kleinen chirurgischen Messer öffnete er damals am Arm ihrer Mutter eine Vene, damit, wie er sagte, das Blut herausströmen könne und mit dem Blut die Krankheit. Er nannte das »Phlebotomie« oder »Aderlass«. Jetzt hat Filomena den Eindruck, als wäre die schneidende Bewegung, die der Bogen über der Violine macht, genau die gleiche wie die des Arztes, wenn er mit dem Messerchen an der Armbeuge der Mutter in die Vene schnitt. Da kommt Filomena folgender Gedankengang: Ebenso wie damals das Blut stoßweise aus den Adern ihrer Mutter floss, damit den Blutkreislauf entlastete und die bösen Säfte aus ihr herausspülte, gibt jetzt die Geige die Musik von sich, wie ein Brünnlein, ein einziges Fließen und Wogen. Und mit der Musik verlässt auch all das Gift den Körper ihrer Schwester, wie ein unsichtbarer Strom, der dieser gequälten Seele Erleichterung verschafft, der Archina von der Spinne befreit, welche Besitz von ihr ergriffen hat.

Archinas Körper hebt und senkt sich über dem Boden, und statt steif und spröde zu sein wie zu Beginn, ist er jetzt heiß und biegsam, während er sich krümmt, ganz weich und feucht, ohne Kontur, ohne Substanz. Auch einige der Anwesenden spüren diese Verwandlung. Die Küche ist erfüllt von Dingen, die man nicht in Worte fassen kann. Dieser ganze Schmerz … Und wem soll man auch davon erzählen? Von all dem, was ein Geheimnis ist, ohne Erlösung, ohne Rettung, all den unheilbaren Krankheiten, wenn die Schafe sterben, wenn die Flüsse austrocknen und kein Wasser mehr führen oder wenn ein plötzlicher Hagel die Ernte zerstört. Wer weiß, ob der Sommer dieses Jahr trocken sein wird … Wenn du nicht mal mehr Geld hast, um dir etwas zu essen zu kaufen, oder wenn der Vater dir wehtut – wem willst du das erzählen? Und einen Arzt, der so gut ist, dass er dich heilen kann, den gibt es gar nicht, dabei hast du schon so viele Tränen geweint, dass dir die Augen ganz trocken und wund geworden sind, und es gibt auch keine Heiligen oder Messen, bei denen du all deinen Kummer loswerden kannst.

Jetzt scheint das weiße Laken zur Arena geworden. Archina ist der Torero, der auf den Einlass des Stiers wartet. Oder sie selbst ist der blutende Stier, in den die Tigerin ihre Pranken geschlagen hat, und die Tigerin lauert draußen im Gebüsch, wild und gierig.

Viele Jahre später, an einem der ewig gleichen und ruhigen Nachmittage, die ihr Alter kennzeichneten, würde Filomena in genau dieser Küche, wo einst der Spinnenteufel und Archina, eingehüllt in den Geruch nach Pferdefleisch, getanzt hatten, mit einer jungen Forscherin aus der Stadt zusammensitzen, die sie gebeten hatte, sich an die Zeit zurückzuerinnern, als in Mangiamuso noch die Taranteln bissen und man die Tarantella brauchte, um die Gebissenen wieder gesund zu machen. Filomena würde sich mächtig anstrengen, um das, was ihrer Familie in jenen Tagen Ende Juni, an denen ihre Schwester Archina, die Verrückte, zu tanzen begonnen hatte, widerfahren war, noch einmal in sich aufleben zu lassen. Sie würde die Geschichte aus ihrer Sicht erzählen, der Sichtweise einer sanftmütigen Milchkuh, die es nicht gewohnt ist, ihr Urteil über die Sonderbarkeiten der Welt abzugeben. Es würde eine Version der Geschichte sein, die ohne Schuldige und ohne Opfer auskam. Das Leben, so wie es geschehen war. Doch während sie in das Aufnahmegerät der jungen Interviewerin gesprochen hatte, würden ihr Einzelheiten wieder einfallen, von denen sie geglaubt hatte, sie seien in ihrer Erinnerung für immer verloren gegangen. Zum Beispiel würde sie eine Ähnlichkeit zwischen dem Gesichtsausdruck ihrer Besucherin und dem Blick jener beiden Fremden entdecken, die vor so vielen Jahren fast unbemerkt eingetreten waren und die ganze Zeit in einer Ecke der Küche gestanden hatten, wie die Pilger in Lourdes, um alles zu beobachten. Und sie würde auch, weil Filomena nämlich zwar die Sanftmut in Person, aber weder dumm noch geistesabwesend war, bemerken, dass diese junge Frau von heute, anders als jene Fremden von damals, die ihr wie Kinder vor einem riesigen Serviertablett voller Krapfen erschienen waren, eine arrogante, fast hochmütige Art hatte, wie eine kleine Herrin, die sich das nimmt, was ihr zusteht. Aus diesem Grund würde Filomena auch im Lauf des Gesprächs beschließen, die Blätter für die *stramunella*, um die die junge Frau sie gebeten hatte, durch ganz gewöhnliche Blätter irgendeines völlig harmlosen wilden Krauts zu ersetzen.

Dritter Tag

Nunzio Solimene hat die ganze Nacht schlecht geschlafen. Um ehrlich zu sein, ist ihm etwas passiert, das vollkommen neu war. Am Abend zuvor, am Ende der Behandlung seiner Tochter mit Musik, ist er erst spät zu Bett gegangen und im Gegensatz zu sonst nicht gleich in jenes grabähnliche Dunkel gestürzt, in dem es nichts gibt und man nichts empfindet und aus dem man im Handumdrehen wieder erwacht und draußen den Morgen dämmern sieht. Nein, gestern Nacht standen, kaum hatte er versucht, die Augen zu schließen, plötzlich die Schafe der Herde von Terranera um sein Bett herum. Und sie waren allesamt geschlachtet, hatten offene Bäuche, und überall war Blut. Und dann sind diese Schafe eine hohe Treppe hinaufgestiegen, die plötzlich in dem Zimmer erschienen war; er hat versucht, sie aufzuhalten, aber da hat sich eins von ihnen umgedreht und angefangen zu lachen und mit der Stimme von Addolorata zu reden. Dann war das Zimmer plötzlich Procida, der Kerker von Terra Murata, aber es gibt keine Häftlinge mehr, der Kerker ist verlassen, die Fenstergitter sind herausgerissen, die Zellentüren stehen offen, überall wächst Gestrüpp. In jeder Zelle steht ein Baum, Nunzio weiß, dass die Bäume leben oder doch von Geistern bewohnt werden; das Licht ist blassblau, und die Sonne steht tief wie an einem Winterabend. Er sagt zu den Bäumen, sie sollen verschwinden, weil er mit dem Besen dorthin muss, aber sie bewegen sich nicht. Er spürt eine gewaltige und schreckliche Macht, die von ihnen ausgeht und die all ihre Bewegungen bestimmt. Die Bäume atmen, und auf einem der Bäume sitzt Addolorata, splitternackt, und sagt: »Wenn du in der Lotterie gewinnen willst, musst du mich an den Füßen nehmen.« Und dann hat er eine Erektion und beginnt, sich an dem Baum zu reiben, der atmet, während er versucht, den Körper von Addolorata zu berühren, aber er kann sie nicht packen. Der Baum wird riesengroß, und auch die Zellendecke, und dann beginnt er zu ejakulieren, doch plötzlich senkt sich die Decke auf ihn herab wie ein gewaltiger Grabdeckel und erdrückt ihn im Moment größter Lust in einem Feuerwerk der Dunkelheit.

An diesem Punkt hat Nunzio die Augen geöffnet und gesehen, dass er immer noch in seinem Haus ist. Was, zum Teufel, ist mit ihm passiert? Was ist geschehen? Er liegt reglos da, schweißüberströmt, und hält den Atem an, lauscht den Geräuschen des Hauses.

Jetzt rüttelt ein starker Wind am Fensterladen der Küche. Ihm ist, als wäre noch bis vor einem Augenblick in seinem Kopf eine riesige Ebene gewesen, durch die ganze Herden von Pferden galoppierten, oder ein felsiger Strand, an dem sich gewaltige Wellen aus schwarzem Wasser brachen. Ist das hier also ein Traum? Das ist Nunzio noch nie passiert.

Dann hört er Filomena, die auch heute im anderen Zimmer aufräumt, und ihm fällt alles wieder ein.

Er steht auf und trinkt auf nüchternen Magen ein ganzes Glas Aleaticowein, um sich den Mund und das Gehirn durchzuspülen. Und solange Wein da ist, wird er den ganzen Tag weitertrinken, bis zum Abend, wenn die Musik verstummt ist und alle gegangen sind.

Auch gestern hat Archina den ganzen Tag getanzt. Mit einem Kissen auf dem Kopf ist sie aufgestanden und hat die Schritte der Tarantella getanzt, die Augen stets zu Boden oder an die Wand gerichtet. Dieses abwesende Gesicht hat Nunzio auch in anderen Situationen an ihr gesehen. Aber da hat keine Musik gespielt.

Gestern hat Aurelia gesagt, der zweite Tag habe noch nicht gereicht und Archina müsse noch mehr aus sich herausgehen, weshalb sie mit den Musikanten vereinbart hat, dass sie auch noch einen dritten Tag spielen werden.

Dieser dritte Tag beginnt im Zeichen eines starken Windes, der durch die Straße vor dem Haus fegt. Unter der endlosen Sonne des Salento verbreiten sich die Düfte der Felder und Wiesen in Windeseile. Die Menschen müssen gebückt gehen, um sich gegen den Wind, die aufkommenden Brisen und Wirbel zu wappnen. Die Musikanten schnappen nach Luft, als sie eintreffen; ihre Gesichter sind ausgetrocknet und von der Sonne verbrannt, die Augen blutunterlaufen. Als sie in die Wohnhöhle treten, sind sie immer noch orientierungslos und schimpfen, als sie Nunzio begrüßen, über das unwirtliche Wetter draußen. Epifani sagt: »Salentu, terra di mare, di vinu e di jentu«*, in der neunmalklugen und doch trostlosen Art eines Menschen, der auf ein Sprichwort zurückgreifen muss, um die Wirklichkeit zu beschreiben. Die Anwesenden nicken, als wollten sie sagen: »Das wissen wir sehr gut, aber was soll man machen?«

---

* Salento, Land des Meeres, des Weines und des Windes

Der Priester, Don Filino Rezza, ist auch heute nicht zurückgekehrt. Vor zwei Tagen ist er weggegangen, hat sich in der Sakristei eingeschlossen und sich all seinen Kummer von der Seele geredet, darüber, dass das Hausfloß der Solimenes mittlerweile abgetrieben ist und so weit von irgendeiner Küste entfernt, dass weder er noch ein anderer Priester es erreichen könne. Dabei wäre es wahrlich nicht seine Aufgabe zu versuchen, sie alle wieder einzufangen, diese Seelen, die Kurs auf ungeweihte Gestade genommen haben. Er war doch immer ein Seelenhirte und kein Fischfänger! Dann sollen sie doch ihren Teufel endlich sehen, wenn ihnen so viel daran liegt! »Die Kraken«, so heißt es im Volksmund, »muss man immer in ihrem eigenen Wasser kochen!«

Hingegen sind auch an diesem dritten Tag die Fremden wieder da, die Filomena gestern so neugierig gemacht haben. Heute haben sie sogar ein cremefarbenes Aufnahmegerät mit allerlei bunten Schaltern dabei und setzen es in Betrieb, sobald die Musik beginnt.

Der Priester hat gut daran getan, nicht zu kommen. Heute ist die Atmosphäre in der Wohnhöhle düsterer. Die Nachbarn, die Kinder, die Verwandten sind alle etwas mitgenommen von dem starken Wind, der sie bis hierher begleitet hat, und von den schweren Takten der Musik an den beiden vorangegangenen Tagen, doch sie sind wiedergekommen, weil sie um nichts auf der Welt die Vertreibung der Spinne aus dem Körper jenes Mädchens verpassen wollen, und außerdem, weil man es eben so macht.

Archina hat sich auf das Feldbett gelegt, zurückgezogen in ihre von Spinnen, Tigern und anderen Gespenstern bevölkerte Welt. Niemand richtet das Wort an sie, und sie bleibt in dieses triste himmelblaue Kittelchen eingeschlossen, von dem sie sich auch für den Tanz nicht trennen wollte. An den Gürtel gebunden trägt sie ihren vergilbten Beutel, doch heute hat Donna Aurelia ihr eine feuerrote Schärpe um die Taille geschlungen, in der ihr knochiger Körper noch mehr aussieht wie der eines Opferlämmchens als sonst.

Die Tarantel von heute wird eine stürmische Tarantel sein.

Die Musik setzt ganz plötzlich ein, auf ein Zeichen von Donna Aurelia, während in der kleinen Zuschauermenge immer noch leise geplaudert und Mutmaßungen darüber angestellt werden, wie lange die Behandlung wohl noch andauern wird, bis die junge Solimene endlich für gesund erklärt werden kann. Wenn sich das Mädchen heute vom Gift der Spinne befreit, wird man morgen nach Galatina gehen müssen. Dort soll dann die wundersam Geheilte in der Kapelle des heiligen Paul eine Zusammenfassung des ganzen Tanzes wiedergeben und dem Heiligen dafür danken, dass er ihr die Gnade der Genesung gewährt hat. Doch daran wird man morgen denken.

Indessen hat sich Archina erhoben. Heute hat es den Anschein, als würde sie den Takt der Musik mehr spüren als bisher. Ihre Augen jedoch sind immer noch starr auf jene weit, weit entfernte Welt gerichtet, die nur für sie die Mauer hinter dem Feldbett erleuchtet und unendlich vergrößert.

Santu Paulu meu de le tarante
Santu Paulu meu de le tarante.*

---

* O heiliger Paul von den Taranteln.

Die Geige spielt mitreißend und schnell. Bogen, Messer, Klinge. Unmöglich, still zu sitzen. Unter den Anwesenden klatschen einige mit, andere tippen mit dem Fuß auf. Archina bewegt Beine und Knie und Füße in einer Reihe von Bewegungen, die dem Rhythmus folgen, ihn in Gesten umsetzen, ihn in Bilder verwandeln. Ihr magerer Körper ruckt und zuckt. Heute hat Donna Aurelia ihren schützenden Verband an der Hand nicht gut gewickelt. Kaum hat sie ein paar feste Schläge auf dem Tamburin getan, schürft sie sich die Haut auf, und das Blut fließt stoßweise zur Mitte des Instruments, auf dem eine Spinne abgebildet ist. Doch sie kann nicht innehalten, der Tanz geht weiter, und das Blut spritzt über anderes Blut, altes vertrocknetes Blut, das hier bei einem der anderen, lange zurückliegenden Nachmittage geflossen und geronnen ist, als man andere Teufel tanzen ließ.

Archina dreht sich im Kreis und um den Rand des Bettlakens herum, das schmutzig geworden ist, auch wenn keiner der Anwesenden es gewagt hätte, einen Fuß daraufzusetzen, denn es ist wie ein Altar, auf dem eine Messe getanzt wird.

Das Akkordeon haucht eine Musik, die am Anfang noch übermütig und fröhlich wirkte, doch dann, ganz allmählich, während zwischen der kleinen Tänzerin und ihrem Publikum die Spannung steigt, einen immer düstereren Charakter annimmt, wild und mitreißend. An der Mauer leuchten erneut Blitze auf, nur für Archina zu sehen, helle, starke Blitze.

Donna Aurelia schlägt ihre teuflischen Terzen auf dem Tamburin und singt mit einer flachen, nasalen, spröden Stimme, die bis zur Decke steigt, dort abprallt und in den Raum zurückfällt:

Santu Paulu meu de Galatina
Facitene 'na grazia stammatina
Santu Paulu meu de le tarante
Facitene 'na grazia e tutte quante.*

Jetzt sieht Archina, wie sich die kleine Menge von ihr entfernt, wie sie an Gewicht und an Substanz verliert und auf der anderen Seite eines Schleiers, der sie jetzt alle bedeckt, davongleitet, und wie sie jetzt alle einer kleinen Welt der Toten, der fernen und stummen Toten, anzugehören scheinen. Ach! Das ist es also, was ihr geschieht! Sie tanzt hinter einem Schleier und sieht in der Welt der Lebenden, die jenseits des Tuchs beginnt, all ihren irdischen Schmerz.

Es wogen die Körper im Lande des Schmerzes, doch niemand kann sie berühren, und draußen im Wind wiegen sich alle Bäume der Erde. Archina fühlt sich nah und fern zugleich. Sie ist da, und sie ist nicht da. Ihr Körper verwandelt sich, ihr Schicksal vermischt sich mit dem Schicksal der anderen, und während sie sich um die eigene Achse dreht und ihre Sprünge macht, links und rechts und wieder links, während sie mit dem Fuß den Takt schlägt, denkt sie, wenn ihr Scharfrichter kommen wollte, um sie zu holen, dann könnte er es in diesem Moment nicht tun, denn er würde sie nicht erkennen.

Rasch ziehen Wolken in den Raum ein, die aus einem verborgenen Winkel der Welt stammen. Archina schwitzt und tanzt.

---

* O heiliger Paul von Galatina,
Schenk uns heute Morgen deine Gnade,
O heiliger Paul von Galatina,
Schenk uns allen deine Gnade.

Pizzicarella mia pizzicarella
Pizzicarella mia pizzicarella
E la cammenata tòia pare c'abballa
Pare c'abballa.*

In genau diesem Moment weiß Archina zum ersten Mal in ihrem Leben, wo ihr Platz auf der Welt ist. Sie ist die von der Spinne Gebissene, die Besessene, die Kranke, die Akrobatin, die in schwindelerregender Höhe ihre Kunststücke vorführt, dort oben im Wind, auf einem Seil, das aus einem roten und gelben Band geflochten ist, hoch oben über den erloschenen Augen der Anwesenden, den Augen ihres Vaters, der sie nicht ein einziges Mal anschaut, sondern immer nur mit gesenktem Kopf dasitzt und seine Zigaretten rollt, in einer Ecke der Küche, ganz da unten und noch viel tiefer als sie selbst, die dort ihre Pirouetten dreht, frei und schweißgebadet. Um sich herum spürt sie eine warme Strömung, wie einen Golfstrom, der lauter Ertrunkene mit sich führt. In dem Sog ist ihre ganze Herkunft, sind all ihre Vorfahren. Der Klang des Tamburins wiegt und drängt sie, die Musikanten spinnen mit ihren Akkorden ein unsichtbares Netz wie aus Eisen geklöppelte Spitze, und dort hinein muss sie sich fallen lassen, sich einfach gehen lassen, denn die Musikanten werden sie auffangen, und sie wird in Sicherheit sein. Wie stark ist doch dieses Netz, das aus Rhythmus geflochten ist, wie mütterlich, und genau dorthin möchte sie sich fallen lassen. Ertrinken möchte sie darin! Jetzt steht Archina, sie be-

* Pizzicarella, o Pizzicarella,
wenn du gehst, ist es, als würdest du tanzen.

wegt sich, sie hüpft und springt wie ein Ball, das Band, das sie über ihren Kopf hält, ist eine Schärpe aus rubinrotem Leinen, die sie streckt und dehnt, in die Luft schleudert; dann lässt sie ihre Fäuste tanzen, trommelt mit den Händen auf die Hüften, kreuzt die Arme vor der Brust, lässt das Tuch schnalzen. Die Spinne ist da, sie beherrscht alles. Die Zeit spielt keine Rolle mehr, Archina verliert sich. Tiefe Tarantel. Dem roten Tamburin bricht der Schweiß aus, Tausende von Jahren bitterer Musik, sie fließt hinein in den stürmischen Fluss aus Wind, der durch das Haus zieht.

Jetzt spürt Archina, wie ihr Körper mit dem ganzen Haus eins wird. Ein Körper aus Gras, ein Haus aus Körper. Immer noch die Musik, fallende Terzen. Gegen zwei Uhr nachmittags ist das Haus am Siedepunkt angelangt. Archina fühlt, wie die Türen zu fließen beginnen, wie die Fensterscheiben in Tausende von Scherben zerspringen, die ihr jetzt an den Armen hinabgleiten und sich in Moos verwandeln. Das Moos kriecht an den Wänden hoch und dringt in die Küche ein. Sie spürt einen Wald aus Federn, der auf ihrem Rücken wächst. Das Haus wird überschwemmt vom Rhythmus, von Wasser, Wind, Wolken, von fliegenden Blättern und von Blut. Dann folgen die schweren Schläge, die das Zimmer zum Beben bringen. Es sind die Schritte des Teufels. Nur Archina sieht ihn kommen. Er ist riesig, hat Hörner, Spinnenbeine, die Füße eines Schweins, und er beginnt sogleich zu tanzen. Bei jedem seiner Schritte bebt die Erde. Und während er tanzt, haucht der Teufel seiner kleinen Tänzerin etwas ins Ohr, wie ein Souffleur, der einem vergesslichen Schauspieler auf die Sprünge hilft. Archina hört Worte, die nicht ihr gelten können, und doch sind sie da, sie schreien lauter als die Musik, lauter als die gesamte Musik des Universums, lauter als alle Tarantelle, alle Pizziche, alle Tamburine und alle Wirbelstürme der Welt. Sie entgleiten dem schweren Atem des Teufels wie spitze Pfeile, die aus einem Bogen flitzen, und bohren sich in ihre kleinen Ohren.

Der Teufel haucht und faucht: »Ach! Vater, das ist mein Blut, das du getrunken hast! Nimm es! Das ist mein Mittagsdämon, meine Hexe aus dem tiefen Süden, die die Zähne gefletscht hat! Hör nur! Das ist das magere Fleisch deiner Tochter, der Knochen, den du jedes Mal ausspuckst, so wie man die Gräten einer Sardine ausspuckt. In deinen Ohren pfeift die Angst, die das schwarze Pferd peitscht, wenn es Nacht wird, über dieser seelenlosen Puppe, die du doch auf die Erde herabgeschickt hast, Vater, die jetzt die Teufel aus einem jahrtausendealten Schlaf weckt, die zittert, während die Decke herabfällt und endlich wieder der Himmel zu sehen ist.

O heiliger Paul von den Taranteln,
O heiliger Paul,
Das ist mein Leib.
O heiliger Paul,
Das sind meine Beine,
O heiliger Paul,
Mach sie mir heilig,
Mach sie mir heilig.
Ich bin ein Weg für die Esel,
Ein Feld, von Bomben übersät,
Bei Nacht verbrannt,
Des Morgens erblüht.

O heiliger Paul von Galatina,
Gerodet und verbrannt,
Hügel – Wälder – Gewässer.
O heiliger Paul,
Speichel und Wasser,
Speichel und Spucke,
Speichel und Tränen,
Aus wilden Kräutern,
Speichel und Sperma,
Speichel und Blut.
O heiliger Paul
Von den Taranteln.

Sonntag und Montag

Mariannina und die Maus im Bauch

ALS NUNZIO SOLIMENE an jenem späten Nachmittag des Karnevalssonntags im Jahr 1956 den Garten vor dem Haus der Grecos betrat, hatte Donna Mariannina gerade die Wellensittiche gefüttert und stand im Eingang, an den Türpfosten gelehnt, reglos, die Arme vor der Brust verschränkt. Es schien, als stünde sie schon seit Stunden dort und wartete. Donna Mariannina war sehr schön, groß und dünn, sie hatte sich gut gehalten, obwohl sie ganze zwölf Jahre älter war als ihr Mann Narduccio. In diesem Moment beleuchtete die untergehende Sonne ihr Gesicht mit einem warmen Licht und ließ ihre Augen, die leuchtend blauen und schmachtenden Augen einer Normannin, wie zwei Goldmünzen aussehen, die am Grunde eines Tümpels liegen. Dank dieser immer ein wenig verträumten Augen hielten manche Donna Mariannina für dümmlich, allerdings von einer Art Dummheit, die Männer sehr verführerisch finden, vor allem wenn sie mit einem kurvenreichen Körper einhergeht, denn wenn Schönheit und Dummheit sich paaren, meinen viele Männer, das »Tier« erkennen zu können, von dem sie glauben, es schlafe in jedem weiblichen Wesen und könne ihnen, wenn man es zu gegebener Zeit erweckt, Sinnenfreuden im Übermaß schenken. Donna Mariannina jedoch war alles andere als dumm und hatte schon in recht zartem Alter erkannt, dass sie, wenn sie gewollt hätte, jeden Mann um den Finger hätte wickeln können, indem sie ihm mit jenem vermeintlich verträumten Kinderblick Dinge verhieß, die sie ihm in Wirklichkeit nicht einmal im Traum gewährt hätte. Doch seit ihrer Jugendzeit war sie ein sehr ernstes und ausgeglichenes Mädchen von zurückhaltender Wesensart, die sie davon abgehalten hatte, jedwede Form von Täuschung oder Verstellung auch nur in Betracht zu ziehen. Einer der Männer, die dennoch ihren versonnenen Augen in die Falle gingen, war ausgerechnet jener Notar Marra, der einige Jahre zuvor das Testament überarbeitet hatte, in dem Don Salvatore Furno, zweifellos einer der wohlhabendsten und einflussreichsten Männer von Mangiamuso, eine andere Frau, vielleicht eine uneheliche Tochter, zur Alleinerbin eingesetzt hatte, eine Frau, von der man im Dorf noch nie etwas gehört hatte.

Übrigens hatte es durchaus den Plänen Don Salvatores entsprochen, dass Mariannina erst durch seinen Letzten Willen von der Existenz jener Erbin erfahren sollte. Wahrscheinlich bildete er sich ein, seine Tochter würde mit ihrer Intelligenz und Herzensbildung alles verstehen oder doch vorgeben zu verstehen. Er hatte sie heranwachsen und eine offene, wenn nicht gar zu offene Denkweise an den Tag legen sehen, weshalb sie auch in den Augen der Dorfbewohner fast wie eine Zugereiste war, eine, die die Dinge auf ihre ganz eigene Weise betrachtete und damit stets im Widerstreit zu den Meinungen anderer zu stehen schien. Eine Fremde. Außerdem hatte sie in letzter Zeit begonnen, sich mit dem Burschen abzugeben, der viele Jahre jünger war als sie, mit einem roten Halstuch herumlief und allerlei verstiegene Ideen bezüglich der Löhne der Landarbeiter, der Halbpacht, des Herrgotts und anderer Weltanschauungen zum

Besten gab, über die sich Don Salvatore nicht äußerte und keine Kommentare abgab, weil es über gewisse Wirrköpfe nicht viel zu sagen gab. Denn auf gewisse Wirrköpfe war einfach kein Verlass.

Andererseits war es für ganz Mangiamuso eine ausgemachte Sache, dass Don Salvatore Furno ein großer Frauenheld und Schürzenjäger gewesen war.

»Mein Salvatore ist ein Mann von Welt«, pflegte seine Frau oft zu seufzen, ehe sie ihren endgültig letzten Schnaufer tat. Und jedes Mal, wenn sie es sagte, haftete ihren Worten ein kaum verhohlener Sarkasmus an, als wollte sie ihnen damit eine verborgene Bedeutung verleihen, die nur sie und ihr Mann kannten und die für Mariannínas Mutter, wenn man nach dem dunklen Schatten urteilte, den man dann stets über ihr Gesicht huschen sah, ein Quell großen Kummers gewesen sein musste.

Folglich war Mariannina also nicht die Alleinerbin, und der Notar Marra wusste das.

Nun hatte sich der Notar, der auch ein Freund der Familie war und das Mädchen praktisch hatte aufwachsen sehen, trotz der Tatsache, dass er selbst verheiratet war und Kinder hatte, in Marianna verliebt, als das Mädchen etwa zwanzig war. Wie ein hässlicher Poet, der den Kopf verliert und sich vergebliche Hoffnungen macht. Dabei beachtete ihn Marianna gar nicht, und ihm fehlte der Mut, sie anzusprechen. So kam es, dass er sich in seiner einsamen Verliebtheit zu allerlei Hirngespinsten verstiegen hatte, die ebenso unangebracht wie verzweifelt waren.

Dann kam ihm die zündende Idee. »Die Frauen sind alle käuflich«, dachte er. Doch für eine schöne Frau wie die junge Furno würde es gewiss nicht ausreichen, nur mit der Geldbörse zu winken. Bei ihr würde man mit Schlauheit zu Werke gehen und, warum auch nicht, die Möglichkeiten nutzen müssen, die gerade sein Beruf ihm bot. Ein fähiger Notar wie er, der viele Jahre über Grundbüchern gebrütet, unzählige Kaufverträge für Grundstücke, Schafe und Schweine beglaubigt oder die Testamente von Bauern überarbeitet hatte, könnte ja vielleicht tatsächlich die größte Befriedigung seines Lebens erlangen, indem er einen waghalsigen Nutzen aus Geheimnissen zog, die ansonsten aus Gründen der Berufsehre dazu verurteilt gewesen wären, für immer stumm in den Tiefen seiner Aktenschränke zu ruhen …

Gewiss war das Testament von Don Salvatore die Ausgeburt einer von Schuldgefühlen gepeinigten Seele. Und tatsächlich hatte Furno mit seinem Letzten Willen praktisch all seinen Besitz jener Unbekannten hinterlassen, bei der es sich, wie der Notar vermutete, um eine uneheliche Tochter handelte, während Marianna nur eine bescheidene Leibrente zuerkannt wurde.

Und so kam es, dass der Notar, obwohl es sich bei Salvatore Furno kraft seines Vermögens um seinen zweitbesten Mandanten nach Angelo Santo handelte, nicht zweimal nachdachte, bevor er das Dokument fälschte. Nach der neuen Version, mitsamt einer gefälschten und beglaubigten Unterschrift, wurde Marianna Furno zur Alleinerbin des Besitzes erklärt, zu dem außer einer beträchtlichen Liquidität und dem großen Familienanwesen auch mehrere Hektar Land, Obstgärten, Weinberge sowie zwölftausend Olivenbäume gehörten. Von der anderen Erbin fehlte in dem gefälschten Testament hingegen jede Spur.

Nun stellte sich der Notar den Moment vor, in dem er, nach dem Ableben von Don Salvatore, mit dem angesichts dessen Alters schon bald zu rechnen war, und nach der Verlesung des falschen Testaments, während die anderen Verwandten aufgebracht über die Tatsache, dass sie bei der Aufteilung des Erbes nicht bedacht worden waren – »Als wären wir nichts Besseres als Tiere, unglaublich!« –, die Kanzlei verlassen hätten, Marianna mit einem Nicken zu verstehen geben würde, sie solle noch einen Moment bleiben. Und wie sie, ein wenig überrascht, aber bildschön in ihrem Trauergewand, bleiben und ihm zuhören würde. Da würde er ihr alles sagen, würde den Schwindel aufdecken, und sie würde begreifen. Würde auf der Stelle verstehen, welche Türen ihr durch diese unerwartete Liebe aufgestoßen würden. Und wer sonst außer dem Notar Marra wäre nur aus Liebe zu ihr zu einer solchen Geste in der Lage gewesen, er, der ihr jetzt sein ganzes Leben zu Füßen legte, der bereit war, seiner Frau, seinen Kindern und seinem guten Ruf abzuschwören, wenn er dafür ihr weißes und gewiss duftendes Fleisch bekommen konnte! Und wie hätte sie ihm jetzt, da sie über einen solch großen Reichtum verfügte – was allein sein Verdienst war! –, nicht ihre Dankbarkeit erweisen können! Ihm, der doch ein echter Mann war, nicht wie der Vater Don Salvatore, der sie nur angelogen hatte. Und sie würde ihm alles, was er für sie getan hatte, vergelten.

Doch nach dem Tod Don Salvatore Furnos hatten die Dinge einen ganz anderen Verlauf genommen. Zur Verlesung des Testaments war Mariannina nämlich in Begleitung eines jungen Mannes namens Narduccio Greco erschienen, den sie dem Notar sowie zwei anwesenden Vettern zweiten Grades als ihren zukünftigen Ehemann vorstellte. Vor dem Notar hatte sich in jenem Moment ein Abgrund aufgetan, in dem er, als er sich ein wenig vorbeugte, um hinabzuschauen, bereits das Höllenfeuer lodern sah. Doch da ihm die Zeit fehlte, die Dokumente wieder auszutauschen, war er gezwungen gewesen, das gefälschte Testament zu verlesen und sich damit auf einen Schlag nicht nur zum Unglücklichsten aller Verliebten zu machen, sondern auch zum Verachtungswürdigsten seiner Zunft, dem feigen Verräter eines Freundes.

Trotz des ansehnlichen Erbes, das sie, gepaart mit ihrer großen Schönheit, selbst Fürsten und Bankiers würdig gemacht hätte, hatte Marianna beschlossen, den Burschen zu heiraten, der zwölf Jahre jünger war als sie, ärmer als eine Kirchenmaus, aber ein immer gut gelaunter, prachtvoll gelockter Mann, mit dem sie über alles und über jedes Thema reden konnte, ohne sich jemals fehl am Platz zu fühlen.

Auch in den folgenden Jahren fand der Notar Marra niemals den Mut oder die passende Gelegenheit, den Schwindel aufzudecken. Ja, mit der Zeit begann er sogar, den Verdacht zu hegen, seine Angebetete, die sich von Tag zu Tag ehrlicher und sittenstrenger gab, hätte, wenn sie von seiner wahnsinnigen notariellen Tat erführe, gar nicht begriffen, welch romantische Beweggründe dahintersteckten, ganz zu schweigen von den beruflichen Risiken, die er damit einging, und sie vielleicht gar nicht zu würdigen gewusst. Und so hatte er sich schließlich damit abgefunden. Vielleicht rührte daher auch sein rasches Altern. Sein einziger Trost bestand in dem Gedanken, dass sich das richtige Testament noch in seinem Besitz befand und, wer weiß, vielleicht irgendwann doch noch neue Umstände eintreten könnten, unter denen er es ins Spiel bringen und damit eine Situation heraufbeschwören könnte, in der Marianna auf ihn zurückgreifen müsste. Das richtige Testament hielt er im Tresor seines Büros unter Verschluss, wo es absolut sicher war. Zumindest glaubte das der Notar Marra …

Er gefiel Donna Mariannina gar nicht, dieser Nunzio Solimene, er hatte ihr noch nie gefallen. Sie erinnerte sich noch gut daran, wie sie ihn vor einigen Jahren zum ersten Mal gesehen hatte, an dem Tag, als er seine ältere Tochter Filomena an deren erstem Arbeitstag zu ihrem Haus begleitet hatte. Damals waren sie zu dritt gekommen: Nunzio, Filomena und Donna Aurelia, die ein Neugeborenes im Arm hielt. Marianna hatte ihnen vom ersten Stock aus zugerufen, sie sollten doch hereinkommen und es sich in der Küche bequem machen, da die Haustür immer offen stehe. Als sie dann nach einigen Minuten herunterkam, hatte sie die vier still wartend und mit ernsten Gesichtern vorgefunden, als wollten sie ihr einen Kondolenzbesuch abstatten. Filomena war ein kräftiges Mädchen, das älter wirkte als die acht oder neun Jahre, die sie damals wohl alt war. Sie hatte die ganze Zeit über keinen Ton gesagt und nur mucksmäuschenstill dagesessen, den großen Kopf tief zwischen die Schultern gezogen. Nur ab und zu hatte sie mit ihren runden Augen, die ein wenig vorstanden, hochgeblickt und sich verstohlen in der Küche umgesehen, mit gespielter Gleichgültigkeit, als wollte sie sich unauffällig vergewissern, was ihr in diesem Haus wohl blühen würde. Donna Aurelia hielt indessen die andere Tochter, Archina, im Arm, und als Marianna die Küche betrat, war Donna Aurelia die Einzige gewesen, die mitsamt dem Baby im Arm aufstand, und sie war auch die Einzige, die die ganze Zeit redete. Der Mann dagegen sagte nichts, kein einziges Wort. Er saß nur da, mit gesenktem Kopf, und rollte sich eine Zigarette. Ihn schien das Gespräch nicht im Geringsten zu interessieren, das doch, so Marianna, durchaus für ihn eine gewisse Bedeutung haben musste, denn immerhin drehte es sich um seine älteste Tochter. Seit jener ersten Begegnung hatte ihr der Mann nicht gefallen, obwohl sie damals aufgrund ihrer mitfühlenden Art durchaus bereit gewesen wäre, ihm wegen seines kürzlich erlittenen Verlustes mildernde Umstände zuzusprechen. Wenngleich … nein! Ein solches Verhalten unter diesen Umständen, von einem Vater … nein! Dieser Nunzio Solimene war einfach nicht zu packen, und Marianna erschauderte fast, wenn sie an ihn dachte. Später hatte sie auch tatsächlich wenig Erbauliches über ihn gehört, und obwohl sie eine Frau war, die nicht viel auf Klatsch gab, war sie doch wider Willen von der Geschichte beeindruckt gewesen, dass die Ehefrau in Procida nicht an den Folgen der zweiten Geburt gestorben war, sondern an dem tödlichen Schreck, als sie entdeckte, dass ihr Mann der Geliebte ihrer eigenen Schwester, noch dazu einer Nonne, war. Natürlich konnte Marianna nicht sagen, ob dieses Getuschel begründet war oder nicht, doch aufgrund des schlechten Eindrucks, den er bereits bei der ersten Begegnung auf sie gemacht hatte, hielt sie das alles durchaus für möglich.

Jedenfalls war Filomena an jenem Tag geblieben, um bei ihnen zu arbeiten, und war ihren Pflichten stets vorbildlich nachgekommen. Zu Beginn ließ Donna Marianna sie, weil sie zwar von kräftiger Statur und fleißigem Wesen, aber eben doch noch fast ein Kind war, hauptsächlich im Garten arbeiten, wo sie die Blumen goss, oder in der Küche, wo Marianna ihr all die Leibspeisen von Narduccio beibrachte. Dennoch bezahlte sie sie, und zwar gut. Sie hatte schon bald erkannt, dass Filomena mit diesem Geld maßgeblich zum Unterhalt der Familie beitrug, einschließlich besagter Donna Aurelia, die bei ihnen wohnte. Als dann Archina schließlich laufen konnte und Filomena begonnen hatte, sie ins Haus ihrer Arbeitgeber mitzubringen, hatte Marianna auch sie bei sich aufgenommen. Sie trug ihr Pflichten auf, wie zum Beispiel die Wellensittiche zu füttern, oder sie ließ sie einfach nur spielen. So durfte sie mit Wachsmalkreiden auf weißem Papier malen, die Marianna extra für sie gekauft hatte. Auf diese Weise hatte sie es in all den Jahren geschafft, die beiden Mädchen so weit wie möglich dem Zugriff des Vaters zu entziehen, vor allem Archina, die nach Mariannas Meinung bei Weitem die Begabtere von beiden war. Sicher, es stimmte, dass sie einen unruhigen Charakter hatte, manchmal mürrisch und oft ungehorsam war. Als der Zeitpunkt kam, war es auch Marianna gewesen, die sie eigenhändig an der Grundschule einschrieb, was ihr von Nunzio Solimene keinerlei Einwände, aber auch keinen Dank eingetragen hatte. Und in den ersten Jahren hatte sich das Mädchen in der Schule gut gemacht. Die Lehrerin beklagte sich nur über ihr undiszipliniertes und häufig auch störrisches Verhalten. Ansonsten jedoch hatte Archina eine ganz eigene Intelligenz an den Tag gelegt, die es ihr ermöglichte, Dinge blitzschnell, viel schneller als die anderen Mädchen in ihrer Klasse, zu erfassen. Und so verbrachte sie den Großteil der Zeit, die ihr blieb, damit, Papierflugzeuge zu bauen, auf dem Flur herumzuwetzen oder sich mit anderen Kindern zu prügeln. Streitigkeiten, die, wie die Lehrerin Marianna berichtete, wann immer Marianna selbst sie von der Schule abholte, meistens von Archina angefangen wurden. Als die Lehrerin einmal gefragt hatte: »Und der Vater?«, hatte Marianna ihr keine Antwort gegeben, sondern das Mädchen einfach nur an der Hand genommen und weggeführt. Der Vater, so hätte sie gerne geantwortet, sei an diesem Thema nicht im Geringsten interessiert.

In den letzten Jahren hatten sich die Dinge jedoch verändert. Archina hatte sich verändert. Als sie etwa acht Jahre war und in die dritte Klasse der Grundschule ging, hatten sich ihre Leistungen auffallend verschlechtert. Ja, oft wollte sie gar nicht mehr hingehen. Irgendwann hatte sie auch noch einen schweren Husten bekommen, der nicht mehr wegging. Einen trockenen Husten, der wie ein Bellen klang. Marianna bekam es mit der Angst zu tun, wenn das Mädchen einen dieser Anfälle hatte, weil sie dann befürchtete, Archina könne von einem Moment zum nächsten daran zugrunde gehen. Auch hatte das Mädchen fast völlig das Essen eingestellt. Manchmal richtete ihr Marianna am Nachmittag, gegen fünf, eine schöne Scheibe hausgebackenes Brot mit fettem Weichkäse oder mit goldbraun gebratenen Auberginen her, die noch vom Mittagessen übrig waren. Früher war Archina darauf immer ganz versessen gewesen. Doch so wie Donna Marianna es ihr hinstellte, so fand sie es auch unberührt wieder, neben den Farbstiften und dem Blatt Zeichenpapier, auf dem Archina schon lange nicht mehr malte. Auch wusch sie sich nicht mehr. Oft stank sie auf geradezu unerträgliche Weise, wenn sie zu ihnen ins Haus kam, und Marianna musste mühsam auf sie einreden, damit sie ein Bad nahm. Archina hatte sogar damit aufgehört, ihre Kleider zu wechseln. Mittlerweile trug sie tagaus, tagein jenen Kittel aus himmelblauem Wollstoff mit einer langen Knopfreihe am Revers, der aussah wie die Uniform irgendeines Waisenhauses. Marianna konnte einfach nicht verstehen, wie ausgerechnet das ihr liebstes Kleidungsstück sein konnte. Dann war sie eines Tages mit einem kleinen Beutel am Gürtel aufgetaucht, der aussah, als wäre er aus einem alten Kopfkissenbezug genäht. Und den sie nie wieder ablegte. Marianna hatte sofort begriffen, dass der Kleinen viel an dem Beutel mit seinem mysteriösen Inhalt lag, weshalb sie sich mit Fragen zurückgehalten hatte, doch niemandem war es je gelungen, ihr auch nur ein Wort darüber zu entlocken, was denn da drin sei. Wenn sie oder Narduccio auch nur auf den Inhalt anspielten, legte Archina instinktiv die Hand an den Gürtel und bedeckte damit den Beutel, als wollte sie ihn beschützen. An einem bestimmten Punkt hatte Archina auch noch begonnen, sich rar zu machen. Manchmal kam sie tagelang überhaupt nicht zu ihnen ins Haus, und als Donna Marianna einmal Filomena gefragt hatte, wo denn ihre Schwester sei, hatte diese nur schlicht geantwortet: »Die spielt mit Severino.«

»Und wer ist dieser Severino?«, hatte Marianna gefragt, überaus verwundert und verärgert darüber, dass sie nichts davon wusste. Filomena war gerade dabei gewesen, die *cozze piccinne* zuzubereiten – ein Gericht aus Schnecken, das man auch *passatiempu*, also Zeitvertreib, nannte, weil es Mühe machte, das wenige Fleisch aus den Schneckenhäusern zu stochern –, sodass ihre Aufmerksamkeit ganz der Pfanne galt. Und da Filomena die Angelegenheiten ihrer kleinen Schwester sowieso mit einer dumpfen Verständnislosigkeit betrachtete, ging sie auf Mariannas Frage gar nicht ein, sondern schaute weiter den Schnecken beim Garen zu und zog den Kopf noch tiefer zwischen die Schultern, um – ganz die dröge Milchkuh, der sie so sehr ähnelte – weiterzuweiden, ohne auch nur eine Miene zu verziehen. Und so hatte Donna Marianna beschlossen, am nächsten Tag zu den Solimenes nach Hause zu gehen und selber mit Donna Aurelia zu sprechen.

Auf diese Weise hatte Mariannina von der Existenz Severinos erfahren, der eine Art Neffe der Geschwister Santo sei und bei ihnen im Haus lebe. Außerdem hörte sie damals zum ersten Mal, dass Nunzio Archina oft nach Terranera mitnahm und die beiden Kinder einander recht lieb gewonnen hatten. Und noch etwas anderes sollte Marianna im Lauf der kurzen Unterhaltung mit Aurelia entdecken: dass nämlich auch die Frau, der Marianna aufgrund ihrer so viel geringeren Abstammung keineswegs eine solche Sensibilität zugesprochen hätte, durchaus bemerkt hatte, dass das Verhalten Archinas Schwankungen unterlag. Und dass die Sache Aurelia ebenso beunruhigte wie sie selbst. Allerdings hätte Donna Aurelia dafür Behandlungsmethoden vorgeschlagen, die Lichtjahre von Mariannas Vorstellungen entfernt waren.

Als sie an jenem Abend nach Hause kam, hatte Marianna lange mit ihrem Ehemann Narduccio darüber gesprochen, dem Einzigen, bei dem sie das Gefühl hatte, eine solche Frage erörtern zu können.

Nicht allzu lange vor jenem Karneval des Jahres 1956 hatte Donna Marianna Archina zu ihrem dreizehnten Geburtstag einen roten Faltenrock und eine passende rote Bluse mit kleinen gelben Blümchen gekauft. Archina hatte die Kleidungsstücke lange angeschaut und schweigend über den Stoff gestrichen, so wie man einen toten Hund streichelt, und ihr dann gedankt. Schließlich blickte sie zu Mariannina empor, die lächelnd vor ihr stand und gespannt auf irgendeine Reaktion wartete, und sagte: »Donna Mariannina, wisst Ihr eigentlich, dass ich mich heute Nacht entwickelt habe?« Weder den Rock noch die Bluse hatte sie jemals anprobiert, noch hatte Donna Mariannina die Kleidungsstücke auch nur einmal an ihr gesehen.

Marianna hatte dieses verschlossene und verstockte Verhalten stets als Zeichen einer Unduldsamkeit gegenüber gesellschaftlichen Regeln betrachtet, aus der nichts anderes sprechen konnte als eine höhere Form der Intelligenz. Und auch als Archina mit der Zeit stiller und unzugänglicher wurde und immer mehr einem wilden Tier zu ähneln begann, hatte Marianna nie aufgehört, sie als ein Wesen zu betrachten, das einfach viel intelligenter war als die meisten Menschen aus ihrer Bekanntschaft.

Nun jedoch, als sie an diesem späten Sonntagnachmittag an ihrer Haustür lehnt und Nunzio entgegenblickt, diesem Vater, der ihr nie gefallen hat, empfindet sie erneut einen seltsamen Widerwillen und erschaudert fast, als er, ohne ihr auch nur einen guten Abend zu wünschen, sagt: »Ist Compare Narduccio da?«

»Meinem Mann geht es nicht sehr gut. Er ist heute Nacht

spät nach Hause gekommen. Ihr wisst ja – der Karneval, das Feiern, die Freunde … Er ist den ganzen Tag nicht aus den Federn gekommen und immer noch auf seinem Zimmer, um sich auszuruhen. Was kann er denn für Euch tun?«

»Ich muss mit ihm reden.«

»Ihr könnt es ruhig mir sagen!«, erwidert Mariannina und bleibt, ohne auch nur einen Zoll zu weichen, an die Tür gelehnt stehen.

Nunzio dreht den Hut in den Händen, sagt nichts und sieht ihr auch nicht ins Gesicht. Dennoch rührt er sich nicht von der Stelle.

»Habt Ihr mich nicht verstanden?«, fragt Mariannina. »Ich habe gesagt, dass mein Mann sich nicht gut fühlt. Entweder Ihr sagt es mir, oder ich kann Euch nicht helfen.«

An diesem Punkt hat es den Anschein, als würde der Mann einen Moment lang aus der Isolation treten, in der er ansonsten immer zu leben scheint, und schaut Donna Mariannina direkt ins Gesicht, als wäre er dabei, eine Entscheidung zu fällen. Marianna sieht ihm zum ersten Mal tief in die Augen – einen Moment lang, der unendlich scheint. In dieser kurzen Zeitspanne glaubt sie die Welt aus der Warte dieses Mannes wahrzunehmen, und von dort betrachtet ist diese Welt wie ein Friedhof aus Eisen und Eis. Marianna verspürt einen kalten Wind, der gar nicht weht. Dann wendet der Mann den Blick ab, und die Temperatur um sie herum steigt wieder. Marianna hört, wie Nunzio mit leiser Stimme zu ihr sagt: »Meiner jüngeren Tochter ging es auch nicht gut. Auch sie ist heute Nacht spät nach Hause gekommen. Mir hat sie gesagt, sie sei auf dem Fest mit Narduccio zusammen gewesen.« Marianna schweigt gebannt. »Dann ist sie weggegangen, und wir haben sie nicht mehr gesehen. Ist sie etwa hier an Eurem Haus vorbeigekommen?« Mariannina Furno weiß nicht, was der Mann ihr sagen will, aber sie hat das Gefühl, plötzlich lauere eine Maus in ihrem Bauch. Gerade will sie ihm antworten, nein, Archina habe sich den ganzen Tag nicht blicken lassen, als Narduccio in den Hauseingang tritt. Er ist immer noch als Frau verkleidet, wie in der vergangenen Nacht, auch geschminkt ist er noch, doch sein Gesicht ist zerknittert, als hätte er schlecht geschlafen. Man merkt, dass er nur deshalb aufgestanden ist, weil er die Stimmen der beiden gehört hat. Marianna sagt zu ihm: »Liebling, du bist aufgestanden, geht es dir besser? Hier ist Solimene, der nach seiner Tochter sucht, und ...« Doch Narduccio tut so, als hätte er sie gar nicht gehört, fällt ihr ins Wort und sagt, direkt an Nunzio gerichtet: »Was wollt Ihr hier?«

Und Nunzio: »Ich möchte mit Euch ein Gläschen Rosenlikör trinken, Compare Narduccio.«

»Dann nur herein«, antwortet der, ohne nachzudenken, und lässt ihn eintreten.

Marianna spürt, wie sich die Maus in ihren Eingeweiden bewegt. Sie wird einfach nicht schlau aus dem, was da gerade geschehen ist. Seit er in der vergangenen Nacht nach Hause gekommen ist, hat Narduccio kein einziges Wort mit ihr gewechselt. Ist er mit Archina zusammen gewesen? Aber wo, warum und wozu? Und was, zum Teufel, will jetzt Solimene? Was ist passiert? Warum reden sie so, als wollten sie nicht, dass sie versteht, worum es geht?

Aus dem Inneren des Hauses hörte man Stühlerücken und das Klirren von Gläsern. Dazu erregte Wortfetzen, unverständlich. Marianna hört, wie Narduccio etwas sagt wie: »Ich weiß ganz genau, was ich zu tun habe, und ihr könnt mich nicht davon abhalten.« Dann folgt ein langes Schweigen, das nur vom Klirren der Gläser durchbrochen wird.

Als er nach wenigen Minuten wieder herauskommt, sagt Nunzio zu ihr: »Euer Ehemann fühlt sich nicht besonders gut. Lasst ihn die ganze Nacht schlafen, dann werdet Ihr morgen sehen, dass es ihm besser geht. Gehabt Euch wohl, Donna Marianna.«

Marianna bleibt reglos stehen, die Arme verschränkt und den Rücken gegen den Pfosten der Eingangstür gelehnt, in genau der gleichen Haltung, die sie auch vorher schon eingenommen hat, als es noch dämmerte, Nunzio Solimene noch nicht aufgetaucht war und sich noch nicht diese Maus in ihrem Bauch eingenistet hatte.

Die Sapúta, die schwarze Katze und der Stockfisch

Nomen est omen, und so wusste die Sapúta, die Wissende, wirklich alles. Sie kannte die Zukunft, sie legte die Karten, las aus der Hand, aus Tarockkarten, aus Kaffeesatz, sie goss Öl ins Wasser, verteilte grobes Salz in den Zimmerecken, und sie konnte jemanden vom bösen Blick befreien, wenn ihn ein Fluch getroffen hatte. Nur mit den Katzen, die doch normalerweise ebenfalls in die Zuständigkeit von Hexen fallen, kam sie nicht zurecht. Die Katzen waren nicht ihr Fall, und da sie, wie die Sapúta sagte, direkte Abgesandte des Teufels waren, mochten sie in ihr vielleicht den Erzfeind sehen oder wenigstens eine Vertreterin des Gottvaters, gewiss jedoch nicht sie selbst, die längst viel zu dick war, um ihnen im Hof hinterherzulaufen, wenn eine von diesen vermaledeiten Kreaturen dort Fischreste stibitzen oder mausen wollte. Der Teufel hatte sie geschickt, und Gott würde sie fangen. Und die Sapúta sollten sie bitte in Ruhe lassen.

An jenem Tag war eine dieser Katzen, ein besonders mageres und besonders schwarzes Exemplar, ohne das leiseste Geräusch zu machen, zur Küchentür hereingeschlichen und hatte sich ein schönes Stück Stockfisch geschnappt, das die Sapúta zum Einweichen in die Spüle gelegt hatte.

In genau diesem Moment saß die Sapúta auf dem Klo und war ganz auf diese Tätigkeit konzentriert. Dennoch hörte sie ein seltsames Geräusch, das aus Richtung Küche kam, und war sogleich beunruhigt, weil doch momentan niemand außer ihr im Haus war. Doch wenn jemand hundertvierzehn Kilo wiegt, über fünfzig ist und immer eine übervolle Blase hat, was auf den vielen Wein, den Magenbitter und die vielen Likörchen zurückzuführen ist, dann ist es ein ziemlich kompliziertes Unterfangen, sich plötzlich von der Schüssel zu erheben. Nach kurzer Einschätzung der Lage und im Interesse der gebotenen Ökonomie der Situation beschloss die Sapúta, um Zeit zu sparen und sogleich nachsehen zu können, was, zum Henker, da draußen vorging, sich weder mit der Benutzung von Toilettenpapier noch mit Händewaschen aufzuhalten und versuchte, nachdem sie sich von der Schüssel erhoben hatte, stehen zu bleiben, ohne wieder zurückzuplumpsen. Unter Aufbietung all ihrer Kräfte hielt sie sich mit beiden Händen am Rand des Waschbeckens fest und zog sich hoch, konnte sich dabei aber die letzten Tröpfchen Urin nicht verkneifen, die teils auf die Fliesen tropften und ihr teils über den rechten Oberschenkel liefen. Kaum stand sie, dabei noch damit beschäftigt, wieder zu Atem zu kommen und sich in der Vertikalen zu halten, stellte sie bereits erste Vermutungen über die Herkunft der Geräusche aus der Küche an. Die Sapúta traf nämlich oft den Nagel auf den Kopf, selbst bei reinen Vermutungen. Und so kam ihr auch tatsächlich gleich als Erstes in den Sinn, dass eine dieser Scheißkatzen sich in ihre Küche geschlichen hatte, um etwas zu klauen. Unwillkürlich entfuhr ihr bei diesem Gedanken ein lautes und böses Zischen, wie es die Leute oft anwenden, um Katzen zu verscheuchen, aber es gab keinerlei Reaktion, nichts. Mittlerweile stand sie jedoch endlich mit beiden Beinen fest auf dem Boden und konnte ebenso gut auch selber nachschauen. Allerdings war sie auf dem Weg durch den kleinen Flur gezwungen, sich kurz mit dem Ellbogen an der Mauer abzustützen, bloß für einen Moment, weil urplötzlich Übelkeit in ihr hochstieg und sie ins Wanken brachte... Gewiss, der Alkohol tut seine Wirkung, so wie er es immer getan hat, er dämpft die Schläge, lenkt ihre Richtung ab, und dann wird alles erträglich, warm, menschlich, verständlich, akzeptabel, und die Welt ist auf einmal ganz weich und umfängt dich mit offenen Armen... ein großes, schönes Spiel. Aber die Rückkehr ist jedes Mal wie ein harter Schlag, und wenn du dann nach speichelreichem, unruhigem Schlaf die Augen wieder aufmachst, findest du alles dort wieder, diese ganze beschissene Welt, die nur aus schroffen Felsen und steilen Treppen besteht. Eine Welt ohne die geringste Spur von Liebe.

Einige Stunden vorher hatte plötzlich Candelora Santo vor ihrer Tür gestanden. Als ihr die Sapúta die Tür öffnete, um sie hereinzulassen, bemerkte sie den Ape-Lieferwagen, der im Hause Santo dazu benutzt wurde, Werkzeug oder Dünger zu transportieren, und jetzt auf der Straße parkte. Drinnen saß Fatima Santo, ganz reglos, den Blick gedankenverloren in die Ferne gerichtet. Als Candelora es sich auf dem Sofa im Wohnzimmer bequem gemacht hatte, war es etwa zwei Uhr nachmittags, eine Zeit, in der die Sapúta bereits mindestens eine halbe Flasche Magenbitter getrunken hatte, und als Candelora ihr das gesagt hatte, was sie ihr hatte sagen wollen, und wieder gegangen war, sah die Sapúta keine andere Lösung, als auch die zweite Hälfte der Flasche hinterherzukippen.

Das war auch der Grund, warum sie sich jetzt gerne an den Bauch gefasst hätte. Doch es gelang ihr nicht. Die Sapúta war klein, aber sehr breit und hatte einen gewaltigen Busen, der in früheren Zeiten eine ganze Reihe von Männern der Gegend glücklich gemacht hatte, jetzt jedoch schlaff und schwer, wie ein riesiger toter Körper, auf ihrem Bauch ruhte und sich sozusagen nahtlos an den Bauch anschloss, der aufgrund des vielen Trinkens ebenfalls im Übermaß aufgedunsen war. Insgesamt hatte ihr Körper weder eine Form noch die Hoffnung auf eine Form, und ihr Bauch war folglich unerreichbar. Virginia, was ihr Name gewesen war, bis ihre bizarre Tätigkeit als Wahrsagerin und die schwachsinnige Gutgläubigkeit der Leute ihr schließlich den Namen Sapúta eingebracht hatten, versuchte mühsam sich aufzurichten, indem sie die Hände auf den oberen Teil ihrer Pobacken legte, um dieser Bewegung mehr Nachdruck zu verleihen. Der Körper tat ihr so weh! Ach, und was war er einst so schön gewesen! Und wie sehr hatte sie seine Schönheit vergeudet, als er noch so rund und üppig war, dass es den Männern schier die Tränen in die Augen trieb, wenn sie sie den Corso entlanggehen sahen, vor all diesen Jahren, jeden Donnerstag. Sie ging diese Straße hinab, als wäre da am Ende eine magische und unbezwingbare Kraft, die sie immer weiter zog, über die Piazzetta della Signuría hinaus bis zum Zaun von Terranera und in die Arme des Mannes, der sie als Geliebte in seinem Leben aufgenommen hatte und sich schon bald in ihren grausamsten Peiniger verwandeln würde.

In ihrer Jugend hatte die Sapúta, wie alle jungen Leute, an die vollkommene Einheit von Körper und Seele geglaubt. Auch sie war der festen Überzeugung gewesen, jener unverrückbare Fels in der Brandung, jenes perfekte Zusammenspiel von Absichten und Möglichkeiten, eben jene Einheit namens Virginia, würde andauern bis in alle Ewigkeit. Doch dann, im Lauf der Zeit, hatten sich die Wege von Fleisch und Geist getrennt, und sie hatte sich nicht entscheiden können, wem sie folgen wollte. Der immer schwerere und anfälligere Körper war ihr mehr und mehr zur Falle geworden, in der sie festsaß, während ihr Geist, der doch viel beweglicher und leichter war, einfach davongeflattert war, auf zu anderen, angenehmeren Gestaden. Und so hatte es ganz den Anschein, als hätte sie auch ihre Seele für immer verloren.

In diese Gedanken versunken, unternahm die Sapúta eine letzte Anstrengung und betrat die Küche. Zu diesem Zeitpunkt war die Katze schon weit weg, jenseits des Fensters und der Begrenzungsmauer, und versuchte mit Krallen und Zähnen, den geraubten Fisch vor den Pfoten einer anderen halb verhungerten Katze zu retten. Die Sapúta sah den umgefallenen Stuhl und den leeren Teller und machte einen Satz in Richtung Fenstertür, der sie deutlich überforderte. Weniger, um sich das Beutegut zurückzuholen, das ihrer Vorstellung nach bereits längst als Katzenfutter verdaut wurde, sondern vielmehr aufgrund eines angelernten Reflexes, so wie wenn einem ein Gauner eine längst leere Geldbörse entwendet und man trotzdem hinter ihm herstürzt, um sie sich zurückzuholen. Allerdings war weit und breit keine Katze mehr zu sehen. Und so hob die Sapúta den Blick, um ihn im Hinterhof umherschweifen zu lassen, und das, was sie sah, brachte sie erneut ins Taumeln.

Einen Moment lang sah sie sich selbst wieder, wie sie, mitgenommen vom Schmerz und den Wehen, völlig verwirrt auf den blutverschmierten Laken lag. Sie sah Nunzio vor sich, der das Kind, ohne es auch nur gewaschen zu haben, in eine Decke wickelte. Und sich selbst, die, mit dem wenigen Atem, der ihr geblieben war, nach Angelo fragte, darum bat, den Kleinen in den Arm nehmen zu können, ihn wenigstens streicheln zu dürfen. Und Nunzio, der nur erwiderte: »Vergiss es!«, das Kind mitnahm und ging.

Da waren ihr fast die Sinne geschwunden, so groß waren der Blutverlust und ihre Verzweiflung.

Nun mag man auch vom Leben verdorben sein, man mag enttäuscht, gebrochen, betrunken und unsicher sein, ob die Welt denn wirklich nur jenes Karussell in der Ferne ist, wie es bis zu diesem Moment schien, oder ob sie anders ist, ganz anders oder jedenfalls ziemlich verschieden von dem, was man sich immer vorgestellt hat. Aber bestimmte Dinge nicht! Bestimmte Dinge sind *unverrückbar*! Hier kann man sich einfach nicht täuschen, auch wenn man eine müffelnde Alte ist, die ein wenig aus dem Leim gegangen ist, der es das Hirn zerfrisst und die nie jemand gerngehabt hat … Und diese Dinge, die verändern dich! Und wie sie dich verändern! Aber es gibt auch Ereignisse auf der sicheren Seite der Welt, und was die betrifft, kann man sich gewiss sein und in der Nacht ruhig schlafen. Und deshalb konnte auch der magere und doch muskulöse Junge mit dem spitzen Gesicht, das ein wenig an einen kleinen Wolf erinnerte, der, wie aus dem Ei gepellt, vor dem Zaun zum Hof stand, an der Hand eines Mädchens, das kaum älter und größer war als er, niemand anderes sein als Severino.

Bis dahin hatte sie in all den Jahren nur ein einziges Foto von ihm ergattern können, das im Garten des Klosters von San Giovanni in Neapel aufgenommen worden war. Auf dem Bild sah man ihn, noch ganz klein, in kurzen Hosen und einem weißen Trägerhemd, neben einem Strauch wilder Erdbeeren stehen, Früchten, von denen er einige in der Hand hielt und dem Fotografen zeigte. Auf dem Foto war ihr Severino älter vorgekommen als die acht, neun Jahre, die er zu der Zeit, als das Foto gemacht wurde, gewesen sein musste. Und das lag an dem Ausdruck in seinen Augen, als wollte er sich für das süße Beutegut entschuldigen, das er da in der Hand hielt, als hätte er gewusst, dass die Erdbeeren nie und nimmer für ihn bestimmt gewesen waren. So jedenfalls mutmaßte die Sapúta in all den langen Stunden, die sie über dem Foto saß, wäre da nicht der unerwartete Besuch des Fotografen gewesen, der die Nonnen dazu gezwungen hatte, sich liebevoller und nachsichtiger zu geben und dem Jungen zu gestatten, sich den strengstens verbotenen Früchten nicht nur zu nähern, sondern sogar einige von ihnen zu pflücken. Dieses Schwarz-Weiß-Foto war das einzige Bild und überhaupt die einzige Nachricht gewesen, die die Sapúta in all den Jahren von ihrem Sohn erhalten hatte. Zusammen mit einigen wenigen anderen Informationen. Und doch hatte sie jetzt das Gefühl, sich einfach nicht irren zu können. Der knochige Junge da, der sie von der anderen Seite des kleinen Hofes anblickte, war ihr Sohn. Und das Mädchen, das ihn an der Hand hielt, war Archina Solimene.

Sie wusste von einer gewissen Schwester Addolorata, der Schwägerin von Nunzio Solimene, die es mit der Erziehung des Kindes sehr ernst genommen hatte. Natürlich war es der

Sapúta angesichts dessen, was geschehen war, nie gelungen, Wohlwollen für diesen Nunzio Solimene aufzubringen. Ihrer Vorstellung nach war er es, der immer alles organisiert hatte, auch die Fahrt des Kindes nach Neapel. Ja, ganz gewiss war er es gewesen, der Angelo dazu geraten hatte, Severino bei den Nonnen unterzubringen. So weit von der Mutter entfernt wie nur möglich.

Vielleicht hatte ja Nunzios Tochter, genau die, die sie jetzt von der anderen Seite des Hofes anschaute und ihren Sohn an der Hand hielt, ihm ein wenig Sympathie entgegengebracht, so hässlich und ausgezehrt sie auch sein mochte und so schmutzig, wie sie im Dorf umherging, seit sie acht oder neun Jahre alt war. Immer in demselben blauen Kittel und mit dem seltsamen Stoffbeutel am Gürtel.

Sie wusste, dass dieses Mädchen praktisch mit ihrem Sohn aufgewachsen war, so lange, wie Severino in Mangiamuso lebte. Aus diesem Grund, und obwohl sie nie ein Wort mit ihr gesprochen hatte, fühlte sie sich dem Kind irgendwie verbunden. Die Tatsache, dass Archina Nunzios Tochter war, rührte ihr alkoholgetränktes Herz zu tiefstem Mitgefühl, denn das Mädchen war ihr immer wie ein Häuflein Schmerz und Einsamkeit vorgekommen. Vor einiger Zeit hatte das ganze Dorf über sie gesprochen. Es hieß, sie sei von der Tarantel gebissen worden, die Musikanten seien zu ihr nach Hause gekommen und sie habe drei Tage in Folge getanzt und sei schließlich vollkommen erschöpft zu Boden gesunken, doch zusammen mit dem Teufel sei auch das Gift aus ihrem Körper gewichen und es gehe ihr wieder gut.

Und dann hatte genau an diesem Nachmittag Candelora Santo bei ihr zu Hause vorgesprochen. Hätte Virginia zum Zeitpunkt ihres Besuchs nicht schon so weit dem Magenbitter gefrönt, dass es ihr nicht mehr möglich war, eine wie auch immer geartete Gefühlsregung in ihr Bewusstsein vorzulassen, wäre sie bestimmt wie vom Blitz getroffen gewesen. Wann hätte denn ausgerechnet Candelora, die sie nicht einmal grüßte, wenn sie ihr auf der Straße begegnete, und ihr gegenüber offenbar nur Verachtung und Hass hegte, wann hätte die sie jemals aufgesucht? Da blieb einem ja die Spucke weg! Doch Virginia hatte sich nichts anmerken lassen, sondern war schwankend in ihren Pantoffeln zur Tür geschlurft, bat Candelora herein, ließ sie auf dem Sofa Platz nehmen, auf dem in früheren Zeiten ihre Kundinnen gesessen hatten, und drückte ihr ein Gläschen Likör in die Hand, das Candelora mit spitzen Fingern anfasste, ohne auch nur daran zu nippen. Der Besuch dauerte weniger als fünf Minuten. Soweit sich Virginia angesichts des stark alkoholisierten Zustands erinnern konnte, brummelte Candelora Dinge wie: »Es ist nur aus Liebe zu meinem Bruder … schließlich gibt es ja mittlerweile Blutsbande zwischen Euch und uns … jedenfalls fühle ich mich dazu verpflichtet, es Euch mitzuteilen. Kennt Ihr Solimenes Tochter? Nunzio Solimene, der bei uns auf dem Gutshof arbeitet? Im Dorf heißt es, sie sei es gewesen, die Narduccio Greco das tödliche Gift verabreicht hat … Ihr wisst ja, den jungen Mann hat man heute Morgen ermordet aufgefunden. Das Mädchen hielt sich immer bei diesen Grecos auf. Wer weiß, was in dem Haus so alles vorging … Er und seine Ehefrau, die so viel älter ist als er … Ich will es mir nicht einmal vorstellen … der Teufel treibt überall sein

Unwesen. Jedenfalls scheint das Mädchen jetzt vollkommen den Verstand verloren zu haben. Vor einiger Zeit hat es sogar eines dieser Schauspiele gegeben, wie das niedere Volk sie liebt, na, Ihr wisst schon. Es hieß, sie sei von der Tarantel gebissen worden und all der andere Blödsinn, den sich diese tumben Bauern hier auf dem Land so erzählen. Aber was ich Euch eigentlich mitteilen will, ist, dass das Mädchen mit dem Vater auch oft nach Neapel gefahren ist … ins Kloster … Ihr wisst schon, wohin. Jedenfalls scheint es, als hätte sie dort einen gewissen Jungen sehr lieb gewonnen. Und jetzt sagen die Nonnen, seit gestern Abend sei der Junge verschwunden und sie wüssten nicht, wo er ist. Ich musste es Euch mitteilen, und ich habe es Euch mitgeteilt. Ihr werdet sicher verstehen, dass wir in unserer Lage nichts unternehmen können … Die Polizei zu verständigen würde bedeuten, die Karten auf den Tisch zu legen. Es würde Nachforschungen geben … Papierkram. Nein! Das kann man nicht machen. Die Nonnen … Schwester Addolorata hat angerufen … Sie sagt, gestern sei Solimenes Tochter vorbeigekommen und habe den Jungen auf einen Spaziergang mitgenommen, von dem sie jedoch nicht zurückgekehrt seien. Und ganz früh heute Morgen hat jemand die beiden im Postbus gesehen, der aus Neapel kam. Sonst hat man nichts mehr gehört. Und jetzt weiß ich nicht, was Ihr zu tun gedenkt, doch bei jedem Schritt, den Ihr unternehmt, handelt bitte mit Diskretion.« Mit diesen Worten stand Candelora auf, stellte das noch volle Likörglas auf dem Couchtisch ab und rauschte mit einer Steifheit hinaus, mit der sie sich offenbar als große Dame von Welt aufspielen wollte, während sie in den Augen Virginias dabei nur so starr und hässlich aussah wie der Tod.

Danach hatte sich die Sapúta mit ihrem ganzen Gewicht auf das Sofa fallen lassen und begonnen, auch der anderen Hälfte der Magenbitterflasche den Garaus zu machen. Dann wussten also diese beiden grässlichen Zwillingsschwestern wirklich alles? Hatten es immer gewusst, all die Jahre, und den Mund gehalten? Und jetzt war ihr Sohn aus dem Internat verschwunden? Und warum war Candelora ausgerechnet zu ihr gekommen, um es ihr zu sagen, hatte sogar die Mühe auf sich genommen, sie persönlich aufzusuchen? Dabei hätte diese elende Alte doch wissen müssen, dass Angelo sie seit dem Tag, an dem Severino auf die Welt gekommen war, gezwungen hatte, an ihren Sohn als etwas zu denken, das nicht zu ihr gehörte, vielleicht auch als etwas, das eigentlich nie wirklich existiert hatte, wie ein Traum oder wie ein Albtraum … Was wollten sie dann jetzt von ihr?

Ermattet hatte sie auf dem Sofa gesessen und gedacht, dass Candelora eine schreckliche Person sei und Nunzio Solimene ein beschissener Mensch, und dass vielleicht auch seine Tochter Archina ein ekelhaftes kleines Ding war, dass sogar dieser Narduccio Greco möglicherweise ein Scheißkerl war und dass die Kleine folglich vielleicht sogar gut daran getan hatte, ihn zu vergiften, wenn sie das recht verstanden hatte. Ganz genau! Die ganze Welt war ein riesiger Eimer voller Scheiße, und sie sollten alle vor die Hunde gehen, alle! Mit diesen Gedanken hatte sie die Magenbitterflasche an den Mund gesetzt und den letzten Tropfen daraus getrunken.

Das alles war nur wenige Stunden vorher geschehen. Bevor die Katze den Stockfisch stibitzt hatte, bevor sie sich vom Klo erhoben hatte und bevor die beiden jungen Leute am anderen Ende des Hofs aufgetaucht waren.

Und jetzt stand ihr Sohn Severino da vor ihr, an der Hand gehalten von Archina. Auf einmal war die Sapúta stocknüchtern. Plötzlich spürte sie, wie das Gewicht all der Jahre in einer Sekunde über ihr zusammenbrach. Ihr kam das Wort in den Sinn, das vor elf Jahren in jenem medizinischen Befund gestanden hatte: »*Primipara.*« Und wie damals vor elf Jahren übte es eine seltsame Wirkung auf sie aus. Sie stellte es sich vor, so rätselhaft und schwerfällig und bunt wie die gewaltige Schwinge irgendeines exotischen Vogels. Sie sah es über dem Garten schweben, schwer und dunkel, so tief, dass es fast Severinos Stirn berührt hätte, wie es dann über das Dach hinwegflatterte und verschwand. *Primipara.* Flatter, flatter.

Archina und Severino, die dort am anderen Ende des Hofs standen, waren sehr ernst und gefasst. Dann versetzte ihm das Mädchen einen leichten Stoß, schob ihn auf die Sapúta zu und sagte: »Geh.«

Donna Aurelia und das Fernsehen

OHNE AUCH NUR den Schatten eines Zweifels begannen sich die Weltanschauung der Hebamme Donna Aurelia und ihre Ansichten über das menschliche Miteinander grundlegend und unumkehrbar an jenem Tag des Jahres 1956 zu wandeln, als sie Candelora Santo am Tresen des Musikaliengeschäfts wirres Zeug reden hörte. Es war der erste Montag nach Karneval. Der Morgen, an dem Aurelia in aller Herrgottsfrühe das Haus verlassen hatte, um einen Fernsehapparat zu kaufen.

Schon seit dem vorangegangenen Tag, dem Sonntag, hatte man nichts mehr von Archina gehört. Am späten Samstagabend war das Mädchen zusammen mit Nunzio nach Hause gekommen, und der Vater hatte sie sogleich hinter den Vorhang geschubst, damit sie zu Bett ging. Aurelia hätte sie wenigstens gerne gefragt, ob sie etwas gegessen habe, doch Nunzio meinte, sie solle sich um ihre eigenen Angelegenheiten kümmern. So schaffte sie es nicht einmal, die Kleine dazu zu bringen, ihr Kommunionkleid auszuziehen. Nach einer überaus unruhigen Nacht, in der Aurelia wieder einmal hörte, wie das Mädchen laut im Schlaf redete, stand Archina schließlich auf und verließ wie gewöhnlich das Haus. Aurelia dachte, sie mache sich wie jeden Tag auf den Weg zu den Grecos. Als Archina jedoch am späten Nachmittag immer noch nicht zurückgekehrt war, begann Donna Aurelia, sich ernsthafte Sorgen zu machen. Dann kam Nunzio nach Hause, und Aurelia hätte ihn am liebsten sogleich gefragt, ob er wisse, wo seine Tochter stecke, doch wie immer, wenn sie vor diesem Mann stand, war ihr die Kehle ganz trocken geworden, und sie verspürte ein Gefühl der Schwäche, das sich wie eine Klammer um ihre Beine, die Arme und das Hirn legte. Und so fragte sie ihn gar nichts. Nunzio schlüpfte sogleich in den Verschlag der Mädchen, und Aurelia hörte, wie er alles durchwühlte und auf der Suche nach irgendetwas Bettlaken, Kissen und Kleider herumwarf. Als er in die Küche zurückkehrte, wo Aurelia mucksmäuschenstill dasaß und so tat, als würde sie einen Strumpf stopfen, steckte er sich etwas in die Tasche, das in ein halbes Blatt Zeitungspapier eingewickelt war, und machte dabei das zufriedene Gesicht eines Mannes, der gerade gefunden hat, was er suchte. Ohne auch nur einen Ton zu sagen, nahm er am anderen Ende des Tisches Platz und rollte sich in aller Ruhe eine Zigarette. Schließlich steckte er sie sich in den Mund, ohne sie anzuzünden, nahm seine Mütze und machte Anstalten hinauszugehen. Erst in diesem Moment nahm Aurelia all ihren Mut zusammen und fragte: »Wo gehst du hin?« Und er antwortete: »Will mal sehen, ob ich meine Tochter mit diesem Narduccio erwische.«

Aurelia wunderte sich. In all den Jahren hatte sie aus seinem Munde noch nie einen so langen und exakt formulierten Satz gehört. Außerdem sprach Nunzio nie über die Grecos, weder im Guten noch im Bösen, weshalb sie immer gedacht hatte, er habe vergessen, dass es sie überhaupt gab.

Als Nunzio nach etwa einer Stunde zurückgekehrt war,

setzte er sich wieder hin und sagte: »Ich hab Hunger. Einen Mordshunger.«

Doch auch in jener Nacht war Archina nicht nach Hause gekommen, und Aurelia machte sich ihre eigenen Gedanken. Zum Beispiel dachte sie, ein solch elendes Leben wie in dem Loch, das sie ihr Zuhause nannten, könne doch bestimmt nicht vorteilhaft für ein Mädchen sein, das dabei war, eine Frau zu werden, und dass es Archina vielleicht guttue, wenn sie mehr Zeit mit anständigen Menschen und in einem schönen Haus wie dem der Grecos verbringe. Und da Aurelia folglich davon überzeugt war, dass die Kleine die Nacht bei Mariannina und Narduccio verbrachte, hatte sie auch wesentlich besser geschlafen und war am nächsten Morgen mit dem Entschluss aufgewacht loszugehen und einen Fernsehapparat zu kaufen. Das war eine Idee, die ihr schon eine ganze Weile im Kopf herumspukte.

Natürlich wäre weder im Dorf noch in den umliegenden Ortschaften auch nur ein einziges dieser Geräte aufzutreiben gewesen, weshalb sie bis nach Maglie fahren musste, wo es laut ihren Informationen ein Geschäft mit dem klangvollen Namen »Elektrogeräte Scavò« gab, in dessen Auslagen neben einem Mixer und einem Elektroherd auch mehrere wunderschöne Fernseher mit eingerahmtem Bildschirm, Antennen sowie allerlei Schaltern zu bewundern waren. Bis nach Maglie zu kommen, war für eine Frau wie Donna Aurelia, die seit ihrer Rückkehr aus Procida vor zwölf Jahren das Dorf kein einziges Mal mehr verlassen hatte, eine ausgesprochen große Unternehmung. Hätte man sie als kleines Mädchen länger in die Schule geschickt, und es wäre ihr vergönnt gewesen, das Buch *Cuore* zu lesen, so hätte sie auf der

Fahrt von wenigen Kilometern bestimmt an eine Geschichte aus diesem Buch gedacht, die von einer Reise vom Apennin bis in die Anden erzählte. Doch Donna Aurelia kannte diese Anden nicht einmal vom Hörensagen, und so trat sie die Fahrt im Autobus mit der dumpfen Unbeschwertheit eines Menschen an, der weder die Welt kennt noch über Fantasie verfügt und folglich allem, was da kommen mag, ohne Hoffnung, aber auch ohne Befürchtungen entgegensieht. Während der ganzen Busfahrt, die insgesamt kaum mehr als zwanzig Minuten dauerte, saß sie allein auf der letzten Bank des Busses und schaute regelmäßig hinter sich aus dem Fenster, um zu überprüfen, ob ihr jemand folgte. Allerdings hätte sie selbst auch nicht sagen können, warum sich jemand für das, was sie tat, interessieren sollte. Wen hätte denn überhaupt etwas gekümmert, was mit ihr zu tun hatte, zum Beispiel, wohin sie ging oder was sie machte? Und doch fühlte sich Donna Aurelia, wie sie da saß, die Einkaufstasche auf den Knien, im Herzen wie jemand, der einen Schritt macht, für den seine Beine viel zu kurz sind. Immerhin, das nötige Geld hatte sie, und sogar noch etwas mehr. Die Scheine lagen fein säuberlich zusammengerollt in ihrer Börse aus rötlichem Kunstleder, als wären es die mühsam vom Munde abgesparten Groschen eines Kindes, das sich damit Bonbons kaufen geht. Sie hatte das Geld absichtlich für diese außergewöhnliche Anschaffung beiseitegelegt, die Ersparnisse von etwa sechs oder sieben Monaten, die sich aus dem Überschuss des wenigen Haushaltsgeldes, das ihr Nunzio gab, sowie ihren eigenen Einkünften als Hebamme zusammensetzten, welche jedoch recht kümmerlich waren, weil sie im vergangenen halben Jahr gerade mal vier Kindern auf die Welt geholfen hatte. Sie wusste ganz genau, dass Nunzio einer solchen Anschaffung niemals zugestimmt hätte, wo doch das Geld im Haus immer so knapp war. Und sie wusste auch, dass ihr dieser Mann, an dessen Lippen sie all die Jahre hing und für den sie sich vor die Straßenbahn werfen würde, wenn es denn in Mangiamuso eine gäbe, nicht einmal Gehör geschenkt hätte. Hätte sie ihn auf den Fernseher angesprochen, wäre er vermutlich eine Weile dagesessen, hätte so getan, als hörte er ihr zu, und wäre dann einfach aus dem Haus gegangen, ohne eine Antwort, ohne einen Blick. Als wäre sie, Donna Aurelia, nicht mehr als ein Bild an der Wand. Andererseits – was sollte schon einer begreifen, der weder lesen noch schreiben konnte? Der keine anderen Gesprächsthemen kannte als die Schafe auf dem Gutshof der Santos oder die Probleme im Gefängnis, damals, als sie noch in Procida lebten und er in der Terra Murata als Wärter schuftete. Und so hatte sie lieber den Mund gehalten und klammheimlich das Geld gespart.

Während der Fahrt hatte sie es noch einmal, wohl zum hundertsten Male, zur Sicherheit gezählt und den Eindruck gehabt, es fehle etwas an der Summe. Doch es war ihr gar nicht die Zeit geblieben, sich darüber Gedanken zu machen, weil ihre Aufmerksamkeit von einem grauen Ape-Lieferwagen in Anspruch genommen wurde, der dem Bus folgte. Am Steuer glaubte sie Candelora Santo zu erkennen. Instinktiv hatte sie sich geduckt und den Kopf ganz tief auf ihre Einkaufstasche gelegt. Dann ließ sie sich erneut ablenken und gab sich ihren Fantasien über die moderne Technik hin.

Aurelia hatte nur eins im Kopf: den Fernseher und die

Frage, ob das Geld, das sie besaß, reichen würde, um ihn zu kaufen.

Signora Siani, die Frau des Bürgermeisters, hatte sich bereits eine solche Wundermaschine gekauft, genau in jenem Geschäft, und seither redete man in Mangiamuso von nichts anderem. Doch während einige illustre Persönlichkeiten des Dorfes, wie der Notar Marra, oft zu den Sianis nach Hause eingeladen wurden, um dort zu Abend zu essen und sich anschließend gemeinsam das Programm anzuschauen, stand das für Menschen wie Donna Aurelia vollkommen außer Frage. Und so hatte sie einen Fernseher noch nie wirklich zu sehen bekommen, nur auf den Fotos in den Zeitschriften, in allen möglichen Anzeigen. Denn erst wenn man sich eine bestimmte Sache angeschafft hatte, hörten die Zeitungen auf, einen damit zu bombardieren. Genau das hatte Donna Marianna vor ein paar Tagen zu ihr gesagt, als sie sie auf dem Markt getroffen hatte, wo sie am Gemüsestand Auberginen aussuchte und Aurelia, die diese Mariannina Furno Greco für eine gebildete und intelligente Frau hielt, nicht der Versuchung hatte widerstehen können, sich ebenso emanzipiert zu zeigen, und ihr anvertraut hatte, sie habe vor, sich einen Fernseher anzuschaffen. »Von den Zeitungen mit Propaganda bombardiert, das werden wir! Mit irgendwelchen Liedchen und Spielchen wollen die uns für dumm verkaufen!« Mit diesen Worten hatte Mariannina Furno Greco ihre kurze Schmährede gegen das Fernsehen beendet und damit in Aurelia kurzzeitig den Wunsch wieder zum Erlöschen gebracht, sich der Welt, die im Wandel begriffen war, zu öffnen. Der Krieg war schon eine ganze Weile zu Ende, doch das Wort *bombardieren* hatte bei Donna Aurelia trotzdem einen hässlichen Eindruck hinterlassen. Wenn sie es recht bedachte, auch das Wort *Propaganda.*

Doch es ist ja bekannt, wenn man sich einmal etwas in den Kopf gesetzt hat, dann will man es auch, und kein Argument, so schlagkräftig es auch sein mag, schafft es, einen Menschen von seinen Plänen abzubringen.

Jetzt, da sie im Laden stand und der Verkäufer ihr haarklein all die Eigenschaften der beiden Fernsehermodelle erklärte, die ausgestellt waren, einschließlich natürlich ihres Preises, wurde es Donna Aurelia schlagartig bewusst, dass sie es allein nie und nimmer schaffen würde, so ein schweres Gerät bis zum Bus zu schleppen und nach Hause zu bringen. Panik ergriff sie. Ganz hinten in dem Haushaltswarenladen gab es auch eine Abteilung für den Verkauf von Musikinstrumenten. Hier stand ein großer Flügel, abgedeckt mit einem Laken, der ihn vor Staub schützen sollte, so wie man es im guten Wohnzimmer macht, wenn keine Gäste da sind. Drei Gitarren hingen an einem Balken von der Decke, direkt über dem Piano, während seitlich an der Wand eine bunte Reihe von Trommeln und Tamburinen lehnte. Einige davon waren höher und größer als die anderen und schienen nicht handgemacht zu sein. Überall hing noch Karnevalsdekoration, denn der Karneval war gerade erst zu Ende gegangen. Donna Aurelia überlegte, was sie machen solle, um jenes wundersame Ding, das sie demnächst ihr Eigen nennen würde, nach Hause zu transportieren, fand jedoch zu ihrer wachsenden Beunruhigung keine Lösung. Ganz gewiss war sie keine abgeklärte Person, denn sie hatte noch nie ein Problem zu lösen gehabt, das nicht in ihren eigenen vier Wänden seinen Ursprung hatte. Auf Familiendramen, private Rückschläge und häusliche Sorgen verstand sie sich durchaus, doch ihr war nie in den Sinn gekommen, sie könnte einmal in eine Schwierigkeit geraten, die nicht, sagen wir, mit einer geliebten Person, einem Gefühl, einer Todesnachricht oder einer drohenden Krankheit zu tun gehabt hätte.

Dabei war Aurelia alles andere als ein genusssüchtiger oder schwacher Mensch angesichts der vielen Verführungen, mit denen das moderne Leben in jenen Jahren begann, die Moral so mancher schlichten und gottesfürchtigen Seele zu untergraben. Schließlich wollte sie den Fernseher ja auch gar nicht für sich selbst kaufen. Seit Archina begonnen hatte, ein so merkwürdiges Verhalten an den Tag zu legen, aus dem niemand schlau wurde, war allmählich auch Donna Aurelia mit ihrer Ruhe am Ende. Dabei konnte man gewiss nicht behaupten, es hätte in ihrem Leben nicht mehr als genug Ruhe gegeben! Aber dieses Kind war ihr Augenstern, sie hatte die Kleine auf die Welt gebracht, sie aufwachsen sehen und hätte für sie ihr Leben gegeben. Sogar das Tamburin hatte sie für sie, zusammen mit den anderen Musikanten, geschlagen. Und hatte in den drei Tagen der Tarantella ihre ganze Kraft als Musikantin eingesetzt, weil man genau das auch tun musste. Das hatte sie von ihrer Mutter gelernt, und die vor ihr von ihrer Großmutter. Wenn die Spinne dich beißt und dir das Leben vergiftet, dann kannst du das Gift nur loswerden, wenn du tanzt. Zwar hatte der Priester, Don Filino, das nicht begreifen wollen und ihr Anliegen nicht abgesegnet, aber, na gut, dann hatte sie sich eben an eine höhere Stelle gewandt, direkt an den heiligen Paul von Galatina, damit er ihr Gnade gewähre und der Musik Kraft schenke, so wie das schon seit tausend Jahren war. Und so hatte sie die *pizzica* gespielt, die drei Tage währte, damit Archina vom Spinnengift befreit würde und genesen konnte. Und tatsächlich war ihr das Mädchen nach dem Tanz ein wenig ruhiger erschienen. Der Husten hatte nachgelassen, ihr Hautschorf war getrocknet, und sie hatte des Nachts keine schlimmen Träume mehr gehabt. Doch dann, vor nur zwei Tagen, an diesem Karnevalssamstag, an dem Archina zusammen mit Nunzio in ihrem weißen Kleidchen ausgegangen war, hatte Aurelia nur einen kurzen Blick auf ihr Gesicht werfen müssen, um zu sehen, dass die Teufel plötzlich wieder zurückgekehrt waren. Wenn es also nicht ausgereicht hatte, dass man die Musikanten rief und sie selbst beim Schlagen des Tamburins Blut vergoss, wenn es die Tarantella nicht geschafft hatte, die Teufel aus dem Kopf des Mädchens zu vertreiben, ja wenn also all die Dinge aus der Vergangenheit nicht genügt hatten, dann brauchte man ja vielleicht etwas, das direkt aus der Zukunft kam.

Aurelia spürte, dass eine Veränderung nötig war. Es war an der Zeit, dass im Haus Solimene etwas Außergewöhnliches eintrat, etwas, das ihrer dumpfen Monotonie ein Ende bereiten würde. Archina sagte also, da sei dieses Mönchlein, das sie nachts ersticke. Dass die Dunkelheit ihr Angst mache, und die Stille noch viel mehr. Gut! Dann brauchten sie eben etwas, das Licht und Lärm machte. Sie brauchten etwas Neues. Um die Teufel zu verjagen, brauchte man richtiges Teufelszeug – ganz genau, einen Fernsehapparat! Das war genau das Richtige, um Archina zu helfen, und außerdem trug sie sich ja ohnehin schon ein Weile mit dem Gedanken, ein solches Gerät anzuschaffen.

Die Idee, den Teufel mit Teufelszeug zu verjagen, hatte Donna Aurelia wie eine wahre Erleuchtung willkommen geheißen und war sogleich davon überzeugt gewesen, es handle sich um einen so gelungenen Gedanken, dass er gar nicht auf ihrem eigenen bescheidenen Mist gewachsen sein konnte, sondern ihr von irgendwoher geschickt worden war, von etwas oder jemandem, der hoch über dem irdischen Elend stand, nur damit sie daraus den richtigen Nutzen zog. Und so würde von diesem Moment an, und für den Rest ihres Lebens, für Aurelia die Idee des Fernsehens nur noch eins sein: der vollkommenste und unwiderlegbarste Beweis für die Existenz Gottes.

Gerade als Donna Aurelia, ganz in diese Überlegungen versunken, um den Fernsehapparat herumstrich, den sie sich ausgesucht hatte, um abzuwägen, welches Gewicht und welche Ausmaße er hatte und welche Transportmöglichkeiten sich ihr dadurch boten, hörte sie das Brummen einer Ape, die in genau diesem Moment vor dem Schaufenster von »Elektrogeräte Scavò« stehen blieb. Und es war die Ape der Familie Santo. Dann hatte sie also vorhin aus dem Busfenster richtig gesehen!

Candelora Santo stellte den Motor aus, stieg aus und kam auf den Eingang des Geschäfts zu. Fatima Santo blieb dagegen zusammengekauert wie ein Wachhund in dem kleinen Führerhaus des dreirädrigen Lieferwagens sitzen, mit einer Decke über den Beinen, geistesabwesend und reglos. Als sie Candelora eintreten sah, versteckte sich Donna Aurelia aus einem spontanen Instinkt heraus und weil sie einfach nicht wollte, dass alle etwas von ihrem Vorhaben erfuhren, hinter der Stellwand, die den Bereich der Haushaltsgeräte von den Musikinstrumenten abtrennte, und versuchte, unbemerkt zu bleiben. Und tatsächlich gab Candelora vor, sie nicht gesehen zu haben, und ging direkt zum Tresen für die Instrumente. Aurelia hörte, wie sie den Verkäufer nach Gitarrensaiten fragte. Der Verkäufer sagte, ja, sie hätten genau die Marke und den Härtegrad, den ihr Bruder brauche, und begab sich in Richtung Lagerraum, um die Ware zu holen.

Während Candelora regungslos vor dem Tresen stand und wartete, traten drei junge Männer ein, die sie mit einem raschen und respektvollen Nicken grüßten und dann neugierig im Laden umherschlenderten. Ihren Gesprächen, denen Aurelia, hinter dem Paravent verborgen, lauschte, war zu entnehmen, dass sie Häute für gewisse Trommeln und Tamburine kaufen wollten, die sie beim Spiel auf der Piazzetta della Signuría, als Löwe, Ziegenbock und Totenkopf verkleidet, durchlöchert hatten.

An diesem Punkt trug sich eine wirklich seltsame Sache zu. Candelora Santo, die sich immer noch so verhielt, als wäre sie allein im Laden, begann kopfschüttelnd Selbstgespräche, die teilweise zu sehr genuschelt, teilweise aber gut zu verstehen waren. Ein bisschen klang es wie Beten und ein bisschen wie Verwünschungen. Aus ihrem Versteck gelang es Aurelia, Satzfetzen auszumachen wie: »Wir Armen, ach, wir Armen! Jesus, Josef, heilige Anna und Maria, ihr seid die Rettung meiner Seele!« Ohne dabei mit dem Flüstern aufzuhören, bekreuzigte sie sich mehrfach, blitzschnelle Bewegungen, an die sich jedes Mal ein Küsschen auf die Fingerknöchel anschloss. »Heiliger Peter und Paul, beschützet diese Kreatur. Und diesen Verfluchten lasst in der Hölle schmoren. Narduccio Greco … dreimal verfluchter Teufel … Er hat das bekommen, was er verdient hat … Heilige Muttergottes, lass die ewigen Flammen um ihn lodern und rette Archina Solimene, die gut an dem getan hat, was sie getan hat, und die die Unschuld eines Engels besitzt. Ihr Seelen des Fegefeuers, bringt die Wahrheit ans Licht!« Wieder bekreuzigte sie sich mehrfach. »Der Herr sei mit uns! Im Namen des Vaters und des Sohnes und des Heiligen Geistes, Amen!« Während dieses wirren Stoßgebets hatten die drei jungen Männer, die sich nur wenige Meter vom Tresen entfernt befanden, begonnen, so zu tun, als betrachteten sie die Musikinstrumente, versuchten dabei aber mit gespitzten Ohren zu verstehen, was diese alte Schachtel, die Santo, zu brabbeln hatte. Dabei warfen sie sich Blicke zu, als wollten sie sagen: »Aber was redet die da bloß? Ba! Wer soll das verstehen? Kapierst du das?«, während sie mit den Schultern zuckten und einander foppten. Die beiden einzigen Dinge, die man wirklich gut verstanden hatte, als hätte Candelora sie absichtlich betont und mit lauterer Stimme gesprochen, waren der Name Archina Solimene und der von Narduccio Greco gewesen.

Candelora Santo bezahlte die Saiten und durchquerte das Geschäft, ohne jemanden zu grüßen, wobei sie immer noch so tat, als wäre sie ganz allein. Auf diesem kurzen Weg erinnerte sie an ein Schiff mit schwarzen Trauersegeln, das direkt auf eine Klippe zufuhr, die von hohen Wellen umspült wurde. Und das unbeirrbar seinen Weg fortsetzte, als tobte ringsherum kein Sturm.

Donna Aurelia blieb ein paar Minuten reglos hinter der Stellwand stehen und versuchte, all die neuen Gedanken, die das Gestammel von Candelora in ihr geweckt hatte, zu ordnen. Nie und nimmer wäre sie bis zu diesem Zeitpunkt auf die Idee gekommen, Narduccio könne etwas Unrechtes mit Archina im Sinn haben. Sie spürte, wie ihr das Hirn und sogar das Blut in Wallung geriet. Was führte diese hässliche alte Schachtel von Candelora Santo im Schilde, was redete sie bloß? Und warum? Aurelia war sich sicher, dass die Santo die drei jungen Männer an den Trommeln sehr wohl gesehen und gehört hatte. Warum also dieses ganze Schauspiel? Narduccio ein verfluchter Teufel? Hatte sie vielleicht in all den Jahren einen Fehler gemacht, indem sie ihm vertraute und es zuließ, dass Archina so viel Zeit in seinem Haus verbrachte? Konnte man sich in einem Menschen wirklich so sehr täuschen? Auch diese Nacht hatte die Kleine bei den Grecos verbracht… zumindest hatte sich Aurelia das gedacht, als sie das Mädchen nicht mit Nunzio nach Hause kommen sah. Was, zum Teufel, war mit Narduccio los? Was hatte die alte Jungfer da geplappert? Und Archina? Was hatte die damit zu tun?

Aus der Fassung gebracht und beunruhigt von diesen Gedanken, wandte sich Aurelia wieder den eigenen Problemen zu und merkte, dass sie das mit dem Transport des Fernsehers immer noch nicht gelöst hatte. Also fragte sie die drei jungen Männer, ob sie sie bis nach Mangiamuso mitnehmen könnten. Weil sie es ihr schlecht abschlagen konnten, halfen ihr die drei, das Fernsehgerät in den Kofferraum ihres Autos zu hieven, und ließen sie vorne einsteigen. Während der ganzen Fahrt trällerten sie ein Lied aus dem Radio mit, das hieß: *Lazzarella comm'a tte*, und lachten miteinander, ohne Aurelia zu beachten, als wäre sie nur ein Paket, das sie irgendwo abzugeben hatten.

Als sie auf der Piazza von Mangiamuso, vor der Kirche von San Rocco, ankamen, läutete es gerade zu Mittag. Die drei hielten an einer Bar an, um einen Kaffee zu trinken. Aurelia blieb im Auto sitzen, um auf den Fernseher aufzupassen, und wartete, bis sie zurückkehrten. Nach wenigen Minuten kamen die drei aus der Bar. Frotzelnd und mit selbstzufriedenen Mienen traten sie auf das Auto zu, schritten schwungvoll einher und kickten sich einen imaginären Ball zu. Als sie endlich wieder alle drei im Auto saßen, wandte sich der am Steuer zu den beiden auf dem Rücksitz um und sagte, immer noch in witzelndem Ton, während er den Motor anließ: »Mensch, und habt ihr das gehört? Dieser Narduccio Greco, von dem die Alte in Maglie geredet hat? Den haben sie heute Morgen in aller Frühe tot aufgefunden, in seinem Bett.«

Die Schreie, die Beschuldigungen und die Signora Siani

VON AUSSEN BETRACHTET war das Haus still und weiß. Unbewegt die Fensterläden, der Schornstein ohne Rauch, die Tür verrammelt. Es war genau vierundzwanzig Minuten nach sechs am Montagmorgen, und der Karneval war gerade zu Ende gegangen. Es schien, als könnte nichts geschehen, was anders war als sonst. Genauer gesagt sah das Haus der Grecos so aus, wie es immer um die Uhrzeit ausgesehen hatte, an all den Tagen, in all den Monaten und Jahren. Gewiss, manchmal gab es kleine Abweichungen wegen der Wetterverhältnisse, so wie an windigen Tagen, wenn man sehen und hören konnte, wie der längste Ast des einzigen Olivenbaums in dem kleinen Garten an den Verputz der Mauer schlug, oder an den, allerdings seltenen Tagen, wenn es regnete und das Wasser in den Dachrinnen prasselte und am Boden plätschernd aus dem Rohr floss. Hätte es auch an diesem Morgen ein Gewitter gegeben, hätte wohl jeder, der an dem Haus vorbeikam, über dem Wasserrauschen nichts anderes gehört und vielleicht sogar darüber sinniert, dass der Regen nur so lange das ist, was er ist, wie er fällt und auf die Regenrinne trifft, während er dann, wenn er aus der Traufe nach unten fließt, bereits für immer den Charakter einer Naturgewalt verloren hat und nichts anderes mehr ist als schlichte irdische Materie, Wasser, nur Wasser, keine Wolke mehr, aber auch noch kein Fluss. Und so hätte ein Passant, abgelenkt vom Prasseln der Regentropfen und solch abstrusen Gedanken, vielleicht auch die ersten, noch leisen Schreie Mariannina überhört, mit denen das Schicksal, das an diesem Morgen für immer sein Antlitz von ihr abgewandt hatte, dem Rest der Welt verkündete, dass das Leben in Mangiamuso von diesem Moment an nicht mehr dasselbe sein würde wie zuvor. Jedoch stand an genau diesem Morgen seit kurzer Zeit die typische Sonne Salentos in einem Winkel des Himmels; es versprach ein heißer, gleißender Tag zu werden, und es kam auch gerade keiner vorbei. Folglich war auch niemand in der Lage, jene ersten Schreie von Mariannina zu hören, Schreie voller Entsetzen und doch noch gefasst, mehr heisere Rufe der Verwunderung und der Ungläubigkeit, der verhaltene Auftakt einer Tragödie, die schon bald das Leben vieler auf den Kopf stellen würde.

Dann begannen die Schläge. Auch sie kamen aus dem Inneren des Hauses, so als würde jemand alles zertrümmern, Möbel, Nippes, Geschirr. Sie mischten sich unter unverständliche Schreie, die immer lauter wurden, unter das Rumpeln an den Türen, als würde da jemand wahllos, aber mit unerhörter Gewalt gegen sie treten.

Signora Siani, die Frau des Bürgermeisters, der in dem einzigen Haus auf der anderen Straßenseite wohnte, schlief zu dieser frühen Morgenstunde gewöhnlich noch, ganz an den äußersten Rand ihrer Seite des Ehebetts gerückt, damit ihr Gemahl, der Bürgermeister, sie nicht mit den Beinen belästigen konnte, wie es des Morgens oft vorkam, wenn er, kaum erwacht, bereits seine ganze Lust zeigte und sie ihr ganzes Desinteresse. Signora Siani fuhr aus dem Schlaf hoch und versetzte ihrem Mann, dem Bürgermeister, vorsorglich einen Tritt vors Schienbein, der jedoch in Wirklichkeit noch in tiefem Schlummer versunken war und sogar schnarchte, nachdem er am Abend zuvor ein wenig zu sehr den Karnevalssüßigkeiten und dem Wein aus Manduria zugesprochen hatte. Instinktiv gab sie ihm die Schuld an der morgendlichen Störung, die sie aus dem Schlaf und aus ihrem Traum gerissen hatte. In diesem Traum war sie, die Signora Siani, nach Rom gezogen und ging auf einer hell erleuchteten Straße mit vielen Geschäften entlang, am Arm eines jungen Mannes, den sie sich stattlich und begehrenswert erträumte, auch wenn sie ihn niemals hätte genau beschreiben können, wie das ja in der schwebenden und nicht zu entziffernden Welt der Träume so oft der Fall ist. Jedenfalls war sie auf einen Schlag wach. Sie stellte fest, dass ihr Mann friedlich in seinem Exil auf der anderen Bettseite schlummerte, in mindestens einem Meter Sicherheitsabstand, dachte wehmütig an Rom und an den jungen Unbekannten zurück, fluchte über ihr verschwendetes Leben in diesem Dorf voller Trottel und hob die Beine aus dem Bett, da sie sich mittlerweile vollkommen sicher war, dass der Lärm und die Schreie nur aus dem Kinderzimmer ihrer beiden Söhne kommen konnten, und nachsehen wollte. Doch musste sie ihre Meinung rasch ändern, denn genau in diesem Moment riss im Haus gegenüber Donna Mariannina wie in Raserei die Haustür auf und stürzte schreiend auf die Straße. Signora Siani, deren Schlafzimmer im ersten Stock lag, lief ans Fenster und sah sie. Bis dahin hatte sie immer große Stücke auf diese wunderschöne Frau gehalten, die ihr gegenüber wohnte. Naturblond. Nicht wie sie, die zur ewigen Sklaverei von

Bleichmitteln verdammt war. Im Lauf der Jahre hatte die Sapúta sie verschiedensten Experimenten mit Wasserstoffperoxyd unterworfen, die zunächst auch recht zufriedenstellend gewesen waren. Dann jedoch, als der Niedergang dieser Frau seinen Lauf nahm und sie begann, sich von einer anständigen Friseurin in eine halb verwahrloste Säuferin zu verwandeln, hatte das Blond der Signora Siani immer wahnwitzigere Schattierungen angenommen, bis zu dem Tag, als ihr das Haar in grünen Büscheln vom Kopf stand. Und so hatte auch die Signora Siani, wie so manche andere Frau in Mangiamuso, die Sapúta ihrem Schicksal überlassen müssen und sich den Diensten einer verlässlicheren Friseurin in Maglie anvertraut.

Auch in Mittelmeerländern gab es Frauen, die von Natur aus blond waren, das wusste die Frau des Bürgermeisters sehr wohl. Es war das Blond, das von den Normannen stammte und sich über all die Jahrhunderte hinweg ebenso standhaft gehalten hatte wie der Stein mancher Burgen und Bauten, die ebenjene Normannen in ganz Süditalien verteilt hatten. Die Art von Gebäuden, die die Söhne der Signora Siani nur allzu gern auf einem Schulausflug besucht hätten, wäre denn an der Schule von Mangiamuso genügend Geld vorhanden gewesen, eine solche Exkursion zu organisieren. All diese Dinge hatte sie gelernt, als sie mit ihren Söhnen Hausaufgaben in Geschichte machte. Auch die hellen Augen waren ein normannisches Erbe. Und so war ihr jedes Mal, wenn sich ihre Wege mit denen von Donna Mariannina kreuzten, der Gedanke gekommen, die goldblonde Haarpracht und die himmelblauen Augen seien das Ergebnis einer unrechtmäßigen Aneignung, etwas, das das Schicksal dieser Blondine nur aufgrund irgendwelcher Kompromisse mit den fernen Barbarenvölkern gewährt hatte. Wer weiß, welcher Natur wohl die unaussprechlichen Zugeständnisse gewesen sein mochten, die ihre Vorfahrinnen hatten machen müssen! Gewiss war das eine oder andere auch mit Gewalt erzwungen worden. Andererseits, nun ja, wenn eine nicht will, dann will sie nicht, und ein gewaltsames Entern ist nicht von Dauer, das hatte ihr Vater ihr eingebläut. Zu besser durchdachten und weniger althergebrachten Gedanken war die Signora Siani einfach nicht in der Lage. Und so kam es, dass das Naturblond der Donna Mariannina durch ihre Überlegungen bezüglich der Umstände, durch die es zustande gekommen sein musste, einiges von seiner Strahlkraft eingebüßt hatte und der Signora Siani wesentlich weniger beneidenswert erschien. Schließlich war auch dieses Blond ein Eingriff in die Natur, so wie ihre eigene, so falsche und strohige Haarfarbe das Ergebnis von widernatürlichen Eingriffen war, die zuerst die Sapúta und dann die Friseurin in Maglie durch das Hantieren mit Wasserstoff und verschiedenen Färbemittelchen bewerkstelligt hatten. Dennoch: Abgesehen von der Tatsache, dass sie diesen deutlich jüngeren Mann geehelicht hatte, den die Freunde ihres Ehemannes als Sozialisten und Heißsporn bezeichneten, hatte es über Marianna Furno Greco nicht ein einziges Mal nennenswertes Gerede gegeben.

Weshalb ihr morgendliches Geschrei und ihr vollkommen unsittliches Gebaren Signora Siani zutiefst überraschten und erstaunten.

Mit nackten Füßen, am Leib nicht mehr als ein dünnes himmelblaues Nachthemd, musste sich Mariannina dort unten auf der Straße jetzt mit einer Hand am Türsturz abstützen, um nicht hinzufallen, und griff sich mit der anderen an die Kehle, als wäre sie am Ersticken. Doch genau das war sie keineswegs, denn aus dieser Kehle drang eine so markerschütternde und schrille Stimme, wie sie die Signora Siani niemals bei ihr erwartet hätte, da sie sie stets nur verhaltene und höfliche Töne hatte anschlagen hören. Jetzt begann Mariannina zu rufen, zu schreien. Sie kreischte wie ein Adler, dem man die Jungen aus dem Nest geraubt hatte. Signora Siani hörte nur Teile von Sätzen, die zusammenhanglos wirkten: »Die Hexe … diese Hexe … mein Narduccio … Stechapfelpulver … und das Mönchlein … diese Nutte … Geld wollte sie von ihm! Heute Nacht ist sie gekommen … Was hast du getan? Was hast du getan! … Helft mir, sie hat ihn mir umgebracht!« Sie raufte sich die Haare, schlug mit der Faust gegen die Hausmauer, und dann schrie sie noch lauter: »Aaaah! Alle hatten gesagt, ich soll vorsichtig sein, weil sie verrückt ist! Und ich konnte es einfach nicht glauben, wollte es nicht glauben!« Und so zerbröckelte in wenigen Momenten vor den Augen der Signora Siani für immer jenes ebenso vollkommene wie unbegreifliche Bild häuslichen Glücks, das das Ehepaar Greco stets für sie dargestellt hatte. Doch andererseits, wie hatten diese beiden auch glücklich sein können, mit diesem Altersunterschied und auch noch ohne Kinder! Signora Siani misstraute gründlich irgendwelchen Glücksgebäuden, die sich auf ein solch rätselhaftes Gleichgewicht stützten! Und dann war da noch etwas: Narduccio Greco glaubte nicht an Gott. Er war Atheist. Und wie konnte ein Paar in einer Welt ohne Gott denn überhaupt auf sein Glück bauen? Sie erinnerte sich daran, wie

Narduccio einmal bei ihnen zu Hause aufgetaucht war, um mit ihrem Mann irgendeine langweilige politische Frage zu erörtern. Und wie sie an einem gewissen Punkt von dem kleinen Salon aus, der an das Arbeitszimmer grenzte, gehört hatte, dass die beiden sogar über Religion gesprochen hatten. Wer weiß, vielleicht hatte ihr Mann, ein Christdemokrat, dem jungen Greco ein wenig auf den Zahn fühlen wollen, um herauszufinden, woran er bei ihm war. Und Narduccio Greco hatte mindestens zehn Minuten damit zugebracht, ihm seinen atheistischen Standpunkt darzulegen, zehn Minuten, in denen die Signora das Wort »Gott« öfter gehört hatte, als es der Priester während der gesamten Sonntagspredigt in den Mund nahm. Obgleich die Signora Siani zu sehr tiefgründigen Gedanken nicht in der Lage war, kam sie doch nicht umhin zu denken, dass der Glaube doch eine wahrlich rätselhafte Angelegenheit war, wenn selbst ein eingefleischter Atheist, zu dem sich Compare Narduccio erklärt hatte, nur um seine eigene Ungläubigkeit zu erläutern, gezwungen war, den Namen Gottes so oft zu erwähnen.

Jedenfalls hatte sie diesen Grecos nie über den Weg getraut, und das zu Recht, denn was jetzt auf der anderen Straßenseite passierte, schien ihr Misstrauen nur zu bestätigen. Umgebracht! Und wer war eigentlich umgebracht worden? Ach!, dachte Signora Siani, vielleicht einer dieser nervtötenden Wellensittiche, die an dieser ansonsten so ruhigen, vornehmen Straße von morgens bis abends von ihrem Fensterbrett aus so laut krächzten, dass man sie aus hundert Metern Entfernung hörte. Wer auch immer das gewesen war, er hatte gut daran getan!, dachte Signora Siani.

Doch in genau diesem Moment war von der Straße das

ruckartige Rumpeln eines Autos zu hören, und die Signora Siani sah, wie die graue Ape der Santos vor dem Eingang der Grecos anhielt. Wie seltsam!, dachte die Frau des Bürgermeisters, dass es in so wenigen Stunden bereits das zweite Mal war, dass sie diesen Wagen vor ihrem Haus sah. Denn auch am vorangegangenen Morgen, dem Sonntag, war Candelora Santo gegen Mittag dort vorgefahren. Sie hatte ihre Zwillingsschwester Fatima auf der Ladefläche des Lieferwagens sitzen gelassen und stand kurz darauf vor der Haustür der Sianis, in den Händen einen großen Teller mit Karnevalskringeln, die sie selbst für den Bürgermeister und seine Familie gebacken hatte. Da der Bürgermeister nicht da war, hatte die Signora Siani, die gerade in der Küche saß, eine Zigarette rauchte und der Haushälterin dabei zuschaute, wie sie nach einem Rezept aus Bari Miesmuscheln mit Reis und Kartoffeln zubereitete, sie in den Salon gebeten und ihr einen Kaffee angeboten. In jenem Moment hatte sie sich über den Besuch nicht weiter gewundert. Es kam oft vor, dass jemand aus dem Dorf ihrem Mann ein kleines »Geschenk« vorbeibrachte. Um ihm für einen Gefallen zu danken, den er ihm getan hatte, oder sich für ein zukünftiges Anliegen sein Wohlwollen zu sichern. Immerhin war ein Bürgermeister immer noch ein Bürgermeister, und die Leute im Dorf taten derlei eben. Komisch war jedoch, dass ausgerechnet Candelora Santo, die doch aus einer so angesehenen und wohlhabenden Familie stammte, es nötig haben sollte, den Bürgermeister um einen Gefallen zu bitten. Jedenfalls hatte Signora Siani nicht das Geringste dagegen einzuwenden gehabt, mit jener Frau zu plaudern, die, indem sie sich gerne auf ein Tässchen Kaffee zu ihr gesetzt hatte, klar und deutlich unter Beweis gestellt hatte, dass sie sie für eine durchaus ebenbürtige Mitbürgerin hielt. Eine Ebenbürtigkeit, die sich die Signora Siani, welche ursprünglich wesentlich niedrigeren Standes war, in all den Jahren mühsam aufgebaut hatte, indem sie unter den Männern des Dorfes eine sorgfältige Wahl getroffen hatte, wem sie denn nun mit ihrem atemberaubenden Hinterteil und dem Körperbau einer Leinwandgöttin den Kopf verdrehen sollte. Und schließlich hatte sie es auch geschafft, sie war die *erste Bürgerin* von Mangiamuso geworden und konnte jetzt folglich auch sehr gut mit dieser Frau ein Plauderstündchen halten, als handelte es sich um eine alte Freundin, die zu Besuch gekommen war.

Um Candelora Santo zu unterhalten, hatte Signora Siani das Radio eingeschaltet, und sogleich erfüllte die Stimme von Franca Raimondi das Zimmer, die *Aprite le finestre al primo sole, è primavera, la festa dell' amor*… und andere romantische Dinge sang, wie sie der Signora Siani so gut gefielen, weil ihr dadurch die Welt wie ein Ort erschien, an dem empfindsame Menschen wie sie viel willkommener waren. Candelora Santo hatte ihre Meinung zu dem Lied geäußert und gesagt, es gefalle ihr sehr. Diese Raimondi sei ja gebürtige Apulierin, und sie habe sich überaus geehrt gefühlt, dass dieses neue italienische Liederfestival ausgerechnet eine Sängerin zur Siegerin erkoren habe, die aus der gleichen Gegend stamme wie sie. Außerdem hatte sie erwähnt, sie würde sehr gerne einmal in dieses San Remo fahren, weil sie gehört habe, dort gebe es nicht nur wunderschöne Blumen, sondern auch das Meer und eine herrliche Uferpromenade, doch weder sie noch ihre Schwester Fatima hätten jemals Zeit zum Reisen, weil es auf dem Gutshof immer so viel zu tun gebe und sie sich auch um den Bruder kümmern müssten, der mittlerweile an den Rollstuhl gefesselt sei. Während sie all dies sagte, war sie, mit der Tasse in der Hand, aufgestanden, in ihrer würdevollen und altjüngferlichen Art ans Wohnzimmerfenster getreten und hatte Signora Siani, immer wieder einen Schluck Kaffee schlürfend, gefragt, ob sie denn die Grecos kenne, die auf der anderen Straßenseite wohnten. »Seltsame Leute, findet Ihr nicht?«, hatte sie gemeint. »Er um so vieles jünger … Habt Ihr gesehen, gestern beim Karneval hatte er sich als Frau verkleidet. Jeder amüsiert sich, wie er kann. Offenbar macht es ihm auch Spaß, sich mit diesem jungen Mädchen abzugeben, wusstet Ihr das? Archina Solimene, die Tochter dieses Nunzio Solimene, der bei uns auf dem Hof arbeitet. Eine verrückte, verwirrte kleine Hexe. Ach! Arme Donna Mariannina! Doch nichts ist unmöglich auf der Welt, meint Ihr nicht auch?«

Danach hatte sich Candelora mit einer Reihe von förmlichen Floskeln, einem neuen Rezeptvorschlag für die Zubereitung von *tajeddhu*, einen leckeren regionalen Kartoffelauflauf, sowie besten Grüßen an den Herrn Bürgermeister verabschiedet und war gegangen.

Die Signora Siani hatte jenem Gespräch keine besondere Bedeutung beigemessen. Sonderbar hatte sie bloß gefunden, dass Candelora über Personen geredet hatte, mit denen Signora Siani selbst niemals verkehrt hatte. Ganz gewiss konnte doch sie als Frau des Bürgermeisters sich nicht mit Menschen so geringen Standes wie den Solimenes abgeben! Doch als sie jetzt, zu so ungewohnter Stunde, die Zwillingsschwester Santo direkt auf das Haus der Grecos zusteuern sah, kam ihr der Gedanke, es könne irgendein Zusammenhang zwischen den seltsamen Anspielungen, die die Santo am vorangegangenen Tag ihr gegenüber gemacht hatte, und dem, was auf der Straßenseite vorging, bestehen. Auch wenn sie sich einfach nicht vorstellen könne, welcher.

Sie sah, wie Candelora Marianna an den Schultern packte und sie heftig schüttelte, wobei sie ihr auch leise etwas sagte, als wollte sie sie beruhigen. Doch vergeblich! Die andere schrie und weinte weiter. Dann war Candelora ins Haus getreten und einige Minuten dringeblieben, während Mariannina immer noch draußen stand, die Schultern an die Mauer gelehnt. Wahrscheinlich hatte die Zwillingsschwester Santo einen Anruf getätigt, denn kurz darauf war ein schönes Automobil vorgefahren, aus dem ein Mann ausstieg, der, nach seiner großen Tasche zu urteilen, nur ein Arzt sein konnte.

Also stand Candelora Santo mit jenem Haus und seinen Bewohnern durchaus auf vertrautem Fuß! Die Signora Siani war verblüfft. Um nichts in der Welt hätte sie dieses Fenster jetzt verlassen …

Indessen hatte der Lärm von draußen auch den Bürgermeister geweckt, der, als er die Augen öffnete und seine Frau sah, die aus dem Fenster spähte, fragte: »Was machst du? Was ist los? Kümmerst dich ständig um Sachen, die dich nichts angehen. Aber was ist denn da los? Was soll das Geschrei?« Schließlich war er aufgestanden und, noch immer vom Schlaf benommen, in Richtung Bad geschlurft. »Mach das Radio an, ich will Nachrichten hören.« Signora Siani sagte: »Pst, sei still, ich will mitbekommen, was da drüben bei den Grecos passiert.« Doch der Bürgermeister hörte sie nicht, weil er beim Ausspucken auf der Toilette ein solches Getöse machte.

In der Zwischenzeit war noch mehr Bewegung in die Szenerie draußen gekommen. Die ersten Passanten blieben stehen, um aus der Ferne Donna Mariannina anzustarren, die vornübergebeugt in der Tür stand und weinte, während sich bereits Grüppchen von Neugierigen bildeten. Marianna schaute sie an und schrie ihnen zusammenhanglose Dinge entgegen, sodass niemand den Mut aufbrachte, sich ihr zu nähern und genauer herauszufinden, was passiert war. Als dann jedoch am Ende der Straße Filomena Solimene auftauchte, die, wie jeden Morgen, auf dem Weg zur Arbeit im Hause Greco war … Himmel hilf! Da begann Marianna erst recht zu brüllen und stürzte sich mit einer solchen Wucht auf das Mädchen, dass einige Anwesende sich gezwungen sahen, einzugreifen und sie festzuhalten. Filomena sah ziemlich verängstigt aus, während Marianna schrie: »Du, deine Schwester, deine Schwester hat ihn umgebracht … vergiftet mit diesem Scheißkraut … Geld wollte sie von meinem Mann … Geld wollte sie. Du Hexe, du … und sie auch!«, wobei es ihr gelang, durch den Schutzwall aus drei oder vier Personen hindurch, die versuchten, sie von Filomena fernzuhalten, dem Mädchen ein paar Tritte zu verpassen.

In diesem Moment begann es der Signora Siani zu dämmern.

Sie erinnerte sich an all die Male, als sie sich tatsächlich um Dinge gekümmert hatte, die sie nichts angingen, und dieses Mädchen, Archina Solimene, gesehen hatte, wie es in dem gegenüberliegenden Haus ein- und ausgegangen war.

Wo Compare Narduccio war, war auch sie, wie eine Klette. Und wie hässlich war doch dieses Mädchen, das ganz bestimmt keine Brüste und keinen Hintern mehr bekommen würde, wenn sie sich in diesem Alter, von dem die Signora Siani wusste, dass es die richtige Zeit dafür war, noch nicht entwickelt hatten. Krank war sie wahrscheinlich auch. In der letzten Zeit hatte sie immer gehustet, ein von Krämpfen geschütteltes Husten, fast wie ein Bellen, und dann war da überall auf dem Gesicht und den Händen dieser rötliche Ausschlag mit den ekligen Krusten darauf ... Das war doch eine, die sich nicht wusch! Und Narduccio? Was um alles in der Welt fand denn einer wie der an einem solchen Wesen? Vor allem jedoch, fragte sich Signora Siani, wo war jetzt eigentlich der junge Greco? Warum kam er nicht aus dem Haus, um seine Frau zu trösten, die dermaßen von Sinnen war! »Umgebracht!«, schrie Mariannina auf der anderen Straßenseite. »Vergiftet!« Aber gewiss doch! Vor den Augen der Signora Siani spulte sich ein ganz neuer Film ab. Ein Film, in dem ein junger Kommunist ohne Glauben an Gott, der, sexuell unbefriedigt von einer Ehefrau, die viel älter war als er und die er nur aus unlauterem Interesse geheiratet hatte, seine ganze Frustration und seine Kinderfresserbrutalität an einer armen, schutzlosen Kreatur ausließ! Einer kleinen Giftmischerin! Und warum auch nicht! Wie hätte sich die Kleine schließlich verteidigen sollen, wenn sie, wie es für die Signora Siani immer deutlicher auf der Hand lag, von einem Erwachsenen belästigt oder gar zu Schlimmerem genötigt worden war? Also hatte sie selber gut daran getan, diesem Narduccio Greco mit Argwohn zu begegnen und sie einfach nicht zu schlucken, diese Mär vom guten

Jungen, der heiratet und fortan mit seinen Wellensittichen, all dem Grundbesitz und dem vielen Geld ein friedliches und zufriedenes Leben führt.

Außerdem hatte die Signora Siani in ihrem Leben genug Groschenromane verschlungen, um zu wissen, dass man bei Männern mit allem rechnen musste. Selbst bei denen, die über jeglichen Verdacht erhaben schienen.

Rückkehr nach Mangiamuso

Das Krankenhaus, siebzehn Jahre später

Er ist tot. Sie sind beide tot. Und ich hab keine Angst mehr. Ein Rollstuhl? Eine Spritze? Ein Plastikbeutel voller Pisse? Es ist nichts, gar nichts. Ich stehe in dem Garten und hab keine Angst mehr. Ich darf sogar barfuß rumlaufen und dreckig. Ihr könnt mir nichts mehr tun! Kann sogar in meinem Dialekt reden, dafür waren all die Jahre in Procida wenigstens gut, dass ich mich daran erinnere, wie meine Mutter geredet hat. Pah! Ich spucke vor ihnen auf den Boden, ich spucke ihnen ins Gesicht, scheiß auf diesen Typen, der tot ist, auf diesen alten Sack. Jetzt hab ich endlich Ruhe. Ich höre mich schreien, aber er wird mich nie wieder anschreien, und ich muss mich nie wieder rechtfertigen. Wollt ihr, dass ich lache? Ich lache. Hab ich Lust auf ein Lied? Ich singe es. Ich bin frei, frei, hier vor euren Augen.

Ich sehe das alles vor mir, nach all den Jahren, ich bin zurückgekehrt und bin eine Frau, und ich sehe alles ganz genau, ich sehe wirklich diesen Zitronenbaum, der vor der Tür wächst, diesen Garten, diesen Gutshof von Terranera, der mir so viel Angst gemacht hat, aber damals kam er mir hundertmal größer vor, mit all den Kletterpflanzen an den Mauern und diesen vielen, vielen Tomatensträuchern, die bis ans Ende des Grundstücks reichten, bis zur Friedhofsmauer. Der hatte Geld im Überfluss, der Angelo Santo, Kohle ohne Ende. Das ganze Leben, immer nur Geld, Geld … das Geld hat ihn zum Sklaven gemacht, sein Vieh, die Schafe, die Hühner, und auch seine Schwestern, nur für mich war er der Herr. Und all die Ländereien hinter dem Friedhof … Wenn man auf der Straße vorbeigeht, sieht man noch immer die Tomatensträucher, die durch den Zaun wachsen, so viele sind es, so viele, und wie viele haben wir geklaut, nachts, wenn dieser Scheißkerl schlief und es nicht merkte. Und es geschah ihm recht, weil der so geizig und knauserig war, dass man nur was von ihm kriegen konnte, wenn man ihm die Taschen ein bisschen erleichtert hat und er es gerade nicht merkte. Aber das ist jetzt alles vorbei.

Und Fatima und Candelora … Die sind noch nicht tot, aber so gut wie. Es heißt, sie haben schon seit fünf Jahren das Haus nicht mehr verlassen. Von dem Tag an, als der Alte seinen Kampf gegen all die Nagetiere, die auf seinen Knochen hausten, aufgab und seinen letzten Schnaufer tat. Ach, diese *Heiligen!* Wenn sie dort auf den Straßen von Mangiamuso unterwegs waren, sahen sie aus wie zwei Stücke Holz. Niemandem schauten sie ins Gesicht, niemand war ihnen gut genug. Und sie selbst? Ha! Das Essen haben sie versteckt … sogar vor Severino haben sie das Essen versteckt, und deshalb ist er auch immer so mager und spitz im Gesicht gewesen, wie ein Wolf, ein Wolf, der immer Hunger hatte. Und jetzt? Jetzt seht euch an, wie alt ihr seid … Seid ihr das, hinter dem Wohnzimmervorhang, der sich bewegt? Seht ihr mich? Ich bin's, Archina Solimene! Ja, mir geht's gut, diese ganzen siebzehn Jahre weg von hier, von euch, von Mangiamuso ist es mir gut gegangen. Procida ist eine wunderbare Insel, so schön wie dieses Salento, ohne euch und meinen

Vater und euren Bruder. Seht ihr mich durch das Fenster? Was ist denn aus der Ape geworden, mit der ihr damals, an jenem Tag, im ganzen Dorf herumgefahren seid, um überall herumzuposaunen, dass Narduccio Greco von Solimenes verrückter Tochter umgebracht worden war? Ist die auch vom Rost zerfressen?

Und, erinnert ihr euch noch, ihr hässlichen alten Weiber? Ich erinnere mich noch sehr gut daran, was in jener Karnevalsnacht 1956 geschehen ist... Mein Vater hatte mich von eurem Haus weggezerrt, Hals über Kopf zerrte er mich über die Felder, als wir Narduccio gesehen hatten, der in Frauenkleidern hinter dem Fenster stand. Und ihr? Vielleicht seid ihr ja kurze Zeit später gekommen, vielleicht habt ihr gesehen, wie Narduccio mit eurem Bruder stritt, und vielleicht war das der Moment, wo ihr alles begriffen habt, alles, was da in eurem Haus vorging. Aber wehe, man würde im Dorf erfahren, was das wirklich für einer war, dieser Angelo Santo! Wehe, wenn alles ans Licht kommen würde! Auch das über Virginia und Severino, der sein Sohn ist, der Sohn von eurem Bruder... Nein, besser, man tut zu Hause so, als wäre alles ganz anders, und glaubt den Blödsinn, dass Nunzio der Vater des Neugeborenen war, und außerhalb erzählt man eben irgendeine Geschichte von einem verstorbenen Vetter. Es sind doch anständige Leute, die Santos! Alles nur, um ihren Besitz zu verteidigen, das Geld, die Ehre. Und Severino? Habt ihr jemals an ihn gedacht? Ihr habt ihn in dem Glauben aufwachsen lassen, er sei eine Waise...

Dabei lebte die Mutter am anderen Ende des Dorfes. Aber ich, ich wollte das machen, diese Sache, die viel größer war als ich, ich wollte nach Neapel fahren und ihn holen, genau an dem Morgen nach der Karnevalsnacht … Und ich hab ihn Virginia zurückgebracht. Aber was wisst ihr schon darüber, ihr alten Vetteln, was es heißt, wenn eine Mutter ihren Sohn liebt! Ihr habt Severino ja nicht mal zu essen gegeben. Und ihr, was habt ihr gegessen, in diesen fünf Jahren, die ihr im Haus eingesperrt wart, lebendig eingemauert, seit euer Bruder nicht mehr da ist? All das, was ihr versteckt hattet, als wir noch Kinder waren? All die Vorräte aus der Speisekammer? Und was esst ihr jetzt? Habt ihr angefangen, eure heilige Aussteuer anzuknabbern? All die bestickten und wohlsortierten Stücke eurer Aussteuer, mit der ihr doch nirgendwohin gesteuert seid, jedenfalls nicht ins Herz eines Mannes? Und dann habt ihr weitergemacht mit den Sesseln und dem Sofa und dann mit den anderen Möbeln … bis ihr selber auch nur noch Möbelstücke wart, Holzklötze, oder vielleicht auch Spinnennetze, die in den dunklen Zimmern in der Ecke hängen. Wie viele Jahre ist es jetzt her, dass jemand dieses Haus betreten hat? Von außen sieht es aus wie ein Geisterhaus, ein Haus, in dem es spukt …

Aber es ist alles verrammelt, schaut nur! Alles verlassen. Die Schafe sind tot, die Hühner. All die bunten Hühner, wie schön sie waren! Und als ich noch klein war, spielte ich mit ihnen, ich gab ihnen Körner und lief hinter ihnen her, mitten in dem Staub, den ich dadurch aufwirbelte, und in dem Geruch nach Hühnerstall, der mir zu Kopf stieg wie ein stinkender Likör. Aber ich hatte sie gern, die Hühner, und ich spielte mit ihnen. Doch dann, während ich ganz glücklich und ausgelassen hinter den Hühnern herrannte, ohne mir irgendwelche Gedanken zu machen, kommt der Herr aus der Tür und ruft mich. Er ruft mich mit dieser heiseren, krächzenden, kranken Stimme, die so klang, als ob das Klo verstopft wäre und man versucht, mit dem Sauger alles rauszuholen, genau dieses Geräusch, das wie Rülpsen klang oder als ob jemand den Geist aufgäbe, diese faulige Seele, voller Speichel, die sich durch das Gebiss quetscht und zur Stimme wird, und diese Stimme, sie ruft, sie ruft meinen Namen, oh, meinen Namen: »Archina! Archinaaaaaa!« Er schrie laut, der Alte, bis ich endlich hinlief und gerade noch sah, wie mein Name flüssig wurde, in dem Auswurf, den er auf den Boden spuckte, stinkig und eklig wie eine tote Maus. Doch noch vor seiner Stimme hörte ich immer die Räder seines Rollstuhls quietschen. Fall doch, dachte ich, fall doch die ganzen vier Treppen hinunter. Fall doch mit diesem Scheißrollstuhl, fall doch. Was denkst du? Dass ich mich freue? Dass ich dir vergebe? Du denkst, mir gefällt es, wenn du Gitarre spielst und singst, um dich bei mir und bei deinem Sohn Severino einzuschleimen? Nein! Ich hasse dich. Ganz so, wie ich auch den anderen hasse, meinen Vater. Ich hasse dich so sehr, wie wenn der Vesuv ausbricht und alle Menschen unter Steinen begräbt, oder wenn aus Messina ein Erdbeben kommt und das Meer auf dreißig Meter anschwillt und alles mit sich reißt, die Häuser, die Christenmenschen, die Bäume und alles. Und ich hasse dich auch wie einen alten Tümpel, der nicht mehr plätschert, aber ganz allmählich ansteigt, aber du merkst es nicht, und dann ist es zu spät, weil er nicht nur um dich herum gestiegen ist, sondern auch in dir drin, und dann bist du ganz voller Algen und Frösche und fauligem Schlick, und alle weichen vor dir zurück, weil du schon stinkst wie eine aufgedunsene Wasserleiche. Und die Leute wenden sich ab, wenn einer stinkt, o ja!

Aber er ist ja tot! Wie schön war es in diesem Hof, immer schön war es, mit all den Olivenbäumen und in der Mitte dem Brunnen. Das war das einzig Gute hier, das Wasser aus diesem Brunnen, so frisch, immer wenn es vorbei war … wenn ich endlich hierherkonnte, an diesen Brunnen, und mich mit dieser Kernseife waschen konnte, die so duftet und bei der sich alles gleich besser anfühlt, als es ist. Aber das war gar kein Waschen, nein, ich war die Mutter, und mein Körper war das Kind; ich weiß nicht, wie ich das anders sagen soll. Ich war die rettende Mutter, und ich drückte und wusch und streichelte mein totes Kind, und ich badete es in diesem Brunnen, damit es wieder rein ist, vor Gott und vor der Welt. Aber dann hat es ihn auch erwischt, den Alten. Und jetzt sind sie beide tot, auch mein Vater, und ich bin frei. Und sein Leid hat ein Ende.

Es war gestern Abend, um halb sieben, beim Schichtwechsel im Krankenhaus, als dein Leid ein Ende hatte. Im Krankenzimmer war nur dein Bett belegt. Ich bin ins Zimmer gekommen, und du hast mich gesehen, mit diesem Schlauch in der Nase, der mit all den Maschinen verbunden war, und hast ausgesehen wie ein Marsmensch. Und du hast mit den Augen gerollt, hast mich angeschaut, und ich hab gesehen, dass du Angst hast.

Wie war das, Papa? Wie ist es denn so, wenn man Angst hat, ist es schlimm? Vater.

Du wusstest, dass dein Tod nicht mehr fern war, du wusstest es, seit es dir immer schlechter ging, aber niemals hättest du dir gedacht, dass du ausgerechnet gestern Abend dem Tod ins Gesicht blicken würdest, dass er von so weit her zu dir kommen würde, aus Procida, und auf meinen Beinen laufen würde. Siebzehn Jahre! Nicht einmal bist du nach Procida gekommen... Und du hast auch gut daran getan! Denn wer hätte dich sehen wollen? Aber kaum war ich in dieses Krankenzimmer getreten, da wusstest du, dass ich nicht gekommen war, um mir eine Zärtlichkeit abzuholen oder dir das Bett abzuziehen, in das du gerade gemacht hattest. Nein, du hast mich angeschaut und gleich auch die anderen gesehen, die ich ins Krankenhaus mitgebracht hatte, gestern Abend um halb sieben, in dein leeres Krankenzimmer. Du hast Mama gesehen, du hast Addolorata gesehen, und Narduccio, meinen schönen Narduccio! Ja, der hat mich gerngehabt und hätte mich retten können, aber sich selbst konnte er nicht retten! Und auch diesen alten Scheißkerl hast du hereinkommen sehen, der ebenso tot ist wie sein Rollstuhl. Und da hast du Angst gekriegt.

Ich bin aus Procida gekommen, bin aus dem Bus gestiegen und hab einen nach dem anderen abgeholt, Erinnerung um Erinnerung, und keiner von ihnen hatte etwas dagegen einzuwenden. Tante Addolorata ist extra aus Neapel gekommen, um dabei zu sein. Da wollte keiner unter der Erde bleiben, nein, da konnten sie noch so mausetot sein, wie es Tote eben sind – als sie begriffen haben, was ich vorhatte und wohin ich sie bringen wollte, sind sie gleich auferstanden. Und du hast sie gesehen, Papa, als sie zusammen mit mir eingetreten sind, im grauen Dämmerlicht des Abends um halb sieben, dem Licht des Albtraums, du hast sie gesehen und Angst gekriegt.

Ich hab mich ans Fußende des Bettes gesetzt. Mit den Händen habe ich das blaue Leintuch ganz glatt gestrichen und die Überdecke mit den weißen und blauen Streifen. Alles immer ordentlich und sauber. So muss es sein. Auch während ich mich setzte, habe ich darauf geachtet, nichts zu zerknittern, nicht die geringste Unordnung zu machen. Dein Körper, dort im Bett, fiel gar nicht weiter auf. Ach, so klein bist du geworden, Papa? Man sieht gar nicht mehr die Beine unter dem Bettlaken. Das Gesicht ja, das sieht man. Ganz eingefallen ist es, mit diesen runden Augen, wie auch Filomena sie hat, aber deine sind halb offen und halb geschlossen, und die Pupillen sind weggedreht. Dieser Trichter, den du im Mund hast, ist mit einem Schlauch verbunden, der an einer Art Wasserpumpe hängt, die auf und ab wandert. Wenn sie hochsteigt, dann schaffst du es, und wenn sie sinkt, dann stirbst du. Es ist wie Musik, dieser Kolben, der rauf und runter geht, rauf, runter, pff, pff. *Pizzicarella, mia pizzicarella …* Wie geht doch gleich dieses Lied? Erinnerst du dich daran, Papa? Und du, Angelo Santo … Komm ruhig näher mit deinem Rollstuhl, du alter Scheißkerl! Komm nur näher und spiel uns was auf der Gitarre, siehst du, dass Nunzio es hören will? Spiel! *Pizzicarella, mia pizzicarella …* Wenn du gehst, ist es, als würdest du tanzen, so heißt es in dem Lied. Erinnerst du dich, Papa? Und mich, mich hast du auf die Welt gebracht, damit ich tanze, und ich hab getanzt, aber diese Musik hat dir nicht gefallen. Hast du ein schlechtes Gewissen gehabt? Oder hattest du einfach Lust zu ficken?

Papa, schau mich an! Schau mich an, bin ich schön? Bin ich hässlich? Bin ich blöd? Willst du mich anlangen, willst du mich ficken? O ja, ich hab begriffen, wofür sie gut sind, diese schönen Schenkel, die ich hab, denn ich bin mit ihnen ganz schnell weggelaufen, so weit es nur ging, weit, weit weg von dir, weg von deinem Herrn, diesem Scheißkerl, der auch mein Herr war, und weg von all diesem Elend. Und meine Schwester Filomena, die nie den Mumm hatte … Als sie noch reden konnte, hat sie gesagt, das sei das Elend derer, die nichts wissen, die nichts kennen, all der Menschen, die sich von der Last der Dinge zu Boden drücken lassen. Sie war die Einzige, Filomena, die ich mit den Augen um Hilfe gebeten habe, aber sagen konnte ich einfach nichts, ich konnte nicht! Dabei hätte sie, die die Ältere war, es doch merken müssen, wenn sie mich fragte: »Was hast du denn? Red schon!« Aber ich, was hätte ich schon reden können? Du warst heilig für sie. Und diese Sache, die konnte einfach nicht sein, die durfte nicht sein … Diese Sache, die ganz langsam unser ganzes Haus aufgefressen hat, Papa, Tag für Tag, meinen Körper, meine Seele, die Augen eines jeden, der uns anschaute. Diese dunkle Sache, die niemand aussprechen konnte, wie ein tiefer Brunnen, den jemand mitten in unserem Haus gegraben hatte, und alle mussten um ihn herumgehen und so tun, als wäre er gar nicht da. Und doch war er da, dieser finstere, tiefe Brunnen, und je mehr wir so taten, als wäre er nicht da, desto größer wurde er, immer tiefer und dunkler und fauliger wurde er, und er sog jeden Gedanken in sich hinein, jede Geste, mit einem dumpfen Geräusch, Nacht und Tag, Tag und Nacht. Und alles verschlang er, wie ein knurrender Hund, jeden Tag ein Stückchen Leben mehr, was man gar nicht merkte, weil es immer nur ein bisschen war, so lange, bis dieser Schlund alles in sich hineingesogen hatte. Alles – einen sonnigen Morgen, die Erinnerung an Mamas Gesicht, das ich ja nie wirklich gesehen hatte, nur auf einem Foto, auf dem sie ein bisschen lächelte und ein bisschen bedrückt aussah, als würde sie irgendeinen Kummer in sich reinfressen. Das alles sog der Brunnen in sich auf, und alles verschwand in ihm für immer. Manchmal schien es mir jedoch, dass diese gewaltige Sache, die so finster und unsagbar unter uns lebte, wie ein riesiger Walfisch war, der von einem Ungeheuer aus der Urzeit mitten in unserer Küche zur Welt gebracht worden war und jetzt dort saß und alles verschlang, was lebte oder zumindest noch ein wenig am Leben war. Als ich neun Jahre alt war, hatte er mir bereits die Schulhefte aufgefressen, meine Buntstifte, zwei Hemdchen mit aufgestickten Blumen, das Gesicht von Donna Aurelia, die mich gernhatte, aber das, was mit mir vorging, weder begreifen konnte noch wollte. Und dann fraß der Walfisch auch noch die Erinnerungen auf. Die Erinnerung an jene wunderschöne Reise, die wir einmal nach Neapel unternommen hatten, um meine Tante Addolorata zu besuchen. Und Severino, der bei ihr im Kloster lebte. Auch die war mir weggefressen worden, auch die war in dem ekelhaften Leib des Walfischs gelandet. Severino, der mich mitten in der Hühnerkacke umarmte, mitten in all den Federn, und dann rollten wir herum und blieben schließlich liegen, um uns die weißen Wolken am blauen Himmel anzuschauen, und in all den Wolkengebilden konnte ich immer nur eins entdecken: ein Wolfsgesicht. Das Gesicht von Severino.

Du hattest mich hingebracht, Papa. Und was für eine Reise das war! Im Linienbus bis Neapel, dann bis in das Kloster San Giovanni. Das einzig Schöne in all den Jahren. Wir sahen das Meer von Taranto, schwarz, wie es zwischen zwei Ufern eingeklemmt war, und auch hier sah ich nichts anderes als einen Wolf, der zwischen zwei Schafen schläft. Und dann die Berge, durch die wir fahren mussten, um uns das »andere« Meer anzuschauen, wie du es nanntest, »das Meer der Frauen aus meiner Familie«, und während du das sagtest, schautest du aus dem Fenster, und es hatte den Anschein, als würdest du gar nicht mit mir reden, sondern mit jemandem, der weit, weit weg war und den du ganz gewiss nicht sehen, aber den du dir vorstellen konntest. Und dabei dachte ich: Aber kann es das denn geben, ein »anderes« Meer? Das Meer, das ist doch so viel Wasser mit lauter Fischen drin, und nur ab und zu liegt eben ein bisschen Land dazwischen. Wie kann es da ein »anderes« Meer geben? Vielleicht war ja das Meer von Procida, wo ich zur Welt gekommen war, ein anderes Meer als das von Salento … Und vielleicht umspülte es ja ein Land, in dem die kleinen Mädchen glücklich sein durften, in dem sie lachen und umherlaufen und von ihrer Mutter in den Arm genommen werden konnten, einer Mutter, die nicht gestorben war. Und vielleicht hätten sich diese Mütter, kaum war ihr Kind zur Welt gebracht, sofort ins Meer gestürzt, mit dem Kind im Arm, in jenes magische Wasser des »anderen« Meeres, und wären deshalb nicht gestorben. Und du, Papa, warum hattest du es nicht zugelassen, dass auch ich und die Mama uns ins Wasser stürzten? An all diese Dinge dachte ich während unserer Reise, und ich konnte es kaum erwarten, endlich anzukommen und Severino in die Arme zu schließen, und vielleicht, wer weiß, würde ja ein Wunder geschehen, und du würdest ihm erlauben, wieder in unser Dorf zurückzukehren.

Dann kamen wir in Neapel an, und bevor der Linienbus uns zum Internat brachte, macht er Halt an einem großen

Platz in der Nähe des Hafens. Da sah ich zum allerersten Mal die riesigen Schiffe, die nach Amerika fahren, und all die Kinder, die auf der Straße umherrannten. Und wie dunkel ihre Haut war, als wären es Kinder aus Afrika, wie ich sie in einem Schulbuch gesehen hatte, aber sie sprachen neapolitanischen Dialekt, die Sprache unserer Mutter. Und mein Herz klopfte so sehr in meiner Brust, ich wollte zu ihnen sagen: »Kann ich bei euch bleiben? Bringt mich nach Afrika, nach Amerika, bringt mich irgendwohin, weit weg von diesem Mann hier.« Aber nichts da, die Kinder sahen mich gar nicht, mit diesen salzverkrusteten Haaren, mit den aufgeschlagenen Knien und Augen so schwarz wie Oliven.

Wir kamen im Internat an. Tante Addolorata war wunderschön und lachte immer, sie streichelte mich und duftete nach Minze. Siehst du? Auch sie ist gekommen, um dich zu grüßen, direkt vom Friedhof in Procida. Schau nur, sie ist immer noch schön, Addolorata. Vielleicht ist es dir ja am Anfang schwergefallen, wenn sie aus Neapel bis Procida kam, unter dem Vorwand, ihre Schwester zu besuchen, die du zur Frau genommen hattest. Wer weiß, was sie damals an dir fand.

Du willst sie nicht anschauen, Papa? Hast du den Eindruck, du siehst immer noch die Male des Gürtels rund um ihren Hals? Wer weiß, wie oft sie dir gesagt hatte, sie würde es machen, wenn diese Geschichte nicht endlich vorbei wäre und du sie nicht in Ruhe ließest. Aber du hast nicht damit gerechnet, dass sie es am Ende wirklich tun würde, stimmt's? Komm nur, Tante Addolorata. Komm näher. Siehst du, Nunzio ist nicht mehr der Nunzio von früher … Jetzt kann er dir nichts mehr tun. Nicht wie an jenem Tag, während Severino und ich draußen im Garten waren … Und auch du, Tante, hast am Schluss begriffen, was für eine Art Mann er war … Weil er dich jetzt immer dazu zwingen musste … Auch an jenem Tag hat er dich geschlagen. Er hat dich an einem Arm ins Musikzimmer geschleift, das direkt auf den Garten hinausging. Und dann hat er dich aufs Klavier geworfen. Und hat dir Gewalt angetan, so wie all die anderen Male, nachdem meine Mutter gestorben war, all die Jahre … Und ich und Severino, wir haben es gehört, weißt du das, Tante? Nicht einmal die Kraft zum Schreien hattest du. Wir hörten nur, wie du mit matter Stimme sagtest: »Nein, nicht …« Und er, was machte er? Er schlug dir mit der Faust ins Gesicht und zwang dich … Ist es das, was er machte? Ich und Severino, wir waren mucksmäuschenstill, ohne zu spielen, ohne zu lachen. Wir fingen an, die Wolken am Himmel zu zählen. Und als du in den Garten zurückkehrtest, Tante, da hast du auch nicht mehr gelacht.

Bis zu dem Moment war jener Tag der schönste in meinem ganzen Leben gewesen. Aber auch der hatte so geendet, wie es immer mit dir geendet hatte. Auch an jenem Tag hatte das Ungeheuer alles gefressen, und es war nichts mehr übrig, nur noch das Gefühl, sich übergeben zu müssen. Und ich hab mich wirklich übergeben, weißt du das noch? Während der Rückfahrt, weil ich so gerne bei Severino bleiben wollte; und was hab ich geschrien, als du mich wegbrachtest, um mich getreten und auf den Boden geworfen habe ich mich, und du musstest mich am Arm packen, und ich tat mir weh und habe mich so aufgeregt, dass ich mich aus dem Fenster des Busses übergeben musste. Erinnerst du dich, Papa?

Das war mein Leben. Das Teufelskraut, das in meinem Leib gewachsen war.

Und dann kam jene Karnevalsnacht.

Wie schön Narduccio war! Und auch noch in diesem Frauenkleid, wie schön er war! Ich hatte ihn gleich erkannt und blieb mit offenem Mund stehen, als ich ihn dort hinter der Glastür stehen sah, im Licht des kleinen Lämpchens. Warum nur öffnete sich nicht die Erde und verschluckte mich für immer? Narduccio hatte mich gesehen! Jetzt würde er mich nicht mehr gernhaben. Weder er noch Donna Mariannina. Vielleicht ekelten sie sich jetzt nur noch vor mir. Genau in jenem Moment, als die Flammen erloschen waren und ich dort stand, mit dem angekokelten Schleier und dem zerdrückten Haarreif in einer Hand, war die ganze Welt zum Stillstand gekommen. Auf die Küche des Gutshauses war ein langes Schweigen gestürzt, wie eine Ewigkeit, schwer und unbeweglich. Das Haus, du stehend, Angelo Santo im Rollstuhl, Narduccio stocksteif draußen im Garten, und ich... wir alle waren zu Stein erstarrt. Zu Stein geworden war das weiße Kleidchen der Erstkommunion, das mir auf die Füße hinabgerutscht war, zu Stein auch die Kerzen, die halb heruntergebrannt waren, zu Stein die ausgebackenen Karnevalskringel auf dem Teller, zu Stein Narduccio, die Handfläche gegen das Glas gepresst, mit einem Ausdruck des Entsetzens im Gesicht, zu Stein auch du und der Alte, die ihr gerade mit dem Ächzen und dem Stöhnen aufgehört, aber euch den Hosenlatz noch nicht zugeknöpft hattet. Weißt du, was ich in jenem Moment gedacht habe, Papa? Ich dachte, dass die wirkliche Welt geendet hatte und dass wir vier zu

Krippenfiguren geworden waren. Ich stellte mir eine riesige Hand vor, die sich über uns herabsenkte. Und dann würde der Riese uns ganz vorsichtig nehmen und vor sein Gesicht halten, würde uns genau anschauen, zufrieden mit unserer Ähnlichkeit mit menschlichen Wesen, würde uns, einen nach dem anderen, behutsam in Stroh einwickeln und uns bis ins nächste Jahr in irgendeiner Schublade verstauen.

Aber in Wirklichkeit konnte das nicht geschehen, und so zerplatzte diese unbewegliche Stille mit all ihren Albträumen, ganz plötzlich und ohne ein Geräusch zu machen ... die Steine lösten sich auf, und das Leben nahm wieder seinen Lauf, ohne Gnade ...

Aber an die Albträume war ich gewöhnt, weißt du, Papa? Bei Tag, mit offenen Augen, und bei Nacht. Manchmal war da eine gewaltige dunkle Welle, hoch wie ein Berg, die aus dem Nichts auftauchte und über mir zusammenschlug, über uns, mit der Wucht von hundert Sturmfluten, und alles hinwegspülte, und dann roch ich diesen Geruch nach Fisch und nach toten Algen, den Ertrinkende immer kurz vor ihrem Tod in der Nase haben, und ich gab mich diesem Seebeben hin, das mich erfasste, ließ mich von ihm unter der Gischt der Wellen herumwirbeln und mich wegreißen, weg vom Schraubstock deiner Hand, die mich am Arm gepackt hatte, weg, einfach nur weit, weit weg. Eines Nachts, mehrere Monate vor jener Karnevalsnacht, hatte ich genau diesen Traum gehabt, den Traum von der bebenden See. In dem Traum war eine gewaltige Welle aus der Ferne bis zu dem wunderschönen Strand herangerollt, an dem ich im Sand buddelte, der Strand, der vielleicht der von Pescolúse war oder der von Porto Badisco, den ich auf Postkarten gesehen hatte.

Und ich lief davon, in Richtung eines Berges, den es in Wirklichkeit nicht gab, nur im Traum, und ich lief ganz schnell, und am Ende verschlang das Meer tatsächlich alles außer mir, die ich den Gipfel des Berges erklommen hatte und völlig erschöpft da stand und mir das neue Panorama dort unten anschaute, diese überschwemmte, tote, stumme Welt.

Doch damals, in jener Karnevalsnacht an unserer steinernen Krippe, in der Küche von Terranera, hatte ich mich nicht retten können.

In jener regungslosen Zeit begannst du wieder, mich am Arm zu zerren, und versuchtest, mich aus der Küche und zum Hintereingang zu ziehen, und du sagtest leise: »Gehen wir, es ist schon spät, und deine Schwester ist allein zu Hause. Los jetzt.« Erinnerst du dich, Papa? Da hob ich die Spitzenhandschuhe auf, die zu Boden gefallen waren, versuchte, wenigstens in einen Ärmel des weißen Kleidchens zu schlüpfen, während du mich fortzerrtest. Trotzdem sah ich noch Narduccio, der hinter der Glastür weglief und wie ein Verrückter in den hinteren Teil des Gartens rannte. Ich sah, wie er stehen blieb, mit dem Rücken zu mir, keuchend, wie er sich die Perücke vom Kopf riss und sie zu Boden schmiss. Und dann, wer weiß, vielleicht kehrte er ja zum Eingang der Küche zurück. Vielleicht ging er ja hinein und sprach mit Angelo Santo … Wir aber waren schon draußen auf den Feldern. Und das war das letzte Mal, dass ich Narduccio sah. Du zerrtest mich am Ärmel, sodass ich laufen musste. Und wir rannten und rannten in dieser Finsternis, die um uns herum herrschte.

Erinnerst du dich noch an diese Dinge, Papa? Oder hat der Tod, der allmählich auf dich zukommt, bereits mit seiner Arbeit begonnen und radiert alles aus?

Und was konntest du an jenem Punkt tun? Narduccio hatte euch gesehen!

Du wusstest, dass Filomena und ich das Stechapfelpulver zubereiteten. Du wusstest auch, wo wir es versteckten. Und was gehörte schon dazu? Du nimmst ein bisschen davon, gehst unter dem Vorwand, nach mir zu suchen, zu Narduccio und schüttest es ihm ins Likörglas, wenn er es nicht merkt.

Es hieß, ich hätte zu viel Zeit mit Narduccio verbracht. Und was er wohl alles mit mir machen würde. Erinnerst du dich, Papa? Genau! Ich war immer bei ihnen, und warum behielt mich Donna Mariannina immer dort? Und wer wollte ihn denn auch in Schutz nehmen, diesen »gottlosen Kommunisten«, wie die Leute ihn nannten, der noch dazu jünger war als seine Frau? Angelo Santo hingegen – der war doch eine angesehene Persönlichkeit, und gottesfürchtig noch dazu! Und du, alter Scheißkerl? Nicht aufhören, spiel, spiel! Spiel, Nunzio will dich hören. *Pizzicarella mia, pizzicarellaaaa.* Spiel deine Totenmusik. Was da im Gutshof passierte, das ging niemanden etwas an. Alle im Dorf wussten, wessen Kind Severino war, aber es war leichter, den Mund zu halten und so zu tun, als hätte man nichts bemerkt. Schließlich gab der Gutshof von Terranera vielen Menschen Arbeit, die jede Menge Münder zu stopfen hatten … Und wer war denn auch diese Virginia? Die Sapúta … Eine, die, wäre Angelo Santo nicht gewesen, im Leben nichts anderes hätte machen können, als auf den Strich zu gehen, und stattdessen

Friseurin geworden war. Und dann … man setzte nicht einfach so Kinder in die Welt, wie die Tiere. Das war einfach eine unangenehme Sache mit diesem Severino, nicht wahr, Papa? Und was hat er diesen beiden alten Hexen, Fatima und Candelora, für Angst und Schrecken eingejagt! Vielleicht würde er ihnen ja eines Tages sogar den Gutshof abnehmen, und alles andere auch. Nein! Da sagte man lieber, er sei der Sohn irgendeines entfernten Verwandten. Da ließ man ihn lieber in Neapel auf die Schule gehen, in einem schönen Nonnenkloster! Hauptsache, ganz weit weg! Was waren das für gute Menschen, diese Santos! Nicht so wie Mariannina und Narduccio Greco, diese gottlosen Kommunisten! Und so hatte eben Archina Solimene dem Narduccio das Gift gegeben, weil der sie belästigte.

Mittlerweile konnte Narduccio nichts mehr dagegen sagen. Und ich? Wie konnte ich mich rechtfertigen, Papa, wenn du mich nicht in Schutz nahmst? Wer sollte mir schon glauben, mir, Archina, der Verrückten, der Verwirrten? Niemand konnte wissen, dass erst du mich zur Verrückten gemacht hattest. Und so habt ihr mich nach Procida zurückgeschickt. Besser, es liegen viele Kilometer zwischen mir und der Polizeiwache von Mangiamuso. Und du? Was hast du gemacht? Hast du den alten Scheißkerl erpresst? Das hättest du tun können … Die einzigen Zeugen waren ein toter Kommunist und die kleine Verrückte, die ihn angeblich umgebracht hatte und die längst weit, weit weg geschickt worden war, in ein Land, das von einem »anderen« Meer umspült wurde. Außerdem war dieser Alte viel zu krank, viel zu senil geworden, und auch seine Bosheit hatte ihn verlassen. Sie hatte ihn einfach dort zurückgelassen, auf dem Bett, in das er hineinpinkelte, und die Zwillingsschwestern hielten ihn sauber, sie fütterten ihn. Bis zum letzten Bissen fütterten sie ihn, bis endlich auch sein Herz gelähmt war und stillstand.

Aber jetzt, siehst du, Papa? Auch Narduccio ist gekommen, um dich zu besuchen. Schau, er trägt immer noch Frauenkleider, so wie du ihn in jener Karnevalsnacht gesehen hast und so wie er auch am Tag danach noch gekleidet war, als du zu ihm nach Hause gingst, um ihm Gift ins Glas zu schütten. Arme Donna Marianna! Sie hat ihn nie wiedersehen können. Und mich wollte sie auch nicht mehr sehen. Sie glaubte lieber die Geschichte von dem Geld, das ich angeblich von ihrem Mann verlangt hatte. Wie konnte sie denn auch wissen, wie es sich wirklich verhalten hatte? Wie konnte sie wissen, dass ich das Geld von Narduccio erbeten hatte, weil ich wegwollte, weg von dir und von dem alten Scheißkerl? Aber solche Sachen konnte sich Donna Mariannina nicht mal vorstellen. Ihr hatte ich nie etwas gesagt, und ich hatte sie auch nie um etwas gebeten. Ich schämte mich zu sehr. Narduccio hingegen ja, bei ihm war ich weniger befangen. Obwohl er mir dieses Geld auch nicht gegeben hat. Aber ich weiß, Papa, dass Mariannina keinen Moment lang dieses ekelhafte Zeug geglaubt hat, das man sich im Dorf erzählte. Nicht einen Moment lang hat sie glauben können, dass Narduccio hässliche Dinge mit mir tut! Das wäre ihr einfach nicht in den Kopf gegangen, ein solcher Gedanke.

Ein bisschen Geld habe ich nach jener Nacht gestohlen … von Donna Aurelia. Ich hab es aus dem roten Kunstledergeldbeutel genommen, weil ich wenigstens bis Neapel fahren musste, um Severino abzuholen. Er musste es einfach wissen, wer seine wirkliche Mutter ist, und die Sapúta musste ihn zu sich nehmen. Euer schmutziges Geheimnis, das ihr vor ganz Mangiamuso geheim hieltet! Die einzige Sache, die ich gegen euch unternehmen konnte. Und ich hab sie gemacht!

Severino ist oft nach Procida gekommen, um mich zu besuchen. Und morgen, nachdem ich diese Sache hier gemacht habe, werden wir zusammen weggehen. Donna Aurelia wird schon dafür sorgen, dass du beerdigt wirst. So wie sie auch für alles andere immer gesorgt hat. Ich bedauere, wenn sie noch einmal deinetwegen leiden muss, so wie sie immer gelitten hat. Aber wenigstens wird es das letzte Mal sein.

Und du, mein schöner Narduccio, komm doch hierher ans Bett, schau dir an, was aus Nunzio geworden ist, nicht einmal der Schatten eines menschlichen Wesens. Komm! Hilf mir, das zu tun, weswegen ich gekommen bin.

Kommt nur her, Addolorata und Mama, kommt her. Siehst du, Papa? Auch die Mama ist gekommen. Tante Aurelia hat mir oft erzählt, wie sie war. Immer zu Hause, immer den Putzlappen in der einen Hand und den Rosenkranz in der anderen. Und wenn du abends nach Hause kamst, nach einem langen Tag inmitten dieser Scheißgefangenen, die schuld daran waren, dass du Blut spucktest, da dachtest du vielleicht, du könntest ihr mit einer Handbewegung den Rosenkranz in den Mund stopfen, und den Putzlappen dazu, und dann könntest du ihr das Kleid hochziehen und ihr einen ordentlichen Stoß verpassen, damit ihr alles aus der Nase spritzt, diese ganze beschissene Beterei. Das war es, was du besonders gut konntest, stimmt's? Weil es für dich das höchste der Gefühle war. Was soll man als Mann auch machen mit einer Frau, die kein bisschen Lust in sich verspürt? Vielleicht hast du ja hinterher auch gar nicht begriffen, wie das geschehen sein sollte, dass du mit der da eine Tochter gezeugt hattest. Vielleicht warst du ja aufs Klo gegangen und hattest es dir selbst besorgt und dir dabei den Hintern deiner Schwägerin vorgestellt. Meine keusche Mutter und Addolorata, dort auf dem Klo mit dir!

Also, dann kommt jetzt näher, Addolorata und Mama, kommt her, an das Bett dieses Mannes. Schaut ihn euch an! Seht, dass Nunzio gar nicht mehr richtig Nunzio ist, während ihr jetzt für immer Schwestern seid. Kommt nur her, es gehört gar nicht viel dazu, seht ihr? *Pizzicarella, mia pizzicarella, la cammenata tòia pare c'abballa,* wenn du gehst, ist es, als würdest du tanzen. Und du, spiel, Scheißkerl. Spiel auf deiner Gitarre, so lange dieser Kolben da noch Leben in ihn pumpt! Spiel! *Pizzicarella, mia pizzicarella!* Kommt ruhig näher, Narduccio, Mama, Addolorata, es gehört nicht viel dazu, seht ihr? Man drückt auf diesen kleinen Knopf hier, und der Kolben steht still. Dann noch den Schlauch aus dem Beatmungsgerät ziehen, eine kleine, unbedeutende Handbewegung, und deine Musik verstummt für immer, Vater.

Mein Vater kämmt mir das Haar, Karneval 1956

MEIN VATER KÄMMT mir das Haar. Meine Haare, die sind kastanienbraun und so glatt und fein, dass sie nach dem Kämmen nie so aussehen, wie man will. Ich finde meine Haare eklig. Mein Vater streichelt mir über den Kopf, über die Haare und streift mir den Armreif aus weißem Kunststoff über, auf den drei blaue und gelbe Blümchen aus Filz genäht sind. Er sagt: »Schau nur, wie schön du bist! Anders, als wenn du so zerlumpt und schmutzig herumläufst, dass sie dich im Dorf schief anschauen!«

Mein Vater sagt nur diese Worte zu mir, nie mehr, und nur dann, wenn wir dorthin müssen. Er zieht mir das Kommunionkleidchen an, das wunderschön ist, weiß und lang und an der Taille mit gerafftem Organzastoff besetzt, und dann setzt er mir den metallenen Haarreif mit den vielen kleinen weißen Stoffblümchen auf, an dem auch der Schleier festgemacht ist, das Allerschönste an diesem Kleid, und an dem Tag vor meiner Kommunion – dem, der in Wirklichkeit passiert ist und nicht in dem bösen Traum – konnte ich es kaum glauben, dass ich wirklich so ein schönes Kleid haben sollte, wie eine Fee, eine Prinzessin. Ich hatte auch einen Rosenkranz und weiße Spitzenhandschuhe mit zwei Knöpfen am Handgelenk, damit sie mir nicht von den Händen rutschen und ich sie verliere, und auch das Gebetbuch, das mir die

Nonnen geschenkt hatten und das einen Einband aus Perlmutt hatte, und ich dachte, das ist so wertvoll, dass sie mich bestimmt umbringen, wenn ich es verliere, weshalb ich es den ganzen Tag fest in der Hand behielt. Jetzt jedoch, da wir dort hinübergehen, da ist das Gebetbuch nicht dabei, weil es nicht gebraucht wird, und auch der Rosenkranz nicht. Die Handschuhe ja, ich weiß schon, dass ich sie zuerst anhaben und dann, wenn der Alte es will, ausziehen muss. Mein Vater wird sie nehmen, wenn er wieder diese komische Stimme bekommt, ganz kurzatmig, als würde er schnell eine Treppe hochsteigen, aber da ist gar keine Treppe, und ich verstehe nicht, warum Papa irgendwann immer anfängt, so zu sprechen. Er sagt: »Komm, sei lieb, und gib sie dem Papa, die Handschuhe, ich halt sie für dich.«

Ich bin jetzt dreizehn Jahre alt, und man weiß ja, mit dreizehn sind die Häuser und die Möbel und alle Sachen nicht mehr so riesig groß wie damals, als du noch ganz klein warst und dir alles vorkam wie eine dunkle Märchenwelt voller Menschenfresser, als die Zimmer dir noch riesig groß erschienen und bei Tag immer im Halbdunkel lagen, und bei Nacht nur von einem schummrigen Licht beleuchtet, und wenn du schon im Bett lagst, aber noch nicht schliefst, dann hörtest du im Zimmer nebenan die Erwachsenen reden und hattest das Gefühl, beschützt und in Sicherheit zu sein. Nein, mit dreizehn beginnst du die Welt genau so zu sehen, wie sie ist, und du fängst an, Angst zu haben. Und genau in dieser engen, furchterregenden Welt gebe ich meinem Vater die Handschuhe, jedes Mal.

Es geschieht immer auf die gleiche Art und Weise, so wie alle anderen Male, wie etwas, das einfach so gehen muss und nicht anders.

Jetzt sind wir hier, im Haus von Angelo Santo. Es ist niemand da, außer mir, meinem Vater und dem alten Mann. Die beiden alten Hexen, die Zwillingsschwestern, sind ausgegangen, auf das Fest. Während wir auf dem Weg hierher waren, haben wir sie gesehen, wie sie mit einem Päckchen in der Hand in Richtung Dom gingen, gegen den Strom der Maskierten.

Vier Kerzen brennen auf der Anrichte und zwei auf dem Tisch, so wie wenn es ein Gewitter gibt und der Strom ausgefallen ist. Dann muss man Kerzen anzünden, und alles wird wie im Traum, viel langsamer, und keiner macht mehr das, was er einen Moment vorher noch getan hat, er bleibt einfach, wo er ist, und wartet, bis der Strom wieder da ist und damit auch das wahre, richtige Leben. Aber heute Nacht ist kein Gewitter, nur ein bisschen Wind ist aufgekommen, also was sollen dann die Kerzen? Der Alte ist geizig, er will sparen. Die Küche ist groß, aus Stein und Holz. Auf dem Treppenabsatz steht eine große Schüssel mit Faschingskringeln, die vielleicht die Zwillingsschwestern gebacken haben, bevor sie das Haus verließen. Ein starker Geruch nach Schmalzgebäck heftet sich an mein weißes Kleid. Ich denke, Donna Aurelia wird es gleich waschen wollen, wenn sie es morgen früh auf dem Stuhl am Fußende meines Bettes vorfindet.

Und so wie immer wird sie, während sie den Waschtrog mit zwei oder drei Eimern Wasser gefüllt hat, vor sich hin reden: »Aber was macht ihr bloß mit diesem Kleid jedes Mal? Verdammt noch mal, was macht ihr eigentlich?«

Doch dann wird sie das dumpfe Knurren des Ungeheuers hören, diesen riesigen Walfisch im anderen Zimmer, und sie wird aufhören zu reden.

Heute Nachmittag, als mein Vater den Vorhang anhob, der die Küche von dem kleinen Verschlag abtrennt, in dem Filomena und ich schlafen, und sagte: »Hol das Kommunionkleid, es ist Karneval, wir müssen ausgehen«, da habe ich in genau dem Moment gehört, wie der riesige Walfisch wieder da war … mit diesem tiefen, dunklen Rumpeln, das nur ich und Tante Aurelia hören und sonst niemand, nicht einmal meine Schwester, weil man der bloß einen Teller mit Makkaroni hinzustellen braucht, und dann hört sie gar nichts mehr. Jetzt war es schon ein paar Monate her, dass er nicht mehr da war, der Walfisch in der Küche. Die Musikanten mit ihrer Geige und Gitarre hatten ihn verjagt, als mich die Tarantel gebissen hatte, an dem Tag, an dem ich tanzte und die Welt endlich auf dem Kopf stand. Alles war weit weg, niemand konnte mich berühren, niemand konnte mir wehtun, weil das halbe Dorf gekommen war, um zu sehen, wie ich tanzen musste, und ich tanzte, und in meinem Körper hatte ich den Geist der Spinne, die das alles für mich tat. Sie bewegte von innen meine Beine, und auch die Dinge, die ich bei der Musik dachte, das waren halb meine Gedanken und halb die der Tarantel, Dinge, die ich vorher noch nie gedacht hatte. Es waren die Gedanken des Teufels. Es ging mir schlecht, aber eigentlich ging es mir auch gut. Nach drei Tagen Tanzen war ich todmüde, aber der Walfisch war nicht mehr da. Bis zu diesem Nachmittag.

Jetzt, hier in der Küche von Terranera, sitzen mein Vater und Angelo Santo zusammen am Tisch und trinken einen dunkelgelben Likör, der sehr stark sein muss, denn ich kann ihn bis hierher riechen. Ich sitze reglos am gegenüberliegenden Ende des Zimmers, neben den Kerzen, und habe die Hände, die immer noch in den Handschuhen stecken, auf die Knie gelegt. Der Geruch des Likörs und der nach Schmalzgebäck mischt sich mit dem Gestank nach toten Schafen, der in diesen Räumen von Terranera immer in der Luft hängt. Es ist ein schwerer Geruch, so schwer und dicht, dass sich die Zeit darin verfängt und stehen bleibt. Es passiert nichts. Ich schaue zu Boden, und es passiert nichts. Ich betrachte die Spitzenborte meines weißen Kleides und zähle all die Nähte, die es zusammenhalten. Es sind Linien, die von oben nach unten verlaufen, ganz fein und ein wenig dunkler als der weiße Stoff selbst. Ich zähle sie mehrere Male, damit ich keinen Fehler mache. Ich kann einfach nicht anders. Mein Vater und Angelo Santo trinken und reden kein Wort. Mir kommt der Gedanke, dass es ganz anders war, wenn Narduccio und Donna Mariannina den neuen Wein aus dem Weinberg probierten und lachten, und wenn sie sich dabei kleine Geschichten erzählten, über die sogar ich lachen musste, obwohl ich sie gar nicht verstand, aber lachen musste ich trotzdem, weil alle so fröhlich waren, und dann holte Donna Mariannina eine Obsttorte aus der Speisekammer, stellte sie auf den Tisch, und ich und Narduccio wetteten, wer das größte Stück davon schaffen würde. Und dann fing Mariannina an, mich zu kitzeln, und versuchte, mir meinen »Schatz«, wie sie es nannte, abzuluchsen, den kleinen Beutel, den ich mir umgebunden habe. Und da lachten alle, und sie sagten: »Aber was hast du denn da in diesem vergilbten Kissenbezug? Ach komm, uns kannst du es doch sagen! Was schleppst du denn immer in diesem Säckchen mit dir herum?« Und sie lachten und versuchten mich zu fangen, aber ich entwischte und versteckte mich, weil das nicht einmal sie wissen dürfen. Aber ich war glücklich, und ich hatte das Gefühl, weit weg zu sein… weit weg von all diesem Mist hier, so weit wie Amerika.

Jetzt, in dieser Küche, in der es nach toten Schafen stinkt, lacht niemand. In einem Grab lacht man nicht. Ich zähle die geklöppelten Reihen der Spitze, wieder und wieder. Der Alte kommt in seinem Rollstuhl auf mich zu. Mit der einen Hand dreht er das Rad des Rollstuhls weiter, in der anderen hat er einen Teller, auf den er ein paar von den ausgebackenen Kringeln gelegt hat. Er sagt: »Iss nur, iss, die sind gut.« Auch mein Vater kommt näher und will, dass ich aufstehe. Kurz vorher hat er sich über den Alten gebeugt und den Schlauch aus dem Katheter gezogen, der am Rollstuhl hängt, wenn er unterwegs ist, und am Bett, wenn er sich hingelegt hat. Der Schlauch ist mit einem Plastikbeutel verbunden, in den sein ganzes Pipi fließt. Als Severino noch da war, mussten wir beide das machen. Der Alte rief uns, wenn wir im Garten waren oder im Hof mit den Hühnern spielten, und wenn er uns rief, überlief es uns kalt. Dann mussten wir ins Haus gehen, und die Zwillingsschwestern sagten: »Geht nur, Kinder, der Onkel braucht euch. Habt ihr ihn nicht gehört, er ruft schon seit Ewigkeiten nach euch.« Da gingen wir in das Schlafzimmer, das immer abgedunkelt war, und versuchten, möglichst keinen Lärm zu machen, denn vielleicht war er ja wieder eingeschlafen… Aber der schlief ja nie. Er sagte: »Los, geht mir mal zur Hand, ihr müsst mir den Beutel abmachen, komm, Severino, komm zum Onkel, zieh den Schlauch heraus und leere den Schlauch auf dem Klo aus.« Einmal hatte der Beutel einen Riss bekommen, und das ganze Pipi war auf Severino und auf mich gespritzt, als ich ihm helfen wollte. Da hat Severino, ohne etwas zu sagen, als wäre das nicht das Ekligste und Furchtbarste auf der Welt, vielleicht um es mir leichter zu machen, einfach den kaputten Beutel genommen, ist damit ins Bad gelaufen, um ihn auszuleeren und sich die Hände zu waschen. Ich stand stocksteif da, neben dem Bett, und habe angefangen zu weinen. Aber der Alte wollte, dass ich ihn mit dem Handtuch abtrockne, das auf dem Sessel lag. Und während ich ihm mit dem Stoff zwischen die Beine fuhr, da fing er an zu stöhnen und zu ächzen, immer schneller, bis das Handtuch am Ende noch nasser war als vorher und ich vollkommen verzweifelt war, weil ich dachte, ich hätte alles falsch gemacht und jetzt würde ich bestimmt bestraft. Es war aber gar nichts passiert. Bloß am Tag darauf, als im Wohnzimmer des Gutshauses niemand war, habe ich mich in den großen Kamin gehockt und mitten hinein, direkt unter dem Abzug, einen riesigen Haufen gemacht, der im ganzen Zimmer furchtbar stank. Die Zwillingsschwestern brauchten einen halben Tag, um herauszufinden, woher der Gestank kam.

Jetzt packt mich mein Vater von hinten an den Schultern, und ich muss mich vor den Alten hinstellen. Der nimmt einen Kringel vom Teller und steckt ihn mir zwischen die Lippen, klappt aber dabei seinen eigenen Mund auf und zu, als wollte er ihn essen. Zusammen mit dem Gebäck steckt er mir auch zwei Finger in den Mund, die sich bewegen, die mit dem Teig über meinen Gaumen fahren, und die Cremefüllung verteilt sich in meinem Mund, während er mir die Zunge massiert, bis es mich fast würgt, und dann nimmt er mit dem Finger ein bisschen von der Creme und leckt alles ab, und dann macht er, so weit er das mit seinen toten Beinen noch kann, die Beine breit und steckt die Hände unter mein Kleidchen, streichelt mir die Beine und die Unterhose mit diesen Fingern, an denen die Creme klebt, und er berührt mich weiter und zieht mich dabei an sich, während sich auf seinem Gesicht ein Lächeln ausbreitet, das Lächeln eines Idioten. Einen Moment lang sieht es so aus, als wollte er mich um Verzeihung bitten. Ich stehe immer noch da, stocksteif und weit weg, aber nicht weit genug. Jetzt beugt sich mein Vater von hinten mit seinem ganzen Körper über mich, er drängt sich an mich heran, und sein Atem geht immer schneller, während er mit dem Alten redet, lauter Sachen, die gar nichts damit zu tun haben. Er redet von den Schafen, die ihn mit ihrem hässlichen Tod nur in Schulden gestürzt haben, und dass er seine Töchter zu ernähren hat, und Angelo wüsste, dass er damals im Kerker, als wir noch in Procida lebten, viel besser verdient hat, und dass er auch jetzt, wenn alle Stricke reißen, dort sehr gut wieder arbeiten könnte, und dann würde er mich mitnehmen. Aber wenn er ihn wirklich braucht, so wie jetzt, dann könnte nur Angelo ihm helfen, wenn ihm etwas daran liegt, dass wir in Mangiamuso bleiben. Und dann sagt er: »Gib mir die Handschuhe, gib sie dem Papa.« Während ich sie ausziehe, einen Finger nach dem anderen, versucht er mir das weiße Kleid hochzuziehen … Er zieht es mir bis fast über den Kopf, aber es geht nicht drüber, weil es zu eng ist. Ich sehe, und ich sehe nichts, ich kann nicht richtig atmen. Dabei versucht mein Vater, mit der einen Hand meine Knöpfe aufzumachen, und mit der anderen hält er mich fest. Seit wir von zu Hause weggegangen sind, seit wir mitten durch den Karneval und zwischen all den Maskierten hindurchgegangen sind, hält er mich fest. Und wir bleiben weder an den Ständen stehen, noch grüßen wir jemanden, nicht einmal die Söhne der Signora Siani, die als Hündchen verkleidet sind, nein, Onkel Angelo erwartet uns, und wenn es ihn nicht gäbe, dann könnte ich von so einem schönen Kommunionkleidchen nur träumen. Beweg dich, sagt er, ich hab keine Lust, dich durch das ganze Dorf zu zerren, die Leute gucken schon. Komm, mein Liebling, bald gibt es ein Gewitter. Dann ist da aber bloß ein Wind aufgekommen, und dieser Wind hat überall die Blätter aufgewirbelt, hat die Regentropfen getrocknet, die gefallen waren, er ist über die Musikanten auf der Piazzetta hinweggezogen, hat genau über unserer Straße Nachtwolken aufziehen lassen, bis zum Zaun von Terranera. »Halt still, mein Liebling.« Ich kriege immer noch keine Luft in dem weißen Kleid, es hängt verdreht um meinen Hals, auch der Alte hat es nicht geschafft, es mir ganz auszuziehen, und jetzt zwingt er mich dazu, die Beine breitzumachen, und ich muss mich mit gespreizten Beinen auf ihn draufsetzen, auf ihn und den Rollstuhl, und er berührt mich, und sein Gesicht ist ganz nah, die dumpfen Augen und der Mund mit den gelben Zähnen. Dieses Gesicht eines Schwachsinnigen, der um Verzeihung bittet, dieses schwere Atmen, als wäre auch er, zusammen mit meinem Vater, eine Treppe hochgelaufen. Vielleicht erinnert er sich daran, wie es war, als er noch seine Beine gebrauchen konnte und zwischen den Schafen und den Hühnern umherlief, denke ich, und jetzt ist es so, als wäre er zu neuem Leben erweckt. Und er holt aus seiner Hose diesen Besenstiel und fängt an, ihn mit der Hand zu reiben, immer schneller und schneller. Und ich merke, wie es zwischen meinen Beinen immer wilder wird, und auch mein Vater ist komisch, er umarmt mich von hinten, hält mich fest und streichelt und liebkost mich, als hätte er mich plötzlich lieb, aber dabei versetzt er mir auch kleine Stöße von hinten, mit dem Bauch, als wollte er mich in einen Graben stoßen, der ganz tief und ganz weit weg ist, damit mich niemand mehr findet. Dann lässt er einen Moment lang meine Schulter los und steckt sich die Hand in die Hose. Jetzt wird er mir gleich wehtun. Ich will ihn nicht, diesen Schmerz, ich will dieses Lied singen, das sie vorhin auf der Piazzetta della Signuría gesungen haben, wie ging es noch? *Pizzicarella mia pizzicarella pizzicarella mia pizzicarella, e la cammenata tóia pare c'abballa …*

Mein Vater spreizt die Beine, stellt sich fest hinter mir auf. Und dann spüre ich dieses Ding, das in meinen Körper rein will, und jetzt stößt er, und ich will nicht, es tut mir weh, aber da ist niemand, der mir hilft, und jetzt geht das Ding in mich rein, und er stößt, und meinem Vater tut es auch weh, weil … er jammert und berührt mich von hinten an der Brust, und bei jedem Stoß jammert er wieder, immer lauter. Warum weinst du, Papa? Warum jammerst du? Ist es dir nicht bequem … Tun dir die Knie weh? … *Pizzicarella mia pizzicarella …*

Der Wind rüttelt an der hölzernen Außentür vor der Glastür, die auf den Hof hinausgeht, er öffnet sie einen Spalt und fährt ins Zimmer. Er streift die Kerzenflammen, bringt sie zum Zittern. Die Flammen werden länger, ziehen sich einen Moment lang wieder zusammen, sie berühren meinen weißen Schleier und den Haarreif mit den Filzblumen, den ich immer noch aufhabe. Die Kante des Schleiers fängt Feuer. Genau in diesem Moment, während mein Vater mir wirres Zeug ins Ohr flüstert und mich drückt und sich mit dem ganzen Gewicht seines Körpers, der hart wie Eisen geworden ist, an mich presst, gelingt es dem Alten, mein Kleid aufzuknöpfen, und er beginnt, mir die Brust zu lecken. Dann packt er eine meiner Hände und drückt sie auf den angeschwollenen Besenstiel, der ihm aus der Hose ragt, während ich mit der anderen versuche, mir den Schleier vom Kopf zu reißen, der mittlerweile in Flammen steht. Keiner der beiden hilft mir. Was macht ihr? Seht ihr nicht? Jetzt werde ich mit Haut und Haaren verbrennen, seht ihr das nicht? Ich bin nicht der flammenbringende Engel Gottes, ich bin nicht der Teufel in Person. Aber es dringt kein Schrei aus meiner Kehle, kein einziges Wort. Ich kann nur »Papa« sagen, aber so leise, dass es niemand hört. Leise, als stünde ich vor dem Sarg, in dem er liegt, tot, stocksteif bis in alle Ewigkeit.

Indessen kommt aus dem offen stehenden Mund des Alten ein lautes Ächzen, als würde er im Geiste noch einmal all die Treppen und Hügel erklimmen, wie er es getan hat, als er noch jung war, und er spuckt mir etwas Klebriges in die Hand, das stinkt. Auch mein Vater gibt ein letztes Stöhnen von sich, dann hält er inne und lässt meine Schultern los. Endlich sind meine Hände frei, ich versuche, nach dem Schleier und dem Haarreif zu greifen, um die Flammen zu löschen … Und komme vom Albtraum in die Hölle. Ich sehe das Zimmer, die Schatten, die beiden Männer, wie erloschen, immer noch keuchend. Den Schleier kann ich mit der Hand löschen, der Haarreif ist zerdrückt und klebt halb geschmolzen an meinen Fingern. Statt der Flammen ist da nur noch stinkender Rauch. Es riecht nach verbranntem Schaf. Auf den Gesichtern der beiden steht jetzt ein Ausdruck des Staunens, während ich da vor ihnen stehe, das Kleid aufgeknöpft, den Schleier verbrannt, die Haare verbrannt, die Brauen und Wimpern verbrannt, die Hände verbrannt. Doch ich spüre keinen Schmerz. Jetzt rüttelt der Wind wieder an der Glastür zum Garten. Ich drehe mich um. Schummrig beleuchtet von der einzigen Glühbirne, die vor der Gartentür hängt, sehe ich eine Frau, die erschrocken und starr jenseits der Glasscheibe steht. Sie ist stark geschminkt. Auf dem Kopf hat sie etwas, das wie eine blonde Perücke aussieht. Sie trägt ein weißes Spitzenhemdchen über der Brust, die viel zu groß ist und unecht wirkt, und um den Hals viele Ketten und bunte Perlen. Armreifen. Einen kurzen Rock, muskulöse Säbelbeine, mit Haaren bedeckt. Die Schuhe mit halbhohen Absätzen, genau richtig zum Laufen. Und tatsächlich setzt sie jetzt zum Laufen an, läuft mit schlenkernder Tasche in Richtung Garten, bleibt dann stehen, reißt sich die Perücke vom Kopf, wirft sie auf den Boden, dreht sich um und kehrt zurück. In genau diesem Moment kann ich erkennen, wer es ist.

Epilog

Der Wolf und die Sphinx – eines Aprilmorgens in Rom

In dem allgemeinen Tumult, der auf die ersten Schüsse folgte, wurden einige Tische und Stühle umgeworfen. Das Mädchen mit den Zöpfen und der Gitarre, das neben der Säulenreihe stand, schaffte es nicht einmal mehr, mit dem Singen seines amerikanisches Liedes aufzuhören, als einer der Bereitschaftspolizisten ihr einen Stoß versetzte und sie zu Fall brachte. Noch im Fallen löste sich der Gurt, mit dem die junge Hippiefrau ihre Gitarre am Hals befestigt hatte, und das Instrument landete mit einem lauten Krachen auf dem Kopfsteinpflaster. Das Geräusch, das beim Aufprall entstand, setzte sich aus folgenden Einzelgeräuschen zusammen: dem kurzen Knacken von zerspringendem Holz, einem hohlen, etwas lang gezogenen Ton aus dem Klangkörper der Gitarre und einem metallischen, silbrigen Surren, wie von schnalzenden Saiten.

Es war einer dieser herrlichen römischen Morgen Ende April, an denen ein azurblauer und wolkenloser Himmel mit seiner ganzen Schönheit das Ende des Winters verkündet und am Horizont eine neue, spürbare Hoffnung steht. Die Leute sitzen an den Tischen der beiden Bars am Pantheon, auf den Gesichtern einen Ausdruck seliger Benommenheit und Dankbarkeit, als hätten sie gerade einen Flugzeugabsturz, ein Schiffsunglück oder wenigstens ein Erdbeben überlebt. Jeder trinkt seinen Cappuccino, liest Zeitung, andere strecken ab und zu Arme und Beine aus, um die müden Muskeln zu dehnen und den Körper der Sonne entgegenzustrecken. Es herrscht die luftige Stille des Frühlingsanfangs, man lässt die Arbeit ruhiger angehen, der Wind, der sanft weht, sagt mit größerer Behutsamkeit, aus welch fernem Land er gerade kommt, und der Himmel scheint reglos, unbewohnt und macht weniger Angst. Ab und zu hört man die Seiten des *Messaggero* und der *Unità* rascheln, die der Wind jedes Mal zum Flattern bringt, wenn ein Leser zu lange auf einer Seite verweilt, und das leise Klappern und Klirren der Löffel in den Tassen. Zwei alte Engländer trinken Tee. Auf dem Platz halten sich in diesem Moment auch drei oder vier junge Männer mit schulterlanger Mähne, Künstler oder Rocker, auf, außerdem ein intellektuelles Paar mit Pfeife und Stapeln von Zeitungen, zwei japanische Touristenpaare, eine Gruppe junger Amerikaner mit komplett rasierten Köpfen, die aussehen wie Soldaten, die gerade aus dem Vietnamkrieg heimgekehrt sind, ein Mädchen mit einem Hund und ein junges Liebespaar.

Das Liebespaar ist zwischen fünfundzwanzig und dreißig Jahre alt und sitzt an einem der Tische weiter draußen, in Richtung Platzmitte. Die beiden wirken wie auf der Durchreise von einem Flughafen der Erde zum nächsten, als vertrieben sie sich nur die Zeit zwischen einer Landung und dem nächsten Abflug. Aus ihren Blicken errät man, dass sie einander sehr zugetan sind. An ihr ist fast nichts mehr von dem ausgezehrten Mädchen zu erkennen, das sie all die Jahre ihrer Kindheit war. Jetzt ist aus ihr eine junge Frau mit wunderschönen langen, glatten, kastanienbraunen Haaren geworden, doch ihr Gesicht ist undurchdringlich wie das Gesicht einer Sphinx. Nur manchmal, wenn sie den Kopf schief legt oder wie besessen an ihren Haaren zwirbelt, sieht man noch, dass ihre Seele einmal wie ein geplündertes Schlachtfeld gewesen sein muss. Sie trägt eine weite Tunika mit einem wilden Rosenmuster in psychedelischen Farben, darunter schauen enge Jeansbeine hervor. Als sie in der Bar ankamen, hat sie die große Ledertasche mit Fransen, die sie sich umgehängt hatte, und dann auch, mit großer Behutsamkeit, einen kleinen vergilbten Stoffbeutel abgenommen, den sie sich mit einer Schnur um die Taille gebunden hatte. Die Tasche hat sie auf den Boden neben den Stuhl gestellt, den Beutel jedoch auf den Knien liegen lassen. Der Mann scheint etwas jünger zu sein als sie. Er ist mager, muskulös und hat ein spitzes Gesicht. Die Physiognomie eines Wolfes. Die rabenschwarzen Haare trägt er lang und zu einem dicken Zopf geflochten, der ihm zwischen den Schulterblättern baumelt. In einem Ohr trägt er drei verschiedene Ohrringe. Weil wir uns im Jahr 1973 befinden, halten ihn die meisten gewiss für einen dieser drogenabhängigen Jugendlichen, die überall zwischen London und Amsterdam zu Hause sind. Die junge Sphinx und der junge Wolf scheinen von weit her zu kommen. Viel weiter weg als die Vietnamsoldaten, weiter weg auch als das japanische Touristenpaar. Noch viel mehr als diesen anderen Menschen scheint ihnen das glasige Licht der Piazza, diese reglose Frühlingsluft und all das Leichte um sie herum fremd zu sein. Seit sie angekommen sind, hält der junge Mann die Hand seiner Begleiterin, stützt dabei jedoch die Ellbogen auf den Knien ab und schaut aus dieser etwas gekrümmten Haltung zu ihr hoch, im Gesicht eine Mischung aus Zuneigung und leichter Besorgnis. Als hätte er ihr gerade eine Frage gestellt und warte noch auf die Antwort. Würde er das, was in seinen Augen steht, laut sagen, dann könnte man diese Worte hören: »Was du getan hast, war richtig. Und wie er das verdient hat, einer wie dein Vater! Und jetzt ist es genug. Du wirst sehen, dass der Albtraum mit der Zeit zu einem ganz normalen Traum verblasst, und dann wird auch der Traum nur noch eine Erinnerung sein, die irgendwann nichts anderes mehr ist als ein kleines Schiffchen, das davonschwimmt, bis die Gesichter derjenigen, die an Bord sitzen, immer kleiner und verschwommener werden und du ihre Namen, die Jahre und die Umstände nicht mehr recht auseinanderhalten kannst. Jedenfalls kann dir jetzt keiner mehr wehtun, weil du wie eine Festung sein wirst, deren Mauern dich schützen. Ich weiß, dir fehlt das Meer von Procida und mir das von Salento, aber jetzt müssen wir eben in diesem Wasser hier schwimmen.«

Die junge Frau mit dem Sphinxgesicht hat klobige Hände und Fingernägel, die so tief bis an die Wurzel abgekaut sind, dass die Nagelhaut entzündet und dick geschwollen ist. Auch jetzt, während sie mit der Linken unablässig mit ihren Haaren spielt, knabbert sie am Daumen der rechten Hand, die sie dem sanften Griff des Wolfsjungen entzogen hat. Hin und wieder berührt sie den vergilbten Beutel auf ihren Knien. Immer wieder überprüft sie die Säume, das Schnürband, den Verschluss. Jetzt gebietet ihr der junge Mann mit einer ebenso zärtlichen wie entschlossenen Geste Einhalt und ergreift ihre beiden Hände. Sie hebt den Blick über der *mappatèlla,* und ihre Augen versenken sich in denen des jungen Wolfes. Sie scheint die Risiken und Chancen abzuwägen, so wie jemand, der beim Ertrinken zu schätzen versucht, wie weit das rettende Ufer noch entfernt ist, oder wie ein Klippenspringer in Acapulco, der in der Ferne nach der höchsten und damit der richtigen Welle sucht.

Könnten wir nun in die Gedanken des Sphinxmädchens eindringen und ihre Gestalt annehmen, dann würden wir uns in einen Falken verwandeln. Der Falke fliegt über sumpfiges Marschland, über Wälder, Morast, über Häuser. Sein Flug dauert Millionen von Jahren, immer weiter reicht er zurück. Er streift Länder, die kein Menschenauge je gesehen hat, fliegt über Orte, die längst vergessen sind. Schließlich setzt er zum Sturzflug an und hätte fast die Gesichter berührt, die von oben wie Felsspalten aussahen, abgeblätterte Fresken in der Erinnerung, ausgetrocknete Wunden. Er schwebt über Häuser hinweg, die längst unbewohnt sind, und über Felsen, auf denen für immer und ungestört das Teufelskraut wachsen wird.

Ohne ihm irgendwelchen Widerstand entgegenzusetzen, lässt es Archina zu, dass Severino ihr den Beutel von den Knien nimmt und ein paar Meter von ihr wegschleudert. Dann schüttelt sie sich, versucht, seinen Arm festzuhalten, aber zu spät!

Plötzlich ändert sich zwischen den kleinen Tischen am Pantheon alles. Auf dem Platz bricht sich eine gewaltige, körperlose Welle. Es ist wie ein Erdrutsch aus Energie, ein Windstoß, was da von der Piazza Argentina quer durch die Via di Torre Argentina herüberkommt und sich schließlich über die

Bars am Pantheon ergießt. Eine gigantische Masse aus Geräuschen, krächzenden Stimmen aus dem Megafon, Schreie, Gesänge, Parolen. Der jungen Frau mit dem Sphinxgesicht kommt wieder der Traum vom Seebeben in den Sinn, der sie seit Jahren nicht mehr loslässt, und all die Schreie und Stimmen und die Musik erscheinen ihr wie Fische, Algen und schimmernde Meeresschnecken, die der Sog dieses Seebebens mitten auf dem Platz zurücklässt, direkt vor ihren Füßen. Dann, so wie die gewaltige Welle in dem Albtraum tote Fische ausspuckt, speit der noch unsichtbare Protestzug eine kleine Gruppe von Menschen aus, die sich in Richtung Platzmitte gegenseitig verfolgen. Zwei von ihnen laufen vorneweg, sie sehen aus wie Studenten, ihnen folgen in kurzem Abstand drei Bereitschaftspolizisten mit Helmen und Knüppeln, in voller Montur. Man hört Schüsse, begreift aber nicht, wer da auf wen schießt. Alles geschieht so schnell, dass nicht einmal Zeit zum Schreien ist. Die Gäste an den Tischen beschließen nach kurzer Abwägung ihrer eigenen Kraft und der Fluchtmöglichkeiten, das Weite zu suchen, wobei der eine noch schnell das zusammenrafft, was sich von den Tischen zusammenraffen lässt, der andere jedoch Taschen oder Köfferchen auf dem Boden zurücklässt. Die beiden Verliebten sind die Letzten, die ihren Tisch verlassen. Severino steht als Erster auf, er versucht Archina wegzuziehen, indem er sie am Arm packt, aber sie scheint nicht besonders verängstigt zu sein. Ja, einen Moment lang sieht sie eher wie ein Mensch aus, der hinschauen und begreifen will, was da geschieht.

Die junge Frau schafft es gerade noch, sich zu bücken und die Umhängetasche mit den Fransen aufzuheben, dann hat

Severino gewonnen. Ohne sonst noch etwas aufzuklauben, flüchten sie zusammen mit den anderen Touristen.

Kurz sieht man noch die Tunika mit dem psychedelischen Rosenmuster von Archina. Kaum mehr als ein roter Fleck, ein Aufblinken von leuchtenden Farben zwischen den Tischen und den fliehenden Touristen, wie ein entwurzelter Rosenbusch, den der Wind zwischen den Bäumen eines Waldes hindurchweht.

Der Kellner der Bar, der wie erstarrt auf dem Bürgersteig zurückgeblieben ist, balanciert auf einer Hand ein Tablett, das so groß ist, dass es droht, in Schieflage zu geraten. Auf dem Tablett stehen zwei Coca-Cola mit buntem Strohhalm, ein Cappuccino, ein Teller mit einem Hörnchen und ein Bitter San Pellegrino. Der erste von den vermeintlichen Studenten läuft vorbei, leicht vornübergebeugt, die Hände auf den Ohren, als wollte er sich gegen die Schüsse wappnen. Beim Vorbeilaufen kommt er so nahe an dem Kellner vorbei, dass dieser, um nicht mitsamt dem ganzen Tablett zu stürzen, einen kleinen Satz rückwärts macht, wobei er nur den unteren Teil seines Körpers, vom Gesäß abwärts, nach hinten abwinkelt, während er oben die Flaschen und Gläser auf dem Tablett im Gleichgewicht halten kann. Es ist eine der Bewegungen, wie man sie manchmal bei Stierkämpfen beobachten kann, wenn der Stier den Torero von unten angreift und dieser sich auf die Zehenspitzen erhebt, das Gesäß nach hinten ausstreckt und die mit bunten Bändern versehenen Spieße anhebt, um sie dem Tier in den Rücken zu rammen. Der Stier-Student streift nur kurz die Schürze des Kellner-Toreros und verschwindet in Richtung Piazzetta della Maddalena. Auch der zweite Student taucht nach einem kurzen Slalom zwischen den Tischen in einer der kleinen Seitenstraßen unter und verschwindet. Die drei Bereitschaftspolizisten bleiben ihm auf den Fersen. Auf ihrer Verfolgungsjagd treten sie auch die Tische um, die noch stehen geblieben sind, und zerschlagen mit den Knüppeln ein paar Flaschen und Gläser, einfach so, nur zur Einschüchterung. Dann biegen auch sie in die kleine Straße ein, die zur Kirche Santa Maria Maddalena führt, während die Amerikaner ihnen zurufen: »*Hey, men! What's going on? What the motherfucking hell's happening here?*« Doch die Polizisten geben keine Antwort, sondern verschwinden hinter der Ecke.

In dem allgemeinen Durcheinander sind auch einige Stühle umgestürzt, der eine oder andere Cappuccino ist durch die Luft geflogen, und die Tassen liegen in Scherben auf dem Kopfsteinpflaster. Von der gegenüberliegenden Seite des Pantheons wird jetzt das Lärmen des Protestzugs immer lauter, der sich von der Piazza Argentina her nähert. Die beiden Studenten und die drei Bereitschaftspolizisten sind offenbar Teil eines jener gewalttätigen und im Grunde unverständlichen Scharmützel, wie sie sich des Öfteren am Rand von Demonstrationen ergeben. Mittlerweile ist vor der Bar keine Menschenseele mehr zu sehen. Die Kellner haben die Rollläden heruntergelassen und sich drinnen eingeschlossen, um abzuwarten, bis alles vorbei ist. Die amerikanischen Soldaten, die auf schnelles Reagieren trainiert sind und zunächst in einer angrenzenden Gasse in Deckung gegangen waren, kommen mit vorsichtigen Schritten wieder hinter der Ecke hervor, um nachzusehen, was um alles in der Welt auf dem kleinen Platz vorgeht. Menschen wie diesen Soldaten, die gerade einen richtigen Krieg erlebt haben, muss das Geschehen bestenfalls wie ein harmloses Jahrmarktstreiben vorkommen. Jetzt herrscht Ruhe.

Unter den Tischen ist alles Mögliche liegen geblieben. Der Schuh von einem der Japaner, drei oder vier Zeitungsseiten, ein Tausendlireschein.

Auch der Tisch, an dem Archina und Severino gesessen haben, ist umgestürzt. Zwei Bücher von Severino sind heruntergefallen, viele Zettel mit Notizen herausgerutscht und wenige Meter von der *mappatèlla* entfernt auf dem Boden verstreut. Einer der Bereitschaftspolizisten hat in seiner Zerstörungswut dem Beutel beim Vorbeilaufen einen kräftigen Tritt versetzt und ihn ein paar Meter über den Bürgersteig geschleudert. Einen Moment lang bleibt die *mappatèlla* über der Öffnung eines Straßenschachts hängen, bewegt sich sekundenlang hin und her.

In dieser kurzen Zeitspanne, viele Kilometer entfernt, in einem Frühling, der vorzeitig von der Sonne zum Glühen gebracht wird, hält Totò Leporàno, der schaufelweise Erde auf ein frisch ausgehobenes Grab in Mangiamuso wirft, einen Moment lang inne, drückt sein Kreuz durch, das Kreuz eines Siebzigjährigen, der sich immer noch guter Gesundheit erfreut, und wischt sich mit dem Arm den Schweiß von der Stirn. Er schaut die Frau an, die vor ihm, auf der anderen Seite des Grabes, steht. Die einzige Person, die dem Verstorbenen das letzte Geleit gibt. Da er erst vor ein paar Jahren, nach dem Tod von Angelo Santo, nach Mangiamuso zurückkehren konnte, kennt er auch folglich Donna Aurelia nicht, die nun den Sarg von Nunzio Solimene mit einer Mischung aus Müdigkeit und jener Art von Erleichterung betrachtet, die den Kinogänger erfüllt, wenn nach einem schlechten Film das Wort *Ende* über die Leinwand flimmert.

Totò Leporàno wirft eine letzte Schaufel Erde auf den Sarg.

Viele Kilometer weiter nördlich ergießt sich aus dem seitlichen Abflussrohr der kleinen Bar vor dem Pantheon ein Rinnsal und fließt unterhalb des Bürgersteigs direkt auf die Stelle zu, wo Archinas Beutel über der Öffnung des Straßenschachts hängt. Jetzt hat das Wasser den Beutel erreicht, ergießt sich darüber, durchnässt den Stoff. Einen Moment lang hat es den Anschein, als würde die *mappatèlla* schwerer und bliebe dadurch am Kopfsteinpflaster hängen. Doch dann knickt sie nach unten ab, lässt sich von dem Rinnsal mitreißen – und verschwindet für immer in dem Schacht unter dem Bürgersteig.

Die Menschen, die an den Tischen der Bar gesessen haben, sind längst in alle Winde verstreut und auf den kleinen, hübschen Straßen zwischen der Piazza Navona und der Piazza Capranica unterwegs. Binnen Kurzem verliert sich jede Spur von ihnen.

Nur das Hippiemädchen mit der kaputten Gitarre steht noch wie erstarrt unter der Kolonnade der Kirche. Sie blickt auf die Überreste ihres Instruments hinab und weint schluchzend, wobei nicht klar ist, ob aus Angst oder wegen der kaputten Gitarre.

Das Geräusch des Schusses, von dem niemand weiß, wer ihn abgegeben hat, ist jedoch bei den Teilnehmern des Protestzugs nicht ungehört geblieben. Jetzt werden die Schreie wütender, die Parolen zorniger. Niemand singt mehr. Langsam kommen die Stimmen aus den Megafonen näher. Schließlich ist auch der Geruch nach Tränengas da und das laute Trommeln der Knüppel auf den Schutzschilden, mit dem die Polizisten ihre Widersacher einschüchtern wollen. Die gewaltige Menschenmenge, über die bereits ein Schwall von Tränengas, von Steinen, Flaschen und Knüppelhieben niedergeht, durchbricht ihre ruhige Marschanordnung, die sie bislang noch eingehalten hatte, und zerplatzt in ein wirres Durcheinander zwischen Flucht und Angriff. In wenigen Augenblicken wird eine Herde wild gewordener Büffel über den Platz vor dem Pantheon hereinbrechen.

Einen Moment noch herrscht auf dem Platz Ruhe und Frieden. Das letzte Bild einer Welt, deren Tage gezählt sind, bevor mit Schüssen unsere Zeit anbricht.

Dank

ICH DANKE Paola Gallo, die so sehr überzeugt war, dass sie schließlich auch mich überzeugen konnte. Evelina Santangelo, die mein Buch besser verstanden hat als ich selbst. Salvatore Niffoi, der immer die richtigen Worte fand, um mich anzuspornen und zu unterstützen. 'Upapadía für die spröden und schönen Worte aus dem Salento. Und Elisabetta Di Marino für ihre Ratschläge, für ihre Recherche und für ihre Freundschaft.